新 潮 文 庫

司馬遼太郎が考えたこと 1

エッセイ1953.10～1961.10

司馬遼太郎著

新 潮 社 版

7596

目次

司馬遼太郎が考えたこと

エッセイ

1953.10〜1961.10

1

請願寺の狸《たぬき》ばやし

また、ベル。

鉛筆を走らせながら左手が自動的に受話器をとる。京都からの長距離電話。しばらく会わなかったマガジンのA氏の声が、かすかに響いていた。

「花岡さんとこへ何か、原稿を頼みに行くそうじゃないか。ちょうど、こちらも用事があるんだ。一緒に行く日を決めとこう……」

その受話器をおろすのを待ちかねたように、婦人記者のMさんが問いかけて来た。

「いまのお電話、花岡先生て、花岡大学さんじゃありません？」

「ええ、児童文学の……」

「うわア、その方なら、私、小学校の恩師やわ。とてもいい先生だったけど、もうれつな子沢山で、子沢山の話を聞くと、いつも先生を憶《おも》い出しますねん」

「大へんな教え子だな。だけど、花岡さんの〝請願寺の子供達〟はいい聴取率だね」

これはラジオ担当のI君。

ところで、当の僕は、花岡さんのことについては、この連中の半分の知識ももってないのである。

花岡大学という名を知ったのは不勉強にも、五年前だ。

書店で新刊書の棚を見上げていると、黄と赤のカラーを無雑作に塗りなぐった、素晴しい装幀《そうてい》の本が眼についた。抜きとってみると、装幀は版画の棟方志功《むなかたしこう》、題は「小さな村のランプ」、著者は花岡大学とある。

棟方の画に興味をもっていた時なので、買った。ところが、読んでみると、これは並大ていの作家でないことに気づいた。

それからのち、本願寺のNさんに、政治経済、教育、社会事業など、一般社会に活躍している宗門出身者の名前をあげてもらったとき、文学方面の項でまっさきに花岡大学の名を指折った。はじめて、花岡大学が本願寺僧侶《そうりょ》であることを知った。

A氏は京都から、僕は大阪から、それが京都丹波橋駅で落合った。奈良電で橿原《かしはら》神宮駅へ直行。

吉野線に乗換。大和《やまと》盆地が南に行詰ったこのあたりの風景は、ことにうつくしい。

「やわらかな稜線《りようせん》、ふわっと手触りのよさそうな線、大和のこのあたりの感じは全国にないな。僕は九州生れだが何か、ここで昔むかし、生れたような気がするんだ」

とA氏、車窓へ体をまげる。

すばらしい好天なのに、田の面の緑は、不思議にチカチカ光を反射しない。

この辺の風景が、光をみんな吸収してしまう呼吸機能をもっているのか。

それとも、光をいぶしてしまう特殊な水蒸気でも立昇っているのか、飛鳥《あすか》から、この辺りにかけての景色は、肌理《きめ》が他の土地とまるっきり違う。

「大阿太《おおあだ》だよ」

降りた。

じつに、ふわりと降りた感じだった。それほど、あたりはお伽《とぎ》ばなし的な風景だった。

低い丘が、コの字形に田畑の緑を包み、コの字の入口を吉野川の清流が遮断し、その南には、重畳《ちようじよう》とした大和アルプスの連山が薄く紫にかすんでいる。

それが花岡さんの村、佐名伝《さなて》であった。

「あそこだよ、寺は」

小さな村の寺だった。

「町寺や田舎寺にも形のいいものがあるなア。寺は名刹《めいさつ》ばかりじゃないね」

「あの勾配《こうばい》の度合。屋根の面積と下部構造のバランス。それが一分でも違ったらあんない形にならんだろう」

「長い長い時間をかけてやっとここまで完成した建築形式さ。古くさいが、悪かろうはずがない」

「ただ、その安定した形にいつまでも安住してはいられない、というのが現代の課題だろう。これは建築の話でなく、宗教の話だ」

掛合漫才をするうちに、村道に出た。

公民館が一軒。

赤い屋根、モルタルの壁、二階建。失礼ながら、田舎には不釣合な近代建築（？）である。

その玄関に、大きな自然石の碑がひとつ。

花岡大雄　碑

奈良県知事　百済文輔

「ほウ、ひょっとすると厳父かな」

寺につく。浄迎寺。

「どなた」

玄関に出て来たのは大学生である。

それから高校生らしいのが一人。

ついで中学生位いのが、その肩からのぞく。

奥からバタバタ足音がして、小学生が二人。

その足音を追ってさらに二人ばかり、眼の利発そうなちんぴらが出現した。

それが大きい順に並んで、

「どなた」とやった。

とたんに、婦人記者Mさんを思い出した。

相棒A氏は、花岡さんがいまシナリオを書いている、BK全国放送の連続劇「請願寺の子供達」のいろんな場面がそのまま、眼の前に天然色で現れたかと驚いたそうだ。

「ひイふウみイよウ……むウなア、か。おやおや、花岡さんめ、二人だけ、さすがに遠慮したな」

というのは、「請願寺の子供達」で貧乏な山寺の住職、良海さんを中心に活躍するその五人の息子たち、一海、二海、三海、四海、五海、の諸君よりも現実には二人多く、六海、七海君がゲンとして存在しているのである。

「おいでになる時間がもう少し遅いだろうといって、父は法事、母は買物に出かけました」

長兄の一海君が代表した。

とりあえず茶の間へ。掛軸がある。

樹心弘誓の仏地　六十五仏子釈大雄書

「ははア、やっぱり花岡さんのお父さんだった。大雄って人は」

「覇気横溢《はきおういつ》した字だな」

どたん、どーん、ばたん。

庫裡《くり》の向うで、角力《すもう》がはじまっているらしい。と思うと別の方角から、一塊《ひとかたま》りの騒ぎがどんどんこちらへ近づいて来た。何事だろうと、思わず及び腰になったが、三四人でお茶を運んで来てくれたものとわかり胸をなでおろした。

「まったく、〝請願寺〟そのままやがな」

『山また山、そのまた山の、もう一つ向うに山また山。

そんな山奥の谷間の小さな村に、請願寺という古びたお寺がありました。

住職は良海という、風変りなお坊さんで、お坊さんには男の子ばかりの五人の子供がありました。五人の子供は、そろいもそろってやんちゃで、あばれん坊で……』

「請願寺の子供達」のはじめに、いつも福士夏江アナがこういう解説を読む。

去年の八月から一週間置きに放送されているが、いつだったか、僕が聞いたうちに、次のようなのがあった。

……朝。雨の音。請願寺の子供達は、雨の朝はとくに早起だ。どたん、ばたん。

「もう、起きてけんかをしとるのか。どら、わしが調停に乗出さぬとおさまるまいて」

と、主人公良海さんのぼやき。

が、子供達の早起には、理由がある。

請願寺には、やぶれ傘が二本、雨ぐつはゴム長にボロの兵隊ぐつが一足ずつしかないのだ。

「おう、おう、けんかはもうやめだ、やめだ。ふたりで一本ずつさして行けばよかろうが……」

「それじゃ、一人ハミ出ちゃうんだよ、お父さん」

「なるほど。じゃ、こうしよう。ハミ出た一人はお父さんのタクハツ用のアミ笠《がさ》をかぶって行ったらどうじゃ。な、一海、お前が一ばん年上だからタクハツで行きなよ」

場面が変って、
おすみさん（良海の奥さん）が泣いている。

「いつまでも貧乏で……、あれじゃ子供達があんまり可哀《かわい》そうよ」

良海さん、なだめるのにオロオロしつつも、腰をのばしてげんといい渡す。

「おすみよ。ものは考えようじゃ。みんな学校にやれるということだけでこの上もない幸せじゃないか。

さあ、涙をふけ、貧乏がなんだよ。顔をあげな。さニコニコ顔になりなされ。ええか、わしが笑うからお前も笑うんだよ。そうら、いち、に、さん……うわはっはっはっ」

良海さんの泣笑いの声が遠のいて行く。

「請願寺の子供達」には、花岡さんの静かな信仰と、ヒューマニズム、生きる者へのいとおしさにあふれた豊かなユーモア、そうしたものが脈々と息づいている。

「生きていること、それ自体が布教になっている、そんなのが本当の僧侶だろうな」

「花岡さんが文学することがすなわち立派な布教だね」

と A氏。

「やあ、どうも」

ふりかえると、その花岡さんが小腰をかがめながら、頭をふきふき入って来た。背中に、小さいのが二三人、もつれ合っている。

「やあ、どうも」

と、もう一度花岡さん。口下手なこの人の、いろんなあいさつを一言の中に一緒くたにした発声である。ほウ、と息をつくような、相手の心を柔かい気体で包んでしまうような発音であった。

「あそこに山が見えるでしょう? あれは山のように見えて実は果てもなく拡《ひろ》がった高原なんですよ。戦時中は、隠し飛行場があったほどなんです。さア、あそこへ行って大いに語りましょうや」

「おっと承知」とA氏、引請けたときは気前がよかったが、いざ山肌にとりついてみると大変。山みち三十分ばかりのあいだ、ふうふういいながら、

「わア、さっききみと約束した大峰《おおみね》登山の件、もう止《よ》したよ。この坂、とても登れん。大峰なんぞ、聞いただけでもぶるぶる……」

来夏、この南の方にそびえる大峰山に三人で登ろうという提案が、ほんの先刻、当のA氏から出たのであったが。

「やっぱり、自力というものは性に合わんでしょう」

花岡さん、冗談いってる顔付でもなく、ぼそぼそ。

「時季になりますとね、全山、梨《なし》の花で真白になるんです。梨で食ってる村だから収穫期には村じゅう山へ移動するんですよ。ここらで梨でももぎながら話しましょう」

佐名伝の里が足下にある。公民館の屋根が緑の中にポッチリ、赤を点じていた。

「あの公民館は、むかし、父が建てたのです」

花岡さんの言葉数は多くはなかったが、話はあらまし、次のようである。

先住大雄翁《おう》は苦学して哲学館（東洋大学）を卒業した。その苦学ぶりは惨憺《さんたん》たるものであったらしい。牛乳配達をしていたときあまりの空腹に車が曳《ひ》けず、やむなく牛乳を失敬して呑《の》み、辛《かろう》じて飢をしのいだことも、しばしばであったという。

卒業後軍隊に入り、曹長まで進んで除隊した。村に帰って来た。故郷の山河は変らず美しかったが、人と村は昔のおもかげもなく変り果てていた。

村は、青い田圃《たんぼ》の波に取巻かれていながら、一枚の田も村人の持物ではなかったのだ。四十戸ばかりのこの村のどの家の米櫃《こめびつ》を開けても、満足に米粒は入ってなかった。

理由はすぐわかった。

ばくちである。いつの頃からか、この風習が入りはじめて、人々は鍬《くわ》を捨て、田を売って、夢中になった。田地はみな、他村の地主のものとなった。ばくちのモトがなくなると小作し、幾ばくか稼いではまたすった。土地を捨てて流亡する者も多くなり、村は廃墟《はいきょ》同然に荒れた。

青年僧大雄は奮起した。

村じゅう、駈《か》けずりまわって、青年を説いた。彼がまず手を着けたのは青年塾の開設であった。塾は毎夜、寺で開かれた。

「この村を救う者は君らしかない。まず、君らの人間をこしらえることが、君らの仕事の第一番だ」

塾は、勤行《ごんぎょう》にはじまり、勤行で閉じた。その間、経書のほか、政治経済、歴史のことなども講じた。寺に来る青年は月毎《ごと》にふえて来た。

「君も私も、みな如来《にょらい》さまに生かされている。その、生かされている者同士が、お互いのために、おのれを犠牲にして働きあうことが如来さまへの報恩の一つだ」という原理を会則にして、これらの集いを「為人会」という名前のもとに組織した。

この会は、単に求道《ぐどう》修養の集いであるばかりではない。実に、強力な経済活動の組織体でもあったのだ。まず、青年の無報酬奉仕によって産業組合活動がはじまった。今の農業協同組合とほぼ同じ性格だが、賀川豊彦《かがわとよひこ》が提唱したよりもはるかに前、明治末年に誕生したというだけでも、青年僧大雄の先覚者的意義は高く買われてよい。大雄は、みずから組合長となり、販路の開拓から出荷の世話、売上金の計算にいたるまで、身を粉にして働いた。むろん、同志の青年達と同様無報酬である。

為人会を中心とする教化活動も年と共に活潑《かっぱつ》になった。二十歳から四十歳までの村人はすべてこの会員となり、三十までを乙部、三十以上を甲部として、本堂で二列にならべ、聞法《もんぼう》をすると共に、生活立直しの具体的指示を与え、その実行をきびしく促した。

やがて、村は立直った。田畑はすべて村に戻った。さらに果樹栽培を奨励して、近郷でも有数の富裕村となった。

六十五歳、病を得て往生の素志を遂げた。命日十二月十三日には、村人は公私一さいの行事をやめ、この日を大雄忌と名づけて故人を偲《しの》ぶ集いを持つことが村の重要な年中行事となっている。

帰途、「請願寺」を辞そうとすると、待ち構えたように雨になった。駅までコウモリを一本ずつ拝借した。花岡さんと高校生の「二海」君が送って下さったが、二人が一本のカラカサの中に入った。半ズボミになったカラカサからにゅッと四本のズボンが出ている。そのズボンが忽《たちま》ち雨で濡《ぬ》れはじめた。とたんにまた「請願寺の子供達」を思い出した。

駅までの山道が、そのまま川になっていた。悪戦苦闘十数分、やっと山の中腹の駅までたどりついたとたん、あれほどの豪雨がカラリと上り、月さえ出た。

「やれやれ、何ぞに化かされたかな」

と口を尖《とが》らすボヤキストA氏をなだめるように、

「いや、この辺の山には狐《きつね》や狸がまだいましてね」

と花岡さん、おかしさをこらえて、大真面目《おおまじめ》な表情。

遠く、闇《やみ》の中に佐名伝の灯が見える。かすかに闇を流れてくる梨の甘いにおい。

佐名伝に灯をともした人、この梨を広めた人、その人はすでに亡《な》いが、その人の子は、世のすべての児童の心に灯をともそうと、いまここにがっちりと立っている。そしてその後ろには元気一ぱいに育っている七人の男の子たちがいる……。
何か、人間が地上に残して行く仕事というものについて考えさせられる晩だった。

（昭和28年10月）

それでも、死はやってくる

「ああ、もう卒業だよ、なァ……」

校庭の芝生に寝転んでいた私は、隣りでサバみたいに伸びていたMに話しかけた。

「うん……卒業ちゅうた所で、まァ死の門みたいなもんやな」

太平洋戦争が始まって間もないころのことだ。学生にとって卒業というものは、学生服を単に軍服に着替えるだけの、いわば、人生の門出どころか、卒業即入営、しかも数カ月の訓練期間もそこそこに激戦地に送られ、程もなく同窓会名簿に黒線を入れられるというまるで葬列への出発と同義語であった。

人生は二十五歳までと思いこめ。

大正生れは戦うために生れて来たと思えば諦《あきら》めもつくじゃないか。君たちは悠久の大義に生きる光栄を担《にな》ってるんだ。

などという空疎《くうそ》な言葉を百ダースも叩《たた》きこまれたところで、死なされる当人にとってみれば、なんの観念の足しにもならない。なぜおれだけに、定命五十年を生きる権利がないのか、と歯がみしてどなりたくなるような焦燥が、卒業をひかえた学生たちの生活を暗たんたるものにしていた。

私だけが不忠不義、天人倶《てんじんとも》に許しがたき不惜身命《ふしゃくしんみょう》の不埒者《ふらちもの》ではなかったようだ。

「国家というものは、国民の一人一人を五十年、その堵《と》に安んじさせるための福祉機関ではなかったのか。戦いのための装置であり召集令を出すための機関であるなら、おれは日本に生れたことが呪《のろ》わしい」

と涙をにじませて語った男は、予備学生を志願し、特攻第一陣で死んだ。悲痛なことはその屍に、彼の本質とは全くかけ離れた「愛国の華」という冠詞がつけられたことだ。近代合理主義精神のもとで頭脳の体系を作ってきた彼が、一朝、戦死を目標とする奇怪な非合理主義哲学と国粋的社会科学とを強いられその二つの思考世界の解決がつかぬまま、特攻という絶望的な瞬間死をもって論理を超克昇華せざるを得なかったその死は、いかなる軍人の死よりも痛ましい。国家の本質・戦争というもの・死、このいずれの問題についても、ちゃんとした論理の階梯《かいてい》をふむことなしに、ある者は特攻死という自殺の形式をとってその空白を埋めようとし、ある者は面倒な思考を頭から避け、享楽《きょうらく》から死への直線コースをえらんだ。

「おれでもな、死ちゅうもんを、哲学的にも宗教的にもずいぶん考えてん。そやけど、どうも救われんさかい、とうとうヤミクモに心霊学ちゅうのを信じてやれと決意をしたんや。つまり、死後にも心霊の生活がある――という信仰や。あの方では学問やが、何いうても、今までてんから、宗教や哲学に縁のなかったおれに、ここ数カ月内で死の問題を解決せいというのは無理やわ。切羽つまって何でもええ、死ぬ方便としてイワシの頭でも信じこめちゅうことにしたんやが、こんなんケッタイやろか」

Mの横で寝転っていたSの、うつろな自嘲《じちよう》の声が今でも耳底に残っている。この男も死んだ。心霊界とやらに、うまく行けたかどうか、それは知るよしもない。

私の場合も、むろん数カ月という期限付解決については何の施すべもなかった。元来体質的に哲学的思索は不得手の方であった。そのくせイワシの頭では得心がつかず、手当り次第に本を読んでみたし、人にも聞いてみた。が、書物も人も、このようなギリギリのふんい気の中で行われる死との対決には、何となく程遠い生ぬるさを感じさせるだけであった。しかし、それでも、死は迫りつつある。

それでも死は迫りつつある！

と何気なくつぶやいたとき私はあっと思った。これはどっかで読んだ言葉だ。真宗に関する人生読本のような本であったろうか。とにかく、その後、親鸞《しんらん》、この人を捉《とら》えるのだ、と私は懸命になり、歎異抄《たんにしょう》を読み、教行信証を読み、手に入るだけの親鸞教説の解説書を読んだ。数多くのすばらしい章句が、じんじんと私の体に沁《し》み通った。

ところが奇妙にも、それらはすべて私の生命の救いとまではなってこない。

今から思うと、私は大きく誤っていた。懸命に読み、かつ考えたつもりではあったが、滑稽《こっけい》なことに、私は知識として親鸞を吸引していたようだった。体でぶちあたらずに、頭ばかりをぐいぐい親鸞とおぼしき壁に向って押付けていたのである。

絶望に近い気持で本を投げだしたとき、ふと思いだしたのは、権藤兵三郎という中学時代の地歴の先生だった。当時すでに五十歳の半ばは越しておられたように思う。

アザラシのような明治髯《ひげ》にイガグリ頭、どういう理由かあの年まで独身を通し、教育に対しては寸毫《すんごう》の妥協もない人で、叱言と同時に飛んでくるゲンコの痛さについ悪童共はコンクリートの称号を奉《たてまつ》ってはいたが、学識の深さと人間的清潔さには優等生から不良児にいたるまで頭を下げ、全校から畏怖《いふ》と愛敬《あいきょう》をこめた特別な気持をもたれていた人であった。

この人が熱心な念仏行者《ぎょうじゃ》であるということを、思い出したのである。高校時代党員として活躍し、入獄転向後、親鸞に傾倒されたものらしい。私は母校を訪ねてみた。ちょうど宿直室で自炊の飯を食っておられたが、私の質問を鼻であしらい、口癖の

「この低能め」を浴せられたのには閉口した。

「わからんのが当り前や。お前には信心しよう、いや、信心を戴《いただ》こうという素直な気持が頭からないやないか。一ぺん、赤児《あかご》みたいな気持でお念仏を申してみい。それからでないと聖典を読んだり聞法《もんぼう》したところで、何の役にも立たん」

先生は箸《はし》の先で私の鼻の頭を小突き、

「お前、南無阿弥陀仏《なむあみだぶつ》というと、田舎のおじい、おばばみたいやと思うてるのと違うか。大学者であろうが田舎のじじいであろうが死ぬのは同じや。それとも聖人《しょうにん》がお念仏のほかに何ぞ学問のある人間にしかわからんような特別ええ事をいわれたと思うているのか」

帰路、全身の生理機構が生れ変ったような清新さを覚えた。そっと、お念仏を唱えてみた。

南無阿弥陀仏

南無阿弥陀仏

何か、自分が、大きなものと合体して行くような気がした。いや、やがて、そういう気持すらなくなり、大きなものから生かされている歓《よろこ》びと安堵を感ずるようになったのは、戦場に立った頃からであった。

戦いの或《あ》る夜、私は死も生も分別つかぬ、極度に疲労した骨と肉とを草原にころがしていた。わずかに心臓と胃の腑《ふ》だけが動き、他のすべての機能が停止してしまったようなあの瞬間、私の網膜が、何の感動もなくぼんやりと眼の前の草花を映しているのに気付いた。

（ここにも生きものがある。しかも、それは、私という生きものと何ら本質の異るものじゃない。すべて真如《しんにょ》に生かされ、真如の前にあっては同質の存在だ）

私は、ささくれだった黒い砂漠の石を握ってみた。これは単に無機物にすぎない。そういう分類の仕方で従来私の頭は組み立てられて来た。無機物と有機物、草花と私とを統合する何ものも持たなかったし、また、統合出来る質のものであろうとは夢にも思っていなかった。ところが、その瞬間以来、私は大きな衝撃をもって今までとは違った世界に入っていたのだ。この無機物と私と、どこに違った所があるのか。全く同じではないか。すべて真如に包まれている。そしていまの瞬間、私が死ねばそれは単に真如の許《もと》に帰って行くだけのことではないか。それから先どうなるか、それは如来の御意思のままである。私の気づかいする分野ではない。

念仏。

私は、私を包んでいる空気とも合体した。砂漠の石くれとも合体した。死も区々《くく》たる問題に思われるようになった。

念仏。

静かな安堵が私の全身をひたし、あらためて生きる喜びを考えた。

終戦直後、権藤先生に会おうと中学を訪ね、はしなくも先生の死を知った。晩年になってはじめて結婚というものをされたという。動機というのは、莫逆《ばくぎゃく》の友人が死んだために その妻子が塗炭《とたん》に苦しんでいるのを引取られ、自分の籍に入れられたというのだが、その後一、二年経《た》ち終戦直前、栄養失調で消えるように亡《な》くなられた。

間もなく、私は多忙な職業に就いた。ビル街、ビズィネス、そして、映画、コーヒー、野球見物などのささいな都会的享楽、こうしたものが私の若さを、日の経つのも忘れ、ある限り燃焼させた。この環境に置かれた若い魂にとって生と死のことを思い出させることは想像以上に困難である。かくて、聞法の機会もまれに十年を過ぎた。

しかし、それでも、死はやってくる。


(昭和29年5月)

妖怪《ようかい》と鬼面《きめん》

「そうそう目くじらたてて怒るこたあねえやな。お前さんがいうように、たとえ前衛挿花て奴《やつ》が軽佻浮薄《けいちょうふはく》な根無し現象だとしたところで、そんな事例、いまの社会のどこにでもザラにころがってるじゃないか」

とまア、こういわれてしまえば折角《せっかく》の意気込みも沮喪《そそう》してしまうが、その軽佻浮薄てのが処世万般わが大和《やまと》民族の特性だとすれば、一方、軽佻浮薄をサカナに悲憤慷慨《ひふんこうがい》するシュウトメ根性もまた、わが国民性の精華とするところだから、どうせ浮薄はおたがいさま、ひとつおおらかに悪口をみのがして頂きたい。

前衛挿花をやる人達の大部分の気持はぼくだってわからないじゃない。たとえば、同じ料金を払うなら、ボロの四〇年型より、リュウとした新車にふんぞり返りたいのがわれわれ無定見派の人情だからだ。新車の運転手は何とはなく優越感をもち、他方は理由ない劣等感を感じている。要は、乗っている車の、フォルムの問題だけなのだが。

いや、もう一皮剝《は》げば、フォルムだけではなく、問題の底に、もっと奇体な妖怪がひそんでいることに気づかねばなるまい。そいつの名は、タイムからうける強迫観念というやつだ。

自動車の話ではなく、とくにいまの場合、華道家をふくめた美術家全般に対して私は語ろうとしているのだが、とにかく、その妖怪が、「新しい」という名の真白なシーツを頭からかぶって美術家諸氏の前にたちはだかったばあい、人々の大部分は、手もなく主体性という魂を抜きとられ、催眠状態のまま、妖怪の振るタクトにつれて踊らされる。

なかでもいちばん気持よさそうに踊っているのは、コミュニズムや宗教のばあいと同じく、憑依《ひょうい》性の資質にめぐまれたひとたちだが、多少リクツのいえる踊り手となると、理論と称するあらゆるリクツをぶちまくり、時々自分でもわれながら屁《へ》みたいなリクツだと思うことがあっても、鳴りやめると自分の芸術的存在自体が消滅してしまいそうな気がして恐怖と強迫観念に駆られ、他方には、このリクツ以外のものは芸術じゃないぞと人にも恫喝《どうかつ》し、その恐怖と恫喝の上にたって、奇妙な空中楼閣を築いている。

もういちど念をいれておきたいが、以上のことは、あくまで妖怪によって踊らされる、つまり他動的精神の持主諸氏についてであって、歴史と芸術社会から屹立《きつりつ》し自らの美意識と体質と風土を通してのみ芸術する数少いひとびとにとっては、何のかかわりもないクダゴトである。

さて、カンジンの前衛挿花についてだが、同じ前衛という名を冠していても美術家の場合と華道家の場合と、えらく事情がちがうようだ。たとえば美術家の場合、抽象画家の大半は具象の連中にくらべてミイリが少い。人によってはほとんど飲まず食わずだが、これが華道となると前衛をやらない先生は、あの人はアタマが古いよ、てなことでお弟子の寄りが少くなる場合が多い。やむなく、わかってもわからなくてもハリガネや古電柱や魚のホネを拾ってきて、どうだい、おどろいたか、おれはかくまで新しいんだぞと、モモンガーのようなものをでっちあげざるをえなくなる。お弟子はお弟子でその神秘感に打たれ、私も負けずにと、山野を跋渉《ばっしょう》して樹《き》の根ッ子を掘り、岩石をかかえて帰るという始末だ。私ら芸術の門外漢にいわせれば、造形とはもっときびしいものだと思うのだが。

前衛挿花が、絵画的要素と彫刻的要素との総和された新しい造形芸術であるとすれば、もっと絵画的習練と彫刻的デッサンが、挿花として造形される以前に積まれてもいいと思う。造形する意識と技術と理念をからだ全体の神経と筋肉で認識してから造形さるべきであって、単なる才気や指先だけの仕事では、一時は世間をゴマかしえても、永い時間にとうてい堪えられるものではない。

あんたは〝永い時間〟というが、生花なんてのは数日間で取りこわされるかシボんじゃうもんですよ、だから一時のアクロバット的興味だけをつなげばいいじゃないですか、なんてことをおっしゃる方はまさかないと思うが、画家や彫刻家の仕事が数百年の保存にも堪えうるということにくらべ、挿花は作品の実際的生命がそれこそ槿花《きんか》一朝だから、ついその安易さに頼り、つい興行的興味のほうをねらいがちになることもありはしまいか。

とにかく前衛挿花が、茶道的美意識をぶちこわして、生花を床の間的空間から白日の中にひきずりだした功績は、大いにたたえられねばなるまい。革命には、人を驚かすような鬼面が必要だから、現在までのあり方も、いちおうは、無意味ではなかったろう。

しかし、一時こそ「ほうこれでも生花か」と腰をぬかした世間も、よくよく落着いてみれば、なんだタダの枯尾花じゃないか、ともなれば、そうそういつも、ワッとこなくなるのが当り前だ。そこで、華道家のほうは鬼面の造作を変え、眉毛《まゆげ》をゲジゲジにし、眼を吊《っ》りあげ、キバをとがらし、これでもか、これでもこわくねえか、と夜叉《やしゃ》のようになってみたところで正体を知られてしまえばもうダメ、大向うはこわがるどころか、ゲラゲラ笑ってしまう。

とにかく、百面相みたいに鬼面の造作をかえたって、何もなりはしない。鬼面そのものの裏打ちとして「必然性」というやつを充実しなければならない。なぜおれは鬼面をつくらねばならないのか、いやそれよりも端的に、なぜおれのツラが鬼面のようになってきたか、という必然性がハッキリしない芸術は、一時はアダ花として栄えても、決して永続きはしない。必然性があって芸術があるべきだのに、芸術をこしらえあげてから、モットモらしい必然性を考えるサカダチの在り方を、ぼつぼつこの辺で整理してゆかなければ、華道界は、やがてはとんでもないことになりそうな気がする。

（昭和29年6月）

石楠花妖話《しゃくなげようわ》

六月には全山、石楠花になるという田中院主の話をきいて、とうとう私は重い腰をあげた。

田中院主の勧誘の内容は、全山石楠花に化すというよりも、千数百年来その寺に住みついている妖怪変化が、二十世紀後半のこんにちなお、健やかに跳梁《ちょうりょう》しているという点に重点があったのだが、いくら私が物好きな新聞記者であったにしろ、そいつは少々、頂きかねた。

志明院《しみょういん》という寺なのである。京の古社寺の研究家でもその名を知っている人は少いと思うが、寺伝では、少くとも四百年前までは谷々を埋める坊だけでも四十数軒あったというから、相当な巨刹《きょさつ》であったにちがいない。いまはただ、本坊、一宇を止《とど》めるだけ。宗派は、真言宗仁和寺《にんなじ》派に属している。

二日間休暇をとった。まさか、妖怪をインタービューしにゆくとはいえないから、石楠花の探勝さとガラにもないことをいった。この風流心に和して、Sという若い記者が同伴を志願してきたから、たとえいかなる妖変に遭おうともキモをつぶすなと因果をふくめ、おともを許してやった。昭和二十五年初夏、小生当時、京都で宗教担当という、新聞記者としては至ってはえばえのない仕事をやっていたころである。

京の北の街外れ、植物園前という所から日に二回、北へ向って田舎バスが出る。われわれはそれに乗った。車体が分解しそうな悪路を一路北進。三十分ばかりすると坂《さか》路《みち》にさしかかり、えんえんと山中を蛇行する。道といっても、材木を切り出すための林道をバスが便乗しているだけのもの。洛北《らくほく》の山塊もここまでくると、熊野《くまの》の奥を思わせるような幽すいぶりを呈する。出発から約一時間、道程にして四里、雲《くも》ヶ畑《はた》という山間の部落につく。寒村だが、明治まで数百年、志明院の用を務めた古い歴史がある。ついでに説明するが、志明院というのは代々の勅願寺で、この辺一帯の山林を所有し、明治までは、その寺有林の収益があるのと、勅願寺の権威をまもるために、民間の寄進を拒否し賽銭《さいせん》をあげることすらゆるさなかったといわれる。今でも寺の維持費をまかなって余りある山林が残されているという、今どき珍らしい清福の寺である。

バスを捨てて山路をあるく。道といっても雨の日は川に変るらしく、岩を避け、凹みに足をとられ大変な難路だ。杉木立が深いうえ、出発が夕四時だったからそろそろ日が落ちはじめ、一丁ごとに、あたりの暗さが増してきた。はっと眼の前を横切った物体がある。もう一度、左手の杉木立から右手の木立へ、さっと消える。

「ムササビですよ」

御安心を、といいたげな眼でS君、私の顔を見る。冗談じゃない、度胸はたしかなるものだ。それより、早く石楠花の山を見たいな、というと、「いや、ぼくは妖怪変化のほうに早く会いたい」とS君。とたんにヒグラシが人魂《ひとだま》のような声でないた。いやな山である。その拍子に妙な想念が浮んだ。妖怪実在論というやつだが、お笑いになっては迷惑する。ムササビを見、ヒグラシを聞いたとたんの、その瞬間では、少くともぼくにとっては大真面目《おおまじめ》な学説であったからである。

読者は、源氏物語を読まれてご存じのように、平安期の文学や説話には「物の怪《もののけ》」からの恐怖が、どれを読んでもこまごまとしるされている。居間を照している薄暗い短檠《たんけい》（ともしび）の、わずかな光芒《こうぼう》のそとは、完全な闇《やみ》であった。その、せまい光の円内だけが人間の世界であって、光の最後の円周からそとは物の怪の支配する世界だと彼らは思っていた。物の怪とは、たとえば鬼や狐狸《こり》やその他の怪物のような実体のあるものではなかったようだ。一種の気体のようなもの、そのくせ随意に音響をたて、人に病いを起させ、時には便所の入口などで黒煙のように立昇り、気の弱いお公卿《くぎょう》さまを卒倒させる。ところが、年を経るにつれ、いつのほどにか都に住みにくくなり、どこへともなく民族移動をはじめた。愚察するに、藤原が衰え、平氏が亡《ほろ》び、剛健な鎌倉武士の支配する時代になってから、物の怪の衰退はとくに顕著なようだ。加持祈禱《かじきとう》を好む浪曼《ろうまん》的な天台、真言の時代から、合理主義精神を尊ぶ禅宗、真宗の時代に移りはじめてから、物の怪ども世の中が住みづらくなったのにちがいない。

いずれにせよ、平安期の貴族をおびやかし続けた物の怪は、その後どこへ行ったか。そのときのぼくのインスピレーションでは、この洛北志明院の山中にこそ、彼らの残党が余端《よぜん》をたもっている、ということであった。この種のインスピレーションが、現在まで絶ゆることなくぼくの頭に湧《わ》き続けていたとしたら、ぼくは立派な新興宗教の教祖になれたろう。残念ながらムササビ的インスピレーションではいかんともしがたい。

四十分ほど登ったあたりで、こつ然と眼前に小盆地がひらけた。四囲絶壁の中にある小学校のグラウンド程度の平地である。志明院はそこにあった。銅ぶき、白木造。一見、寺院というより鎌倉時代の武家屋敷のような構えである。意外なほど清潔な感じがした。

案内を乞《こ》うと、院主がとびでてきてくれた。

「おう、ようきてくれた。暗くなるし、もう、あきらめてたところですわ」

院主田中良順師は、戦後しばらくしてこの寺に赴任してきた五十過ぎの清僧。密教学者である反面、月々の総合雑誌は欠かさず読むという若々しい精神の持主である。雑談数時間ののち、寝所に案内された。寝所というのは、山を背負って立つ本坊から、その山の斜面を這《は》って回廊が上へ伸び、そのはてに八畳真四角の茶室が鳥の掛巣のように山腹にかけられている。そこに支度されているのだが、そこまで行くのが大変、電灯がないから、院主が足許《あしもと》を照らしてくれる手燭《てしょく》に頼って歩かねばならない。初夏とはいえ、さすがに深山、少し冷える。

「化物、出ますか」

S君が、前を行く院主にたずねた。

「ははは、化物ですか。うん、化物かどうかわからんけど、寝入りバナを邪魔されたりするのは弱ります。わしはもうこの寺に来てから五年にもなるから馴《な》れたが、それでもひどいときは寝られんことがありますな」

事もなげにいう院主へ、S君、いったいどんな種類の化物が出るんですかと聞いた。

「三種類いよります。一つは竜火、二つ目は天狗《てんぐ》の雅楽、もう一つは、こいつがやかましいのやが、まア追つけわかりますやろ。竜火のほうは、ちょうど、大和の行者で上田さんという先達がとまってますから、十二時ごろ山のほうへ案内してもらいましょう。まアそれまで、ごゆるりと……」

九時ごろだったが、所在もないので、二人とも寝床に入った。ちょっと岩見重太郎の心境だな、などとS君大はしゃぎだったが、化物待ちというのは、あまりいい気分のものではない。十時をすぎたころ、月が出た。もう一度、建物の説明をしておこう。てっとり早くいえば、山の中腹に吊《つる》された箱のような構造物なのである。三方が紙障子それに濡《ぬ》れ縁。背面は山を背負っている。濡れ縁まで出ると、真下に、本坊の屋根が月光に光っている。

十一時ごろであった。雑談に倦《あ》いて、すこしうとうとしていると、突然、ついに、出るべきものが出た。三方の障子が、一時に、ガタガタと鳴りはじめたのである。誰か、外で障子のサンをつかんで力まかせにゆすっているという感じだった。とにかく両名、ふとんを蹴《け》って起き上り、さっと三方、障子を開け放った。とたんに音がやむ。誰もいない。しさいに周囲を点検したが誰もいない。中に入って再び寝るしか手がなかった。「とうとう、出ましたな。しかしこいつは、誰かのいたずらですぜ」。学生時代尖鋭《せんえい》的なマルキストだったと自称するS君、これしきのことでへこまないのは当然である。ややあって再び西側の障子が鳴った。間髪をいれず障子を開けたが猫の子一匹いないのは前と同断。再び寝床に入ると今度は東側が鳴動する。ゴウをにやして、ついに、三方の障子を開け放って寝た。月光が枕元《まくらもと》までさしこんで、曲者《くせもの》の捜索にはさまで不自由はない。

とこうするうち、こんどは、屋根の上で、シコでも踏むような鳴動が聞えはじめた。濡れ縁までとび出て屋根を見上げたが、音は聞えても形がない。

「恐れいったな。一体、何だろう」

ぼやいているまに、音響はわれわれの建物を離れ、一足とびに眼下の本坊の銅ぶきの屋根にとびおりて、そこで乱調子なシコをふみはじめた。「田中さーん。やってますなア化物が……」と下へおがると、下の書院あたりから「ああ、やってますな。もうじき済みますよ」という落着いた院主の声がはねかえってきた。大和の上田さんとかいう行者と、碁でも打っているらしい。大体、この寺には、人といえば、院主、上田行者、それに私ら二人のほかいないのである。第一、いかなる手品師でも、こんなばかばかしいほど種のわからない魔術はやれるものではない。

「どうも、わからん」

二人とも部屋にかえって、ぺたんと寝床の上にすわりこんだ。もう、音はしずまっている。

「とにかく、新聞記者としてだな、その職業的リアリズムの面目にかけても、妖怪変化の仕業とは思いたくないのだが、百歩引退《ひきさが》って妖怪だとしたところで、これはずいぶん、からっとした、インにこもらない、陽気な妖怪だな」

へんなぐあいであった。いろいろ、いっぱしなゴタクはならべているものの、両名、何となく六分通り妖怪を認めはじめたような、一種の心理的な酩酊《めいてい》状態におちいりかけている。何はとまれ、院主に会おう、ということで書院を訪ねてみると、案の定、上田行者とザル碁の真最中であった。

「ははは、おかしな寺でしょう」

上田行者は六十年配。元来が大峰行者だが石楠花のころには、毎年この寺に何週間も泊りがけでくるのだという。

「全国の修験者《しゅげんじゃ》の中でも、この寺を知っているのは百人といないでしょう。行をする者には、こわい行場《ぎょうば》なんです。深夜、山にこもっていると、髪を引っぱったり、ホッペタをなぐったりする妙な魔性がいましてね。私も若いころから全国の山々を歩きましたがここだけですよ、変なことがあるのは」

「変なこととは何だ。寺にケチをつける気かい」などと笑いながら、院主、一石パチリと置き、

「建武のころの古文書が寺にあるんですがね。そこにも書いてありますよ。もうずいぶん古い霊異《りょうい》らしいな」

その古記録をみせてもらったが、例のドタバタのほか、竜火、天狗の雅楽なども記載されている。

「住職で来た当時は、どうしてもその正体をつきとめてやろうと、さんざん探索しましたが結局わかりません。いちど、京都の大学にでも頼んで、科学調査をしてもらおうかと思っています」

二人は、碁を崩し、じゃこれから竜火のほうを案内しようと立上った。

外は、月光がいよいよ強くなり、お互いの表情まで見えるほどだった。四人、山頂近くにある奥の院を目標に山中を分け入った。途中、岩窟《がんくつ》があり、糸ほどの滝が掛っている。そこで先導の上田行者が足をとめた。

「この辺で竜火を勧請《かんじょう》しましょうか」

この行者、勧請という言葉を使う。神仏が何かの意思をこの竜火によって顕示するという意味で使われているのだろう。すると竜火とは、われわれこそ不遜《ふそん》にも化物扱いにしているが、神聖な霊験として考えられているようだ。上田行者は、何か経文のようなものを唱え、九字《くじ》を切り、最後に、ええいっというレッパクの気合をかけた。

すると、ポツリ、見えた。たしかに火である。われわれより一間ばかり前方の空間に、ポカリと浮んでいる蛍光色の火、大きさは十円銅貨ぐらいあろうか、正体は何にしろ、気合と同時に火があらわれたことはたしかだ。近づいて、ためつすかしつしても消えない。（どうだ）とS君のほうを見た。「うん見える。たしかに見えた」。S君の奥眼がシバタイている。

行者は、さらに奥の院へ行く途上、一二度試み、帰りも、われわれが望む場所で、竜火を出してくれた。

しかし、これは、何か発光体をもった虫かもしれないという疑いは持ちうる。えい、という気合によって空気が振動し、その刺激で発光するのかもしれない。ところが、虫がいそうにない冬の雪中でも、このことがあるというから、この点、雑パクな科学知識ではちょっと見当がつかない。

寝所に帰り、二人であれこれ憶測をくりかえしつつ次の変異を待ったが、いうところの天狗の雅楽なるものは、ついに明け方まできこえなかった。

一週間に一度は、山頂の天狗松のあたりから、いんいんと響いてくるそうだ。ショウやヒチリキの音が、あるいは高くあるいは低く、間に太鼓の音をまじえ、階調正しく演奏されるというのだが、寺より十丁下った雲ヶ畑では、誰でも子供のころからこの音楽をきいているというから、まずウソではあるまい。この耳で確かめたわけではないから、どのような名曲かは、信念をもってお伝えしかねるが、おそらくは、この山頂近い小盆地の、特異な地形によって、気流が妙な形にうずまき、それが松や岩に当って自然の音楽をかなでるのではあるまいか。これは私だけの邪推ではなく、院主もそういう見方をとっていた。とはいえ、現実に聞いてみると、とてもそんなイヤガラセ科学式な推量が、アタマに浮ばないほど、雅楽そのままな音律だそうである。

お花の雑誌だから石楠花のことを書くつもりだったが、つい化物のほうに重心がかたむいてしまった。といったところで決してホラをふいたわけではない。疑いぶかい人は、いちど行ってみられるがよい。たとえ、まんがいち、化物が出てくれなくても、御自身の精進のわるさを嘆かれるには及ばない。文字通り、全山を埋める石楠花の花が、あなたを十分にたんのうさせてくれるはずである。

（昭和29年8月）

「百人展」雑感

「ただ、いえることはね」

会場までの、車中の雑談である。

「華道に入って三十年、ようやく最近になって束縛から解きほぐされたような気がします」

どういう意味だろうと思った。語り手は、前衛挿花の驍将《ぎょうしょう》。

「現代造型の世界では、何をやっても自由だということ」

解放感の理由はこれ。この言葉に多くの含蓄があろう。しかし今は額面通り受取っておこう。果して、何をやっても自由なのか。また、自由の本質は、どのような形で展開されているのか。この二つの問をポケットに入れて、私は会場のアーチをくぐった。

くぐったとたん、何か巨大な風圧によって、外へはね返えされるような感じがした。

絵画や彫刻の会場では、こういう経験はない。挿花特有の、怪奇な量感から来る風圧である。怪奇という表現は、あるいは不穏当かもしれない。挿花展に接触のすくない私の、素朴な主観にすぎないからだ。といって、受けた印象は、決して不快なものではなかった。いやむしろ、絵画や彫刻の展覧会より、数段楽しいものですらあった。そうした基礎造型の世界よりもここでは多彩な変化がある。さらにいえば、基礎造型よりも材料制約の点で、はるかに寛容な「自由」がある。さてその「自由」の本質は、と来るべきだが、ここでは長くなるから端折《はしょ》ろう。

肥原宗匠の作品を見る。他の作品群を見てきた眼には、これは、異質なほどに謙虚なたたずまいを見せている。「清新」と、表現してみよう。次いで、「線も面も量も色も、極度に単化された近代の簡勁《かんけい》」と説明をつけたい。こうした美が構築されるには、相当な切り捨てへの決断が必要であろう。

しかしこの作品は、この作品そのものを見つめていなければ、よさに触れることはむずかしい。つまり、会場効果としては、損ということ、もう一ついえば、周囲の作品群が、例外なく肩を怒《いか》らせ、ヒジを張り、四隣に恫喝《どうかつ》を加え、がむしゃらに己れを主張するといった、誤った会場効果に比重を傾けすぎているがために、こうした、真《しん》摯《し》に追究された作品は、えてして損をする。その損を見越してなお、この作品を選んだ宗匠の制作態度を高く買いたい。単に会場効果をあげるために余分な材料を加え、不要な色を置くといった作品があまりにも多いからだ。他を食うという「自由」――絵画展でもそうだが、展覧会の一つの悪弊だろう。

いずれにせよ、会場は、豪華の一語に尽きる。なにしろ、名古屋以西（東京展は名古屋以東）、北陸を加え、西は福岡、熊本、高知までを含めた、西日本選りぬきの有力作家たちが一堂に妍《けん》を競っているのだ。ここに現代挿花のすべてがあるといってい い。私は、作品個々を楽しむよりもむしろ、作品群が奏《かな》でるオーケストラに酔わされてしまった。

（昭和29年11月）

「風景」という造型

小学生のころだ。音に聞く「天ノ橋立」へ修学旅行に連れて行って貰《もら》ったのはよいが、子供心にも、こんなクダラない風景のどこがいいんだと思い、ついにこんなのが日本三景なら、他の名勝など見なくてもわかっているとまで思いこんでしまった。まことに可愛気《かわいげ》のない話だが、子供のころ植えつけられた先入主はロウコとして抜けず、大人になったいまも、いわゆる名勝の価値を宣伝ほどには信用しない。

いや、も少し詳しく申せば、信用しなくなるまでに多少の懊悩煩悶《おうのうはんもん》（？）はあった。何しろ万人が名勝だというのである。自分一人つまらんと思うのは、自分自身に欠陥があるのにちがいない。ひょっとすると、オレは、テンから風景を賞《め》でる感覚のない、いわば〝景痴〟ではあるまいかと、ひそかに内省もし、恥じ入りもした。

ところが「天ノ橋立」たるや、その後幾度となく行く機会があったが、いくたびタメつスカしつしようと、小学五年のときの判断から一歩も前進しない。もはやこれ以上はオノレの眼を信用する以外手はないと覚悟するにいたった。

別段「天ノ橋立」に恩もウラミもないからことさらこれだけをヤリダマにあげる魂胆は毛頭ない。「安芸《あき》ノ宮島」にしても「松島」にしても、なべて世に喧伝《けんでん》される名勝というシロモノ、行ってみてコレハと三嘆した経験はほとんど稀《まれ》である。読者も同感される方が多いにちがいない。

さてさて景色を純粋に評価しようと思うさい、マユにツバをつける必要があろう。曲者《くせもの》は「名勝」の下に必ずといっていいほど付随している「史蹟《しせき》」という奴《やつ》である。こいつの催眠術にかかってはせっかく純粋であるべき鑑賞眼が曇ってしまう。絵画でいえば、いわゆる「文学性」というマヤカシである。

現代絵画は「文学性」を峻拒《しゅんきょ》することによって純粋な「造型」の場を発見した。たとえばここに、大楠公《なんこう》の「桜井の子別れ」という歴史画がある。観《み》る人は、まず楠公の心事を想《おも》い太平記のストーリーを想起して、涙を流す。この感動は、絵画そのものによって惹《ひ》き起されたものではなく、絵画が表現する絵画以外のロマンによって感動させられたものである。だからその絵は、いわば、大楠公のロマンという「文学性」を説明したサシエでしかない。それじゃつまらんというので、文学とサヨナラした純粋造型が出現したわけだが景色にもおなじことがいえる。「史蹟」というロマンのフィルターを借りてはじめて情感が湧《わ》くことが多い。

千曲川《ちくまがわ》の流れにしても、小諸《こもろ》なる古城にしても、何気なく臨めばヘンテツもない田園風景である。しかし藤村の詩を想いうかべつつ眺望すれば、いままで静止していた風景がにわかに生動して大きな感動をよぶ。

関ヶ原にしても同じことがいえるだろう。尾崎士郎などがここ十数年憑《つ》かれたようにこのあたりのことを書きまくっているが、風景そのものとしては汽車の窓をワザワザ開けるほどの価値すらないが、この関ヶ原の山河で四百年のむかし、徳川と大坂方がそれぞれ十万の武者をくりだし政権争奪の壮大なロマンをくりひろげたと思えば、おのずから、景色をみる眼もちがってくる。

景色というものは、多くはそうしたものだ。しかし景色そのものを評価する場合は、そうした「史的ロマン」なる夾雑物《きょうざつぶつ》は洗い落す必要がある。洗い落して、なおかつ、すばらしければ、それこそ宇宙が造った、真に鑑賞の価値のある造型美といえるだろう。

はてさて、小リクツが多くなった。実を申せば、この原稿はこういうリクツを書けというので頼まれたのではない。先日、落葉樹で真ッ赤になった伯耆大山《ほうきだいせん》を見た。その真ッ赤ぶりを感想にして書けという注文だったのである。

「伯耆大山が真ッ赤だ」と聞いたのは十一月の一日ごろだったか。数日間でまたたくまに色があせるとオドされて、とるものもとりあえず行った。行きがけに、本誌の編集長、国田弥之輔氏をさそったが、誌務多忙を理由に応じなかった。人生は短い。美しいものがあると聞けば寸暇を割いて行くべきだのに、わざわざ眼をつぶって誌務に専念する。こういう仕事熱心な編集者をもった本誌の読者は幸福である。

とまア、ぶつくさいいながら十時間の夜行列車に堪えて現地に行ったのだが、行ってみて、ホッとした。十時間の労働の甲斐《かい》があったのである。これほどの色彩風景は、寡少《かしょう》な私の見聞の範囲内では最初のものであった。全山を蔽《おお》っている多種類な落葉樹が、それぞれの固有色をぞんぶん発揮しながら、文字通り多彩な色彩の幻術をくりひろげているのである。しかもその舞台たるや、眼前の天と地を一切蔽うほどの壮大さなのだ。私が画家ならば、この風景をみて、勇奮するか、落胆するか、どちらかであろう。落胆とは、この色彩世界を、人間の才能と人工の顔料をもってしては、とうてい写し得ないということである。

風景を文字で描いたところで仕様がない。この辺でとどめておこう。

（昭和30年3月）

影なき男

おっちょこちょいというものは仕様のないものだ。イキのいい新聞記者が「私の処世法」などというものを引受けるようになれば、ジャーナリストとしてはもう堕地獄ものだが、そのおっちょこちょいが、先日、ラジオから私の「身辺随筆」なるものを頼まれて、安請合いに引請けてしまった。引請けてさて原稿用紙にむかったところ、驚いたことには身辺もなにも、第一スジの通った私生活ってやつがカケラもないのである。むかし「プラーグの大学生」という超現実主義映画があったのを読者はおぼえておられるだろうか。主人公の大学生が悪魔に魂を売り、影をとりあげられるのである。影のない男など想像するだけでも身の毛がよだつではないか。それと同断なのだ。ナマ身一匹の人間が生きてゆく〝生〟の投影としての私生活が、これっぽちもないということは、何者かに魂を渡した証拠でなくてなんだろう。

ちょっと、この辺で註釈を入れよう。むろん、私にだって住宅というものはあり、その屋根瓦《やねがわら》の下でささやかながらも家庭はある。時には女房と飯のおコゲのことで言い争いもしようし、電車の中で足を踏んづけられれば心からの憎悪《ぞうお》をこめてニラミつけてやりもする。しかしだ、そういうものをタシ算したものが私生活だとは、私には思えない。

理解していただくために、新聞ジャーナリストというものの生活の一端をご紹介しよう。この一群の男たちの生活の軸をなしているものは、ニュースという奇怪きわまりない気体なのである。じつにバカげた、とらえどころもないシロモノなのである。お手許《てもと》の朝刊をひろげていただきたい。大は鳩山《はとやま》首相の政見談話から、小は百貨店のカッパライのことまで、さまざまなその前日の出来事が、細大もらさず活字として黒々と埋められている。ぜんぶ、自分のことでなく、自分以外のひとさまが、やったことやシャベったこと、ときにはクシャミしたことや笑ったことまでが克明に載せられている。

政治家や革命家は社会を創《つく》り、宗教家や教育家は人間を創り、靴屋は靴を作り、銀行家は金を作る。すべて固体だ。ところが新聞ジャーナリストときたら、気体をおっかけまわしているのである。靴屋がビニール製のめずらしい靴を作った。それニュースだとばかりに書く。すべて自分以外の人物が創造したことによって発散する気体のようなものを、新聞ジャーナリストは追っているわけである。

空虚といえば、これほど空虚な仕事はない。ところが、新聞記者という一種想像を絶した奇怪な動物は、この気体を追うのに全生活を賭《か》けている。しかもその追い方ときたら、銀行員のようなまた教師のような生活では、とてもやりきれるものではない。四六時中、何がニュースになるかと考えあぐね観察しあぐね、朝起きれば他紙の朝刊を死の宣告をまつような気持でひろげ、万が一にもヌカれやしないかと眼を血走らせて読みあさる。夜、勤務が退《ひ》けても、あるいは不慮の事件でも起きはすまいかと持場の警察を一廻りし、たまに酒をのむことがあっても記事の功名話か失敗話が中心になる。抜く抜かれるということに奈落《ならく》の浮沈をかけているのだ。この生活のどこをさがしても私生活というスペースはない。

私生活というのは、飯を食ったり、排泄《はいせつ》したりすることの総和ではない。そんなのが私生活なら犬でもカイコでも私生活はある。私生活とは、チャンとした考え方、それを大きくは人生観、小さくは処世法とでもいおう、そうしたものによって、キチンと律せられた生活を私生活というのだ。二十年勤続の銀行員が、無味乾燥な一日のつとめを終えて、家の小さな庭でボンサイを楽しんだり、同好を誘って句会に出かける。それが私生活だ。魂の安らぎをもとめて静かに聖典を誦し永遠へ思索を参入させる。

これもすぐれた私生活だし、享楽《きょうらく》を人生の目的としている人物が、暮夜ひそかに走ってバーの扉を押し、キャバレーで乱痴気さわぎをするのも、厳然たる私生活である。ところが新聞ジャーナリストときたら、二十四時間すべてが公生活の意識をもって律せられ、厳密な意味で私と名のつく生活はほとんどない。

つまり、影をもたない、いや、もともとはもっていた影をニュースという神に捧《ささ》げ渡した男の群れが、新聞ジャーナリストというものなのである。

ニュースというのは、神であるか悪魔であるかは別として、これは新聞記者にとってはたぶんに阿片《あへん》の毒効をもって、時には「影」のない人生がいかに空虚であるかと気づく瞬間もあるのだ。しかも、それに気づくときはいつも、虚無の深淵《しんえん》をのぞくような悚然《しょうぜん》とした気持におちいるのである。しかし、次の瞬間には、その触角は新しいニュースを追っている。なんという悲痛な習性だろう。

私はいま、深夜、五、六人の記者が事件待機のために社会部のデスクにたむろしている光景を思いうかべている。所在なさに、駄法螺《だぼら》の花が咲いているはずだ。たいてい、その中に四十を越した年功の記者が一人はいる。彼が夢中で話している話題に耳を傾けてみたまえ。十中八九は、往年書いた特ダネの功名ばなしである。書いた本人が誇らなければ、何年も経《た》ったこんにち、誰が記憶してくれるものがあろう。その当時ですら、新聞記事というものは、書いた記者の存在は明らかにされないのが普通なのだ。ニュースにいきりたつのも阿片、往年の功名話を繰り言のようにくりかえすのも阿片、思えば、常人の理解をこえた妖異《ようい》の世界に新聞記者の魂は住んでいる。

ある新聞社が、編集局記者の停年退職後の平均存命年数をしらべたら、なんと三年であったという。精魂すりへらして退職したあと、やっと人並みの〝影〟をとりもどしたと思ったら、もう人生におさらばしてしまう。影のない人生の宿命が、これほど悲痛であるということは、すべての影のない男たちは知りつくしている。知りつくしてなお、この瞬間も彼らはニュースを追うことをやめないのだ。こういう男たちにかかっては、編集部提示の「処世法」も介入する余地があるまい。彼らをして喜んで悲壮の宿命につかしめているジャーナリズムという現代の神を、そういう観点からも、敬虔《けいけん》に、また冷酷に認識する必要があろう。

（昭和30年5月）

モダン・町の絵師 中村真論

大阪のミナミといえば、レストランか帽子屋さんばかりの街かとおもったら、画家の夫婦が住んでいた。訪ねると、まことにゆかいな暮しぶりなのである。

すし屋さんがトロのにぎり心地のよさを売るように、生地屋さんがイギリス直輸入のツヤのいいドスキンを売るように、この画家はモダンでイキな造形感覚を、ひとプランいくらでお客に売っている。

お客は、たいてい、バーのマダムか、喫茶店のオヤジだ。ルオーもコルビュジエも知らない。絵といえばポンチ絵、美といえばストリップの看板ぐらいしか知らない紳士、淑女なのである。

「もうかりまっしゃろか、このデザイン――」

「さよう。今の一倍半程度はね――」

画家は、むかし重砲兵に採られたという太い腕を顔のあたりに上げ、とくいげにドジョウ・ヒゲをくすぐる。厚味のある顔、それに厚味のある微笑がうかんでいる。たくましい自信をかくした、やさしい微笑だ。

「なんしろ、ゼイキンでごっそりやられましたんでなア。なんとかして先生のデザインで店を改造して取りかえさんと……。ほんまに先生、大丈夫だっしゃろか」

「そんなにご心配なら、こういうのはどうです」

画家は、とっときのデザインをしめす。

「あっ、ソレソレ」

お客はとびつく。ホクホク顔で帰ってゆく——、
そういう画家なのである。この中村真先生というのは。

だいたいのところ、大阪という大都市そのものをカンバスと心得ている不逞《ふてい》の精神の持主だ。

アトリエで、世紀の苦悩を一身に背負ったみたいな渋面を作って絵具をこすりつけているありきたりな画家とは多少オモムキを異にしている。彼の仕事場はアトリエでなくて街だ。カンバスに絵を描くよりも、街そのものを改造して絵にしようとしているのだ。まことに恐れいったアツカマシサである。

大阪のある有名喫茶店で奇妙なウワサが立った。それがいまや伝説にまでなろうとしている。

「あの店に恋人と行ったらあかんで。必ず縁切れになる」

そんなウワサだ。

「ふうん、あの子と別れたいの？　そんなら一緒にP店に行ったらええねん」

そういう知識は、ちかごろ、どのミー子にもハー夫のポケットにもはいっている。

お染久松の当時なら、お伊勢《いせ》さまがそういう役割だったらしいが、ちかごろの大阪恋愛界ではもっぱらP店がその神秘を独占している。

そのシンイン・ヒョウビョウたる喫茶店を造りあげたのがたれあろう、この画家なのである。

「おそらくそうなるやろとおもててん。あの店はナ、店のオンナノコだけがきれいに見えるようにしたアんね。そのため、せっかく連れてきた恋人が見劣りするねナ……。恋人同士が来ると客足の回転が悪《わ》るなるさかい」と、ケロリとした顔である。なんと最初から彼はその意図でデザインしたのだ。まことに奇妙キテレツな造形力というべきであろう。

むかし、画家を絵師といった。絵師には将軍、大名あたりから扶持《ふち》で養われたお抱え絵師もあれば、フリーの絵師もあった。フリーの絵師は近所の旦那《だんな》にたのまれてはフスマ絵を描いたり、版画屋の注文で浮世絵の版下を作ったり、時には旅行して安寺の杉戸に絵をかいたりした。こういうエカキを〝町の絵師〟とひとびとは呼んだが、明治以降、洋画の伝統が入りこんでから絵師は画家と改称し、アトリエというカタカナ文字の構築物をかまえて、チマタの世界とは一段高座にすわるようになってから、スジの通った画家で、そういう仕事をする人はほとんどいなくなった。が、こんにちの時代は、画家に対して、そういう孤高で閉鎖的なありかたを許さなくなっている。国土の美化や、都市美の造形に彼らを参画させようという考えかたが、ボツボツひろまりつつある。

そういう時代に先覚に燃えて一歩お先にとびだしたのが中村真だ。いわば、モダン・町の絵師という光栄ある称号が適当な存在なのである。

（昭和30年9月）

この本を読んで下さる方へ

こうした本を書けといわれた最初、サラリーマン生活の支柱になるような、古今東西の金言名句を中心にということであった。

大工さんには大工さんの金言がある。その職業技術の血統が、何百年をかけて生んだ経験と叡智《えいち》の珠玉なのだ。植木職でも陶工の世界でも同じことがいえよう。

さて、サラリーマンの場合である。いったい、そんなものがあるだろうか。私は考えこんでしまった。どうやら、この職業の伝統にはそうしたものはなさそうなのである。

ないということは、この職業の本質そのものに関係がありそうな気がする。この本の中にもあるように、末川博《すえかわひろし》博士は「一体、月給取りを職業と思っているのだろうか」という意味のことをいっておられる。なるほど、学者、技術家、芸術家などの職業感覚からみれば、まことにオカシナ職業の座にサラリーマンというものは座っている。このでんでゆけば、あなたの職業は？——はア、会計課員ですと答えるのが正しい。ボウバクと「月給取りであります」なんぞは、論理として多少明晰《めいせき》を欠くウラミがある。

　じつにサラリーマンたるや、きょうは営業課員であっても、あすは庶務課員もしくは厚生寮カントク員と名乗らねばならぬかもしれぬ宿命をもっている。「職業」がへんてんとして変るのだ。二十四歳で庶務課員となり三十年ひとすじに同業を貫徹いたしましたなぞは、この社会では尊敬をうけないのである。しぜん、他の職業ほどには、職業そのものに関する金言名句がすくないのも無理はない。あるとすれば、職業そのものよりも、サラリーマンという悲しくもまた楽しい人生者としての処世の警句ぐらいのものであろう。

　私は、この本で日本のサラリーマンの原型をサムライにもとめた。そのサムライも発生から数百年間、サラリーマンではなかった。戦闘技術者という、レッキとした、末川さんのいう職業人であったのだ。だから当然、イクサの駈《か》けひきや、刀槍《とうそう》の使い方、戦陣での心得などの面で、彼らの行動や思考ヒントになる金言が山とあった。

　ところが、徳川幕府の平和政策は、いちように彼らをサラリーマン化してしまったのである。もはや、刀槍をふりまわす殺人家としての金言は要らない。が、彼らのブッソウなキバは抜いてしまったものの、平凡な俸禄《ほうろく》生活者としての公務員に甘んじさせるために何らかの〝サラリーマン哲学〟が要った。

これが儒教というやつである。その前の時代までは、せいぜい僧侶《そうりょ》の知的玩具《がんぐ》にしかすぎなかったこの実用哲学が、ホコリを払ってサラリーマン教範として武士という公務員の上に君臨した。

儒教の中でも、ことに朱子の理論体系が幕府の気に入り、多少の革命思想をふくむ陽明学などは異学として禁じたほどだった。いずれにせよ、儒教のバイブル「論語」が、江戸サラリーマンの公私万般におよんだ金科玉条であったわけである。

「論語」のなかでは「君子」ということばが、さんざん使われている。「君子人《ひと》カ、君子人《ひと》ナリ」といったように、孔子のえがいた理想的哲人を現わす語であったようである。しかし「論語」は政治哲学の匂《にお》いが濃い。したがって「君子ハカクアルベシ」と孔子がいう場合、ズバリといえば「役人ハカクアルベシ」ということなのだ。美称でいえば牧民者、実質的には中国の古代サラリーマンの倫理綱領であり、処世訓なのだ。だからこそ「君子、アヤウキニチカヨラズ」などと、まるで卑俗な明哲保身の術を教えているのである。

ところで、私の本には「サラリーマン論語」という副題がふられている。なにも、孔子さまの向うを張って、昭和の論語を編むというオソルベキ考えはサラサラない。なにぶん、孔子さまとは、天の星と地のミミズほどのちがいもある薄汚れた安サラリーマンなのである。気よう気ままに書いた楽書にすぎない。アプレサラリーマンらしいフテイさも、当然まじっていよう。その点からいえば、一種の〝悪書〟であるかもしれない。

ただ幸いにも、私は新聞記者という職業についている。この職業は、一種の内地留学ともいうべきフシギな体験のできる職業なのだ。十年のあいだに、私は、警察、裁判所、府庁、大学などと、五六ヶ所の受持を遍歴した。たとえば、府庁を受持った二年間というものは、ミイラとりがミイラになるというか、その職場の動きを観察するうち、その職場の特有の生活感情に染まって自分とは異質な職業人と哀歓を共にするようになった。この本の活字の裏には、かつて私と日常を共にしてきた下級警察官や大学事務員、地方公務員などの生活感情が、私なりに混和されて流れていると思っている。数種の職業を心理的に体験したことがあるいは著者がいえる唯一《ゆいいつ》の手前ミソかもしれない。

（昭和30年9月）

あるサラリーマン記者

私は、新聞記者（産業経済新聞社）である。職歴はほぼ十年。その間に、社を三つ変り取材の狩場を六つばかり遍歴した。

むろん最初の数年間は、いつかは居ながらにして天下の帰趨《きすう》を断じうる「大記者」になってやろうと、夢中ですごした。まったく青春をザラ紙の中で磨《す》り減らした観さえあった。しかし、コト、ココロザシとちがって、駈出《かけだ》し時代の何年かはアプレ記者と蔑称《べっしょう》され、やや長じたこんにち、事もあろうにサラリーマン記者（！）とさげすまれるにいたっている。私だけではない。この世代は、いちようにこうなのだ。社にしてみれば、ニワトリのタマゴだとばかり思っていたアプレ記者が、いざ孵化《かえ》ってみると、ノコノコ亀《かめ》が出てきたというほどのオドロキである。いわば時代の推移というものだろう。当人は、さほど気にはしていない。ばかりか、それこそ、今後の正しい新聞記者のあり方だと思っている。

昭和二十年の暮、私はスリ切れた復員外套《がいとう》のポケットに手を入れて、大阪の鶴橋《つるはし》から今里《いまざと》の方向にむかって進んでいた。目的はたしか、わずかな復員手当の中から、靴を購《もと》めたいと闇市《やみいち》を物色して歩いていたのだ。めっぽう、ハラが減っていたのを覚えている。屋台をのぞいて、ふた切ればかり、焼イモを買いもとめ、一切れを二分ばかりで嚥下した。そして靴である。平和になったことを体認する上からでも、ちゃんとした紳士靴がほしかった。底のやぶけた戦車用の長靴《ちょうか》ではどうにもならないのである。しかるのち、就職という段どりに進もうと、周到な腹づもりを立てつつ、私は闇市を進軍していた。

今里の闇市をひとまわり物色してから、猪飼野《いかいの》闇市の方角に転進しようとしたはずみに、私は一本の焼け電柱に気づいた。いや、電柱にではなく、その電柱に貼《は》ってあるビラにである。墨痕《ぼっこん》リンリといいたかったが、幾日かの風雨に洗われ、墨も紙もおおかた剝落《はくらく》していた。

しかし、注目すべき二字は歴然とカタチを残していた。「募集」という文字なのである。私はその上の文字が何であるか、鋳物《いもの》工であるか、旋盤工であるか、たんねんに掌《て》と眼で探ぐった。そのとき、私の肩ごしに顔をのぞかして、とつじょ、声を発した男がある。

「記者募集——」

驚いてふりむくと、冬も近いというのに、海軍士官の夏服を着こんでいる。一眼みて、私と同じ復員学生とみてとれた。

彼はニコニコと話しかけるのだ。

「君は陸軍か」

そうだ、と私は答えつつも、その見知らぬ人懐《なつ》っこい笑顔には戸惑ってしまった。

「これはどうだ。新聞記者とは面白そうじゃないか。どうせ君もルンペンだろう？ 行ってみよう——」

男はすたすた先に立って歩きだした。私はあわててその跡を追った。みちみち聞くと、ついこの間まで、沖縄の空中戦に参加していたという。道理で、動作のはしばしに、ナタで割ったような粗《あら》さがある。男は、露店でアメを買って、一つを私にあたえた。途方もなく足早やな男で、私は数歩あとから小走りで追いすがりながら、

「何という名なんだい、君は」

「あ、オレの名か。Oというんだ」

その新聞社はすぐ見つかった。猪飼野のゴム製造業者街のなかに、地下タビの匂《にお》いにまじって、その新聞社はあった。木造二階建、輪転機もちゃんとある。社名は聞い

たこともない名だったが、まぎれもなく「日刊」と銘がふってあった。

「きのう今日出来の新聞社らしいが、こんなのでなきゃ、オレたちを入れてくれないからね」

Oはふりかえって苦笑しながら、ズンズン輪転機のあいだを通りぬけ、木製の階段をみつけて、どかどかあがった。

「編集局はどこです？」

「ここがそうです。あなた方は？　あ、外来者。困るわ、受付を通して下さらなきゃ」

女の子が出てきて、露骨にウサン臭さそうな眼でわれわれの風体をみた。私は、せめて靴だけは買ってから現われるべきであったと思った。

「編集局長さんに会いたいんだが」

「ご用は？」

「就職だ」

戦闘機乗りは、キッパリ宣言した。その語気に圧《お》されて、女の子は一たん引込んだが、やがて出てきて、

「だめなんです。記者募集は一月《ひとつき》も前に締切って、半月も前に採用がきまったんです

って」

「困るじゃないか、そんなこと。ぼくたちはちゃんと電柱の募集広告を見てやってきてるんですよ。それ、編集局長の返答じゃないだろ？　まだ取次いでないんだろ？　さ、頼むよ早く」

Oは、女の子をアヤすように追い立てた。待つうちに三たび現われ、こんどは「どうぞ」と局長室に案内してくれた。

「聴いたよ、いきさつは。まるで就職強要だね」

クルリと回転イスを捻《ひね》ってこちらをむいた局長は、背の低い老人だった。新聞社の編集局長という人種をみたのは、これが最初であった。しかし、この場は、それが最初というのは絶対の禁句だった。なぜなら、その局長は、ノッケからピシャリとこう宣告したのである。

「ここは経験者でないとダメだぜ。大きな社みたいに養成してる間《ま》はないんだから」

ところが、Oは動ずる気配もなく、平然と言い放った。

「もっともです。ぼくたちは、どちらも戦前二年の経験をもっています」

出まかせである。その心臓も並大ていなものではなかったが、それを調べもせず唯々諾々《いいだくだく》と呑《の》みこんだ局長の度量も相当なものであった。いずれ、乱世ならではのカネアイであったろうか。

「じゃ、テストをしよう。この題で、百行ばかり記事を書いてみなさい」

局長は、ドサリと原稿用紙の束をわれわれにほうりだした。あとは、ムニャムニャゴチャゴチャとお茶をニゴすうちに、まアよかろう、明日から出社しなさいと相成ったのである。

この社の社会部（ちゃんとそういうものがあった）に私は五カ月ばかりいた。ロクにありついて私の風体もすこしはマシになったが、Oときたら入社一カ月目ぐらいから截《き》りたてのアメリカ服地をリュウと一着及んで当るべからざる勢いであった。内幕は、しごく簡単明快である。ヤロウめ、ヤミをやっていたのだ。いっては大げさだがカラクリはまことに単純なもので、社の付近に地下タビを作る職人が群棲《ぐんせい》している。Oは大津の石山から通っていた。石山のお百姓から買った米を猪飼野で売り、さらに彼らからは地下タビを買って石山のお百姓に売るのである。才覚といえばただそれだけの才覚だが、そのおかげで天涯孤独の彼が、家を借りチャブ台を買いタンスを買い、ついに後年ヨメを迎えるにいたる財政基礎（?）を確立するにおよぶのである。それはまあいい。ただ当時、そのヤミが問題になったのである。サムライの風上に置けぬと、まず社会部長がリキんだのだ。今はどの社にもそういう蒼古《そうこ》たる記者気質をもった人はマレになったが、当時新興の群小紙には、既成紙を停年で辞めたりした老記者が流れこんでいて、当時ですらすでになくなりつつあった士気凜烈《りんれつ》な部長が多かった。

「ヤミはいいとして、新聞記者たるものが金をもうけるとは何事であるか。赤貧こそ新聞記者の友であるべきである。一瓢《いっぴょう》ノ飲《いん》、一箪《いったん》ノ食《し》、楽しみは自《おのずか》らそこにある。そこから仕事へのきびしさも生れる。金をもうけたければ、商人になればええ」

ガンと、Oをよびつけて食らわせたものである。Oは憤然とした。

「いいじゃないですか。僕には僕の生活の流儀がある。仕事さえちゃんとやってればあとは私生活だ。とやかくいわれるスジはない。そんなケチな了見の社なら即刻やめさせてもらいます」

Oは辞表を書いて飛び出してしまった。私はOへも多少のいい分はあったが、一緒に入ったいきさつ上、何となく義に殉じねば悪いような気がして、トロッコ二台連結のまま辞めてしまったのである。

「どうする？」

またルンペンに逆もどりかと、さすがに私もうんざりしていた。

「まあ、まかしておけ。成算はある」

ことばどおり、Oは、どこで手蔓《てづる》をもとめたのか、京都の新興新聞に頼みこみ、臨時に採用試験をしてもらって、無事二人とももぐりこめた。

以上が、私が〝サラリーマン〟へスタートしたころのおおむねの経緯である。

私はここで丸一年いた。朝刊紙とはいえ、編集局に記者が十五人しかいないという、家内工業的な新聞社である。それでも、部数五万を刷っていたから、今日の地方紙からすればさして卑下したものでもない。もっとも、刷り出す五万部のすべてが、読むために買われていたかどうかは保証の限りではないのだ。当時ときたら、極端な紙キキンで、読者からすれば新聞なんぞは活字よりも紙としての価値のほうがより重大事であった。愛読者というよりは愛用者として、包装紙かオトシ紙としての効用を重んずる風が強かったようである。

だから、どんな紙面を作っても売れた。シカラバというわけで十五人のサムライどもは、売るを度外視し（というほどでもないが）、思うざま理想的な紙面をこしらえようと大いにリキミ返ったわけである。

ところが、そういう十五個のチカラコブを憫笑《びんしょう》する英傑がいた。

「リソウは、大いにええ。しかし、好漢、オシムラクハ、今日《こんにち》の新聞を知らんな」

そう思ったかどうかは別として、彼は、世界の新聞史上始まって以来のすばらしい着想を考えついたのである。

「新聞は、読者が欲《ほっ》するところに従って作るべきである」

着想には、そういう大前提がある。

「今日《こんにち》の読者の欲するところは何か。活字で汚れた新聞よりも、活字のない真ッ白な新聞紙ではないか。だからである、こいつをヨコナガシにすれば、これすなわち……」

というわけで、ヒソカに、その珍無類の新聞をヤミルートに乗せて売った。なにしろ当時のヤミ相場では、刷られた新聞よりも刷られざる新聞紙のほうが四割ばかり高い。これでもうからなければフシギである。

しかし、好事魔多しである。たまたま重役間で、これとは別に、勢力争いのトラブルが起った。そしてその一方の旗色がわるくなった。悲鳴をあげた旗色わる派が、モハヤコレマデとばかり、当時、新聞用紙の配給権をニギっていた日本新聞協会事務局へ「オソレながら」と例の用紙横流しのヒミツを訴え出たのである。

当然、用紙の配給は止まった。紙がなければ新聞は刷れぬ。あわれ、十五個のチカラコブは、霧散してしまったのである。

それでも、若い十五人の記者たちは、なおも望みを捨てなかった。

「なんとか新聞を出そう」

ない智恵《ちえ》をシボった結果、これは新聞協会の同情にスガるよりほかにない、われわれ従業員が陳情にゆけばどうだろうというわけで、当時従組の何かの委員をしていた私とOほか数名が東上することになった。

残留組が、京極《きようごく》裏のカストリ酒場で壮行会をしてくれた。

「ガンバレ。頼んだぜ」

まるで試合に出てゆく野球部員でも送るようなフンイ気である。十五人の記者の平均年齢は、まだ二十七、八歳というところだったろう。陳情すれば何とかなるだろうと、天真爛漫《らんまん》なものであった。

とにかく、東京の協会事務局におけるOの陳情ぶりは抜群であった。私はただ、Oの背中の影から、Oが頭を下げるたびにペコペコ頭を下げていればよかったのである。

「横流しも内紛も、重役がやったことです。ところがそのために紙の配給停止になれば、被害をうけるのはわれわれ罪のない従業員なんです。新聞をもたない新聞記者なんてコッケイじゃないですか。われわれは一枚でもいいから新聞を出したい……」

Oらの嘆願も、理事や事務局長らの固い表情を解くことができなかった。

「何しろ、あたし達がウンといったところで、新聞協会の上には総司令部の新聞課の眼が光ってますからね。彼らがこの事件を知ってる以上、どうにもなりやしませんよ」

ケンもホロロであった。

「では、総司令部に陳情にいくか」

そういう意見も出て、京都の残留組にも相談の電話をかけたが、ほとんどがキッパリ反対した。

「いくら何でも、日本の新聞が外国人に向って新聞を出させてくれとはいえん。それならいっそ、廃刊したほうがマシや」

まことに若いとはいえ、その新聞記者根性たるや軒昂《けんこう》たるものであった。当時、日本の官庁、企業体、大学など、あらゆる団体が総司令部に結びつくことを無上の光栄としていたころである。

意気軒昂はよかったが、社のほうは日ならずしてポシャってしまった。

さいわい、十五個のチカラコブの大部分はそれぞれの既成紙に引取られた。当時はまだ新聞界にそういう慣習と余裕が残っていたのだ。働けそうな他社の記者を引抜くという採用制度と不可抗力な理由で失職した記者を拾いあげるという美習である。

今ならそうはいかない。採用は、毎年新卒者に対して行う入社試験一本槍《やり》である。

その入社生をその社の組織と体質に適《かな》うように規格化する。実力はあっても、その社の秩序のよき部品となりえない記者は、無用の長物という時代なのだ。時代は、新聞記者に対して良き意味でのサラリーマン記者たるよう要請している。野武士記者あがりの私なども、昭和二十三年春現在の社に入って以来、記者修業よりもむしろその点にアタマを痛めることが多かった。しかし、スジメ卑《いや》しき野武士あがりの悲しさ、どうも無意味な叛骨《はんこつ》がもたげてくる。そいつを抑えるのに苦しみ、苦しんだあげく、宮仕えとは、サラリーマンとは一体何であろうかと考えることが多くなった。その苦しみのアブラ汗が本書であるといえばいえるのである。

（昭和30年9月）

花のいのち

ビズィネスの洪水のなかで、私という機械が、ふと、人間にもどる何瞬間かがある。

その日は、こういう瞬間だった。

電話器が鳴る。右手で原稿を書きながら、左手が機械のように受話器に伸びる。耳に当てる。無意識に、鼓膜がその振動音を聞く。

「え？　面会人？　ボク、留守……」

といいかけて、

「どんなひと？　何という名？」

受付の女の子が、声をうんと落して、

「きれいな人ですよ、女のひと……」

「じゃア……」

「通しときます。第二応接ね」

毎度、そういうフラチをきめこんでいるわけでもないが、その日はあいにく、気が遠くなるほど忙しかったのである。

ドアの把手《とって》を廻してから、思いかえして上衣をとって出た。

応接室にはいってみると、まったく面識のない女性が坐《すわ》っていた。

「福田です」

といいかけてポケットを探ると、見覚えのない名刺入れが出てきた。私は上衣を他人のものと間違えたようである。

しかし、幸いにも、あわてるには及ばなかった。

「あのう……福里さんにとお願いしたはずなんですけど」

人違いであった。私はさっさと消えればいいだけの存在だったのである。常時、この福里という婦人記者の姓と私の姓の語感を、受付嬢は混同するのである。

「じゃ、福里君を呼びましょう」

私は、デスクにもどって福里君にその旨《むね》を伝え、再びビズィネスの洪水の中に身を入れようとした。輪転機の重い唸《うな》りが、リノリュームの床をかすかに震わせている。

さて、オレも機械に化けねば、と、ペンをとりあげたが、どうも半身だけがぬくぬくと血がかよって、化けきれないのである。どう呪文《じゆもん》を唱えても、半身だけはうずうずと人間の表情で笑っている。

原因は、別したことではない。瞬間みただけでそのひとの印象が、ほのかに美しかったのだ。そのひとの何が美しかったのか、私は考えをひそめてみた。どうも、お顔というものではなかったようである。印象を脳裡《のうり》で再現してみても、十人並以上の美しさを越えない。スタイル？……でもない。とすると——何でもないじゃないか。こう思いきめて、私は次の仕事にとりかかったのだが、やはり、私の半身にひっかかった印象の、漠然たるなまなましさを取り払うことはできなかった。それは、霧に一条のひかりがちらちらと映えているような、美しい印象であった。

翌日、私の出勤は常よりも遅かった。二階の編集局への狭い階段をのぼってゆくと、中道のあたりで、上から降りてくるひとと、触れそうになった。私は、左へよけた。そのひとも同じ方向にからだを移した。

「あ、失礼」

「まあ、きのうの……」

まさしくそのひとであった。

二、三段、上へのぼってから、私はふと足をとめて、そのひとを呼びとめた。

「………？」

丸く可愛《かわい》い眼を、けげんそうに細めて、下から私をみつめている。

「あ、いいです。どうぞ」

私は、そのまま一気にかけあがった。彼女の美しさが何であったか、その秘密が解けたのである。

それは、アクセサリーであった。

黒いスーツを着ていた。左の襟から、小さく朱色のひかりが発光していた。セピア色の七宝の台に、何かの玉をはめこんだだけの、色も形も単純なアクセサリーであったが、それがそのひとの持つふんい気と魅力を、ふしぎな力で引き締めていたのである。

ただ、それだけのことであった。

もし私が、こうまで執ように心に留めなかったとしたならば、おそらく気付かなかったろうと思うほどの存在で、そのアクセサリーは在ったのである。

そのころ、「未生」誌のK氏の訪問をうけた。

私は、その小さな収穫を記憶のポケットに温めつつ、社の喫茶室へ出たのだが、K氏の顔を見たとたん、その想念は、なんの脈絡もなく、挿花の問題と結びついてしまったのである。

イスにすわるなり、相手の用件もかまわずこう切りだしたのである。

「なあ、Kさん」

「要するに、これも挿花も、おんなじと違うやろか」

というのは、こうだった。

われわれが、他家を訪問する。べつだん何の造作もある家でもない。ありきたりな家屋建築であるとしてでもである。辞し去ったあと、なにか、楽しく美しい記憶が、余香のようにして胸に残っている。なんのせいだろうか。われわれは大てい、気づかずに、その記憶を、次の瞬間、洗い流してしまうのだが、私があの女性について執ように留意したような考察を払えば、その原因は、その家屋内部のどこかで、ひそやかな存在を保ちつつ、色と香りをふんい気の中に融《と》かしこんでいる一挿しの花である場合が多い。

花のいのちとはそうしたものであろうし、挿花という伝統芸術の置かれている場所も、そうしたものであろうと、私は考える。

挿花の伝統の美は、こうした存在として完成されてきた。

真っ正面な、独立した造形美としての現代いけばなが、いま大きく造型の分野に領域をひろげてきたが、いわゆる〝流儀ばな〟という名で遺《のこ》されている以上のような挿花の美意識と造型技法が、いちがいに〝古い〟という無分別な判定のもとに捨て去られようとしているいまの華道界の現状に、私は、さきの女性を想《おも》いうかべるにつけ、つい首をかしげてしまうのである。

（昭和30年12月）

顔の話

その部署に異動してきた私は、女の子に教えられるまま、新しいイスにすわった。ひょいと、向いのイスを見ると、薄汚れたシャツ一枚の老人が、さかんにジャムパンを食っている。一口齧《かじ》ると、一口牛乳を流しこみ、咀嚼《そしやく》のあいだ、じっとパンのかぶり口を眺めては、またひとしきり齧りに掛る。見ていて、ほのぼのするほど楽しそうな食べ方なのだ。いや、食べ方よりも、さらに魅《ひ》きつけられたのは、その顔である。眼尻《めじり》が柔かく垂れ、口がほどよく大きい。造作といえばその程度だから顔そのものの全体いや本質が、単なる生物の一部分というよりも、岩石とか海浜の黒松といった自然物を見るような感じで、そこから、生《なま》な人間の匂《にお》いが奇態なほど匂ってこないというフシギな顔なのである。

「高沢さん――」

私は起《た》ちあがって、

「福田です。きょうからよろしく」

「あ、いや……」

高沢さんは、パチッと瞳《ひとみ》を開いてこちらを見ると、少々あわてて頭を下げ、

「こちらこそ——」

と、もいちど頭を下げた。下げたまま、手に持ったパンに顔を近づけ、ついでにアングリ歯を埋ずめたのである。


高沢さんは、三十年の社員だ。部長でも次長でもなく、平記者にすぎない。十年ばかり前、校閲部長をやらされたことがあるが、「チョウとは部員の面倒をみるもんだっしゃろ。わしゃ、自分のことだけでももてあましてる身や。とても任やない」と、一年ほどののち、泣くようにして願い下げてもらったという逸話の持主である。

老人は、整理記者という、記事に見出しをつけたり、紙面を組んだりする仕事をしていた。もくねんと朱筆を按《あん》じながら、終日ものをいわないことが多かった。ときどき帰りが一緒になったときのほか、この人と職場を共にした一年たらずというあいだ、口を利《き》いたことは五、六回にすぎなかったかもしれない。


桜橋から梅田までのあいだ、ふとこの人が珍しく多弁になった夜がある。

「人間には、固有のペースというものがありましてな。わしも入社して一年ばかりは、

将来は名記者になろうとか、編集局長になろうとかと夢をえがいたことがあった。が、やがて、どちらの型でもないと覚《さと》りましたよ。ペースってやつをね。わしのペースは、勤勉に地道に働いて月給をもらう平凡な腰弁型でしかないと自ら知ったわけですわ。じつに悲しくなるような悟りやけど、それなりに『よし』とおもった。『それなら、そのペースを崩さず、そのペースの上に、平凡ながら豊かで楽しい人生を自分の設計で築いてやろう』と考えたんです。……あ、いや、こら繰り言や。聞いてもろうても面白うない。——それよりじつはな、あした、わしの二番目の娘が結婚する日だんねん。こいつは素晴しい奴《やつ》でしてな、わしの人生作品の中での一つの傑作ですわ。フフフ……わしはすこし昂奮《こうふん》してるかな？　なんしろ今夜はわしの傑作と訣別《けつべつ》する夜やからな……」

たしかに、高沢老人にしては、いつにない様子の夜だった。国鉄の駅前で別れた。小柄な、すこしかがんだ背中を見せて、暗い歩道をひょこひょこ立去っていった後ろ姿を憶《おぼ》えている。

妙に咽喉《のど》のかわく夜だったので、私はひとり大阪駅の下の喫茶店にはいった。コーヒーをすすりながら、なにか、気持の奥に思い出せないものがあるいらだたしさを感じていた。それが不意にそうだと気づいたのである。高沢老の顔——あの顔はむかし、どっかで見たことがある。……

さてそれが、どこで、誰の顔だったのか憶《おも》い出せなかった。憶い出すまでプラットホームに上らないでやろうと、意固地に決意した。

私には、そういう癖がある。「顔」の蒐集癖《しゅうしゅうへき》なのだ。蒐集といえば不穏だが、記憶の中の整理棚に、すぐれた顔にかぎって、たとえ一瞬みただけのものであっても、鮮明に映し残しておこうという癖だ。その整理棚のしかも第一等の棚の中にある顔と、高沢老の顔が、酷似しているのである。

私は、リンカーンの故事を想《おも》い出す。彼が組閣の人選で頭を悩ましていたとき、組閣参謀がある人物を推選した。が、リンカーンはかぶりを振った。わけを聞くと、

「顔がよくない」

「え？　大臣を顔で決めるんですか」

「人間、若い間はまだ生な顔だが、四十を過ぎると、その人間の経験、思想、品様のすべてが第二の顔を作りはじめる。四十を過ぎた人は自分の顔に責任をもたねばならない」

その人が過ごしてきた人生が、一個の彫刻師として顔を作りあげるのだ。私は、四十以上の人と相対しているとき、その人の顔をながめて、その人の人生を見学する秘《ひそ》

かな愉《たの》しみをもっている。千個に一つは、すばらしい作品があるものだ。高沢老のばあいなどそうである。貪《むさぼ》ることのない品性と、おのれの平凡に踏まえぬいた透徹した人生の歩み、そして、「時」と風霜に攻められるままにまかせてらくらくと五十数年を生きてきた人生の態度が、岩を削って造るような自然さでその顔を作りあげている。

……とこう、思案するうち、私ははたと思い当った。あの顔なのだ。私は、あやうく記憶の向うに埋没しかけていた一つの顔を掘りおこした。

その顔には、ほんの一瞬間だけの記憶しかない。私がかつて、蒙古《もうこ》草原を横切っていたころのことだ。秋も暮にちかく、草原の色は凄惨《せいさん》なほどの死の茶褐色を帯びはじめようとしていた季節である。私が乗っていた車輛《しやりよう》が故障した。車の外へ出て、修理を手伝ったが、容易にめどがつきそうにない。焦燥が、徐々に恐怖に変っていった。第一に、敵地に近い。第二に、この草原の無辺なひろさ、人間を含めて動物には「広場恐怖」という心理があるという。第三に、冬の死を控えた草原の凄絶なたたずまいからくる恐怖感——それらの交錯した強烈な胸騒ぎが、今も記憶に鮮やかに残っている。

そのとき、東のほう、地平のかなたに、一団の影があらわれた。双眼鏡でみると、人が百人ばかり、それぞれ駱駝《らくだ》にのり、羊、犬、馬を従えて、えんえんとこちらへ向って蛇行してくる。隊商なのだ。

半時間ほどして、彼らは、われわれの故障車の横を通過した。そのときの、先頭を行く長老の顔がそうなのだ。六十を過ぎた長身の老人が、駱駝の上で背を丸め、心もち顎《あご》を出し、厚い瞼《まぶた》を押し垂れて、半眼の瞳を前方の天に放ったまま、駱駝の動くとともに悠揚と天地の間《かん》に游《およ》ぐがごとく遊ぶがごとく、進んでゆくのである。この顔は、もはやわれわれの概念の中の顔ではなく、砂漠の天を画しているアルタイの岩塊にもひとしかった。風化が造りあげた自然物の諦観《ていかん》と威厳さえあったのである。

コーヒー茶碗《ちゃわん》をおくと、私はその店を出た。翌朝、私は、私のうかつさを、いやというほど知らされる事実にぶつかった。高沢老は、昨日をもって社を去っていたのだ。三十年の社歴が、昨日、停年満了したのである。何ということか、昨夜彼はひとこともそういうことを私にいわなかった。

「うるさかったのでしょう、挨拶《あいさつ》することや挨拶をうけることや、送別会や餞別《せんべつ》をうけることなんかが……。そんな人でしたから」

高沢老と親しかった女の子がそう語った。

瞬間、私の網膜の裏で、高沢老とかつての日の草原の長老との顔が、鮮烈な映像をもって重なった。長老の顔は、そこにただ一つの意思があるとすれば、西のかた、ぼうばくと千里の天山北路を指していたにすぎぬ。いずこから来て、いずこへ征《ゆ》く？私の網膜の中にある悟徹に似た高沢老の顔もまた、その問に対しては嗤《わら》うがごとく何の反応も示していないのである。

（昭和30年12月）

感想（講談倶楽部《クラブ》賞受賞のことば）

私は、奇妙な小説の修業法をとりました。小説を書くのではなく、しゃべくりまわるのです。小説という形態を、私のおなかのなかで説話の原型にまで還元してみたかったのです。こんど、その説話の一つを珍しく文学にしてみました。ところがさる友人一読して「君の話の方が面白《おもしれ》えや」、これは痛烈な酷評でした。となると私はまず、私の小説を、私の話にまで近づけるために、うんと努力をしなければなりません。

（昭和31年5月）

美酒の味（野々村揚剣著「現代人生百話」）

法話もまた、ひとつの芸術であろう。自分の宗教的信念を、他の人に伝える場合、それは芸術的操作をへなければならない。芸術的結晶をとげていない法話に、たれも感銘するはずは、ないからである。

しかし、技術的操作だけをもって、法話をつくりあげるとしたらどうだろうか。これまた、たれにも感銘をあたえることはできないだろう。宗教的信念のないところに芸術的結晶はありえないからだ。信念が媒体となり、それが事物に触発して、事物を結晶化へ再編させるのである。法話を一個の酒としたならば、宗教的信念は、こうじに当るのである。もし、こうじが良質でなければ、醇乎《じゅんこ》たる良酒は醸成されえない。

ほんとうの宗教家というのは、自分の宗教的信念を、真に芸術化しうる人にちがいない。われわれは、そうした実例を、多くの先哲のなかにもっている。歎異抄《たんにしょう》も聖書も、いうところのない堂々たる芸術品である。

「現代人生百話」を読むと、著者野々村揚剣氏もまた、末法の世でのえがたい宗教家のひとりであるらしい。この法話集は、みじかい掌話をもって成立っている。一つ一つの話に、みごとに起結が完成していて読む眼にこころよいものばかりである。しかし、この掌話は、ぼんやりとは読みすごせない。一つ一つの話の中に、その話が醞醸《うんじよう》してきた、よってきたるところの醸成のタネを、ついいつの間にか、私の眼は見遡っているのである。見遡ったあたりに、つまり話の裏に、何かキラキラと光ったものを私は感じずにはいられない。著者の宗教的信念というものであろうか。

その宗教的信念は、決して借りものではない。借りものや、まがいものでは、これだけツブのそろった結晶は生みだせないはずだからである。

掌話のひとつひとつを通読して、私は知らず知らず著者の精神の世界にひきいれられ、つい長居して遊ぶことができた。これを芸術的感興とも、宗教的感興とも、人のよぶにまかせる。ひとつのえがたい結縁がそこにあったことはたしかである。

行文は平易で、読書になれない人でも、十分にたのしむことができるだろう。一章を読むのに、五分とはかからない。その点、忙しいひとの座右書にも適している。

(昭和31年8月)

薔薇《ばら》の人

唐の詩人白楽天は、八四六年に死んだ。今から千百年も昔の人である。すでにその頃、薔薇の詩を詠《よ》んでいる。題は「戯《タハム》レニ新栽ノ薔薇ニ題ス」。彼の年はまだ若く、身分も一地方官にすぎなかった。たいくつなまま、官舎の庭に小さな薔薇を植えてみた。彼はまだ独身であった。本名白居易。

根ヲ移シ　地ヲ易《カフ》ルモ　憔悴《セウスイ》スル莫《ナカ》レ
野外ノ庭前　一種ノ春
少府　妻無ク　春　寂莫
花開カバ　爾《ナンヂ》ヲモツテ　夫人ニ当テン

この詩を白楽天の作中から発見して、泉南《せんなん》に住む薔薇つくりの名手T氏に報《し》らせた。

おりかえしてきたT氏の返事に、千年の昔に知己をえたとあった。

ある若い陶芸家が、自作の壺《つぼ》に精彩な薔薇の絵をかいた。いくらヒタイの広い人があるといって、そのヒタイにもう一つの顔を描いたら妙なものにちがいない。薔薇の絵付のある壺に、花がさされていた。さされた花は、自然、己れを主張する。花の下絵の薔薇も、毒々しく自分を主張している。調和のこわれた傷口から未来がはじまるというが、それは統一へのれつれつたる意慾《いよく》と意図が作者にある場合のみにかぎる。

ちかごろの花器は、自己主張のアクがつよすぎるのではないか。花器は「用」をはなれて存在しない。花を活《い》けてはじめて花も生き己れも生きるというハタラキが「用」の精神というべきものだが、若い意慾的な陶芸家にはこれが満足できないらしい。花を押しのけて自分を主張しようとする。

独断をいうようだが、陶芸家というものは自己主張が働くかぎり、いい作品はつくれない。その点、絵画や彫刻などの純粋芸術とは異っている。焼ものに関するかぎり、時代の古い作品ほどいいといわれるのは、このことに連なっている。中国の古陶磁は、多く無名の職人によって作られた。彼等は、一貫作業のほんの一部を荷なう。毛ほども作家意識のない宮廷奴《ど》れいにすぎなかった。彼等の作品が、今日の堂々たる作家たちの作品を、虫のように圧殺している。

陶芸は人が創《つく》るのではなく、火が作る。火の前に己れを否定して随喜してゆく精神のみが、すぐれた陶芸品を作るのだ。もともと陶芸は、人が自己否定することによってのみなりたちうる芸術である。火が陶磁を作る。人はただ随喜して火の世話をするにすぎない。人の我意が働けば働くだけ焼きあがった作品は小さく、火が縦横にふるまえばふるまうだけ、できあがった作品は自然のごとくおおきい。そこに花を挿そうが竹を置こうが、当然の機能のように調和するのである。

とはいえ、自己否定というのは、なんとも哀《かな》しい。若い陶芸家たちが、断崖《だんがい》の松にしがみつくように自己主張のできる純粋芸術へ自分の志を指向させているのはムリもないことだ。火の中に自己の生命を吸いとられてゆく。すぐれた陶芸家の誰もが、精気を吸いとられて遂《つい》にはほおけたような様子になる。清水坂にいる仙人のような老陶芸家たちを、若いひとびとは尊敬しつつも自分たちはああはなるまいとおもっている。

しかし、彼等はまちがっている。窯《かま》の火は陶芸家の精魂を吸いとるが、出来あがった作品は単独に世に生きて、これを愛玩《あいがん》する鑑賞者の精気を吸いとる。玩物喪志《がんぶつそうし》ということばがある。すぐれた陶磁というものは、作家だけでなく鑑賞者の魂をも食いとってしまう。他の芸術作品にない力を、陶磁はもっている。これを自らの幸せと思わないかぎり、陶芸家になることを止《よ》したほうがいい。

おもわず、薔薇の話が陶磁の話に変ってしまった。若い日の白楽天が、官舎の庭に薔薇を植えてよろこんでいる。花がひらけば、お前を妻にしてやろうと、掘り返した柔かい土のおもをながめている。薔薇は人がつくるのではなく、土と光が作るのである。土の上にひらいた薔薇の花が、人のいのちを慰めるのは当然なことだ。冒頭のT氏は、いい薔薇つくりというのは、土と光に対して没我に随順する人を指すといっている。いい陶芸家の場合と、これはすこしも変らない。こうして、人の没我によって出来た花と花器を、華の作家というものは、それこそぞんぶんな作意をもって調和させるのである。華道は、めぐまれているといわねばならない。

（昭和32年11月）

作者のことば（「梟《ふくろう》のいる都城」連載予告）

秀吉《ひでよし》が朝鮮入りの令をくだしたのは天正十九年のことである。このときをもって、彼の桃山政権は最高の爛熟期《らんじゅくき》に達した。同時に、衰亡へも出発した。それから四年目の文禄《ぶんろく》三年、京の三条河原で盗賊の処刑が行われている。賊の名を、石川五右衛門《ごえもん》という。

こういう背景を想定して、私は石川五右衛門を書くつもりでいた。しかし調べてゆくにつれて、構想が妙にねじれてきた。正直にいえば、石川五右衛門という盗賊の事蹟《じせき》に疑いをもちはじめたのである。

五右衛門の処刑については「言経卿記《ときつねきようき》」「続本朝通鑑《つがん》」「歴朝要紀」などに記載されている。まずこうした人物がいたことは確かであろう。しかし、出生さえわからない。三好《みよし》家の家臣石川明石《あかし》の子に生れたという。かと思うと、遠州浜松の産ではじめ真田《さな》八郎と称したという説。絵本太閤記《たいこうき》では河内《かわち》国石川村の郷民文大夫という者の子、幼名を五郎吉といい、長じて伊賀郷士《いがごうし》百地三太夫《ももちさんだゆう》に忍術を学んだというが、いずれも後世の物好きか戯作者《げさくしゃ》の作意から出たものらしく、どうという資料があるわけでもない。

要するに五右衛門の事蹟には一片の資料もない。彼は盗賊ではなかった、とさえ言えそうである。こういう発想の経路をたどって、私の想念はひとまず五右衛門から離れ、桃山期の権謀の府に出没した二人の伊賀者を想定するに至った。乱波《らっぱ》という卑賤《ひせん》の職業集団から出た二人の男が、権力と謀略の手先に使われつつ、いかに生きようとし、またいかに生きたかということを、小説という自由な思考形式の中で追ってゆきたいと思う。石川五右衛門の名は最後の一行に出るだけだが、二人のうちの一人を、私の考えている石川五右衛門にできるだけ近づけてゆきたいというのが作者としてのいわば狙《ねら》いである。

なお、石川五右衛門に関しては、中外日報社長今東光氏、同編集長青木幸次郎氏から多くのご教示をうけた。連載小説の書き手としては、稀有《けう》な恵まれかたである。

(昭和33年4月)

小鳥と伊賀《いが》者

ついさきごろ、叡山《えいざん》に登って、すでにそこに叡山が無いことにおどろいた。ちかごろ出来あがったドライヴ・ウエイと遊園地が、そもそも、山容をさえあらためていたのである。野鳥の数も激減したという。その数だけ、アロハとサックドレスが侵入しているように思うのだが、しかしよく考えてみると私もそのアロハのひとりであったのだから、野鳥の残党どもは、わずかに残された森かげに身をひそめつつさぞ不快な眼でにらんでいたことだろうと思う。

むろん私は伝教大師には縁もゆかりもない。だから、大師がこの暴状に涙しているなどという月並な悲憤はなるべく持たないことに努力しているのである。第一、ひょっとすると、日本仏教の大きな精神風土である叡山は、とっくのむかし歴史のかなたに消え去っているのではないか。そうならもとより、悲しんだり慨《なげ》いたりするのは精神の浪費にすぎなくなる。

叡山というのは、ゆらい、政治的現象に敏感でありすぎたようである。すくなくとも、越前永平寺にくらべればこれはわかる。中世末期までの宮廷政治の裏面にはかならず叡山の黒い影がみられた。そうした延暦寺《えんりゃくじ》の政治への過敏さに対して総決算を強いた人災は、元亀《げんき》二年の織田信長《おだのぶなが》の延暦寺焼打であったように思われる。

信長という人物が日本歴史に果した役割は、なんといっても中世の体系と中世的な迷妄を打破して歴史を近世に導いたところにあったろう。この人物は、不条理や不可知なるものを並はずれて憎悪《ぞうお》した。その点ではあるいは異常性格者であったかもしれない。彼は叡山が、仏法の精舎たることをわすれて武力を貯《たくわ》え政争に容かいする不条理を憎み、火を放ち衆徒を殴殺《おうさつ》して地上から延暦寺のすべてを抹殺することを考えかつ実行した。この時以来、叡山は半ば衰滅し、そのまま数世紀を経てこんにちに至っている。

信長は叡山に灰燼《かいじん》を残しただけで急死したが、かれの憎悪はなお不徹底の部分があった。野鳥草木のたぐいまで駆逐することはしなかったからである。信長の事業を数百年を経てみごとに引きついだのは、昭和三十年代の日本の支配的資本のひとつ〝観光資本〟であったかもしれない。この資本はその性質上、信長よりもさらに徹底した合理主義を生理条件としているらしく、崖《がけ》を切り、土を奪い、草木を勦滅《そうめつ》し、飛鳥走獣のたぐいまでを駆逐《おいはら》った。

仏法の森を逐《お》われた小鳥たちは、おそらく野に流浪《るろう》して、やがて自然の滅びを待たねばなるまい。もしかれらを人間になぞらえてみれば、ひとつの寓話《ぐうわ》的空想がわくのである。かれらにもし憎悪があれば、おそらく天に翔《か》け地に伏しつつ、このうらみを放逐者に対して晴らすのではないかと。

同じ〝不可知〟の仲間でも、叡山の衆徒は信長に害されるまま復讐《ふくしゅう》することもなかったが、時を前後して殲滅《せんめつ》にちかい打撃をあたえられた〝不可知〟の集団に伊賀一国に棲《す》む忍者たちがあった。かれらが時の支配者に対して凄絶《せいぜつ》な復讐戦をしたことは、明確な資料として残っている。

「梟のいる都城」という小説はこうした発想からでた物語である。

天正九年伊賀を逐われて諸国に流れた忍者のうちで、葛籠重蔵《つづらじゅうぞう》という者と、風間五平《かざまごへい》という者があったというところから、この物語ははじまっている。

重蔵は、天正伊賀ノ乱で父母弟妹を殺され、その復讐を思いたって信長の暗殺を考えるのだが、いくばくもなく本能寺ノ変があって重蔵の壮図はむなしくなり、ついにあきらめて、伊賀と甲賀の国境いにあるおとぎ峠の庵室《あんしつ》で、十年の歳月を沙弥《しゃみ》同然のすがたですごす。

一方風間五平は、通常の忍者とは異る道をえらんだ。伊賀ノ乱ですさまじい働きをしたこの男は、国を逐われた日から忍者の生活にいやけをさしたのである。すでにかれは、重蔵とは共通の師匠である下柘植《しもつげ》次郎左衛門の命によって、秀吉暗殺のために京に潜んだのだが、やがて伊賀の掟《おきて》をやぶってひそかに忍者の仲間から脱け、京都奉行前田玄以《げんい》の手の下につく。

ゆらい伊賀の忍者は主君をもつことを恥としている。特定の主君に対して忠義をつくすことは、忍者の職業集団の機能からみて困ることなのである。かれらはすべて米銭をもって傭《やと》われ、しかも技能を売るのみでその精神と生涯までを売ろうとしない。ある武将の仕事が終れば、あすはその敵にやとわれる場合がありうるし、同じ伊賀者が、一時敵味方にわかれて仕事をすることもありうる。主体はあくまで伊賀者というおのれなのである。乱波《らっぱ》は武士であって武士でないといわれたのは、そういう精神のありかたに理由しているのであろう。したがって、そんな精神の中から、特異な虚無がうまれた。この小説の主題は、そうした所にある。

五平の裏切を知った下柘植次郎左衛門は、すでに隠棲《いんせい》している重蔵を説き伏せて、秀吉暗殺の仕事をさせる。重蔵は下忍《げにん》の黒阿弥《くろあみ》を連れて京の町へ出るが、この重蔵に対して正面から対決する運命になったのは京都奉行の手先風間五平である。

五平は、直ちに重蔵を捕えるよりも、重蔵の動きを通してその背景を探り、相応の恩賞によって武士としての生活を安定させようとしている。重蔵にいわせれば、人生を小規模に安定させるためにおのれの自由を売った憐《あわ》れむべき人間ということになろう。

さてこの事件は、関ヶ原の合戦が起る数年前の出来事である。すでに関ヶ原の合戦は陰謀によって潜在的に進行していたということが、物語の政治的背景になっている。下柘植次郎左衛門が葛籠重蔵に秀吉の暗殺を命じたというのは、単に伊賀忍者の棟梁《とうりょう》として仕事を請負ったにすぎず、その黒幕にいる者は堺《さかい》の政商大蔵法印今井宗久《そうきゅう》であった。彼は秀吉の世に絶望し、ひそかに家康《いえやす》に資金を送って次の世を準備する一方、秀吉そのものをも亡《な》きものにしようと企《たくら》んだ。その意思の直接の代行人になっているのが近江《おうみ》の名族の遺子で宗久の養女小萩《こはぎ》である。つまり重蔵は小萩に傭われたのだが、重蔵の洞察では小萩というのは実は甲賀者で、石田三成の意を受けて宗久をあざむきその動きを探っている女忍者でないかという疑いがある。そういう複雑な性格と立場をもつ小萩が、重蔵に想《おも》いをかけて、事態はいよいよ複雑になってくる。

一方、京都奉行前田玄以は甲賀郷随一の忍者といわれる甲賀ノ摩利洞玄《まりどうげん》を引き入れて重蔵らの動きに当らしめた。

忍者の性格のたんげいすべからざる複雑さは、下柘植次郎左衛門において著しかった。彼の娘木さるは、過去のいきさつから五平の許婚者《いいなずけ》になっているが、次郎左衛門は一方において重蔵を秀吉暗殺にさしむけ、一方においては娘の幸福のために五平と肚《はら》を合わして重蔵逮捕の暗躍もする。ついに事の手ちがいから甲賀ノ摩利洞玄に斬《き》られ、木さるもまた五平に裏切られる。

複雑に敵味方にわかれて入りまじっているそれぞれの忍者は、重蔵一派の京都擾《じょう》乱《らん》の動きを餌《えさ》にすることによって衣食しているわけだが、事件はそういう昼間の人間の常識では測りきれぬ闇《やみ》の人間たちの複雑な経緯をかさねつつ、秀吉暗殺の大詰へ進んでゆく。

なおこの小説を別の説明の仕方でいうと、実は異説石川五右衛門伝なのである。石川五右衛門という名前は、彼が受刑する前後、秀吉の政権によって与えられた。作中、たれが石川五右衛門に当るのか、それは最後の一行によって説明する。いまは伏せておきたい。

（昭和33年9月）

無題（ハガキ批評）

こういう雑誌を出しておられるというだけで参ってしまって、批評どころの騒ぎでない気持です。ひたすらに敬服しています。日本文化はマスコミだけが受持っているのではなく、日本文化の清冽《せいれつ》な底流は、こうした無償の文化運動によって流れているのです。毎号楽しく読ませていただいています。

（昭和33年11月）

〝職業〟のない新聞小説はうけない

私は、大阪に住んでいる。一人の庶民として、東京から発行されているいろんな刊行物を読むのだが、それによると、いまは大阪ブームだという。

大阪商人のバイタリティがそこで讃美《さんび》されているし、そういう読物小説もいくつかは出ている。しかし現実の大阪の人は、そういう読物にはほとんど関心を示してない。ホンマカイナという。それらの殆《ほとん》どが、東京人の童話的フィルターを通してながめられたオトギバナシかもしくはそのフィルターに迎合した輸出業者のしごとだということを、彼等はよく知っている。

不審なら、スーベニヤの店頭を思いうかべてくださればよい。絹のナイトガウンに金糸の竜が刺シュウされている。日本人はふきだすか、はらをたてるだろう。むろん、買わない。しかしアメリカの観光客にすればそういう感覚を通してしか、故国の家族に日本を伝えることができないのである。それと、東京人のイメージの中における大阪の位置は似ている。

「のれん」式の小説は、今日の大阪ではほとんど現実感がない。大ていの大阪人は、時代小説だと思って読んでいる。作者もおそらくそのつもりで書いたのだろうが、あいうもので今日の大阪を把握しようとしたのが、大阪ブームの基底だといえる。日本経済についてのちょっとした知識があればわかることなのである。

まったく無邪気な無智《むち》が、東京のマスコミの構成者のなかにある。作家もその一半を負っていい。モウカリマッカというあいさつが、いまだに大阪商人の習慣の中に生きていると思っている人が幾人もいるのだから。

友人同士が、ひさしぶりで町角であう。共通の話題がなければ、きまってたがいの職業について質問しあう。戦前の日本ではあまりみられなかったこの風習が、ちかごろとくに顕著になっている。この点、東京も大阪も地方都会も、べつに変らない。これを大阪弁でいえば、

「イマナニシテルネン・会社員や・ドコノ会社ヤ・○○商事の貿易部の化繊課にいるねん・ドンナシゴトヤ・毎日手紙書きしてるねんけど語学がでけへんさかいしんどいわ」

からはじまって、上役の話、互いに共通の知人である同僚の話、月給の話まで話題

が細《こまか》くなっていく。相手が、税務署員だとか警察官だとか税関吏だとか興信所員だとか、といったややダイナミックな（?）職業なら話はいよいよはずむだろう。日常の話題の船場《せんば》をふくめてほとんどサラリーマン化した大阪の住民にとっては、他人の職業や勤務会社の話である。これが同業種の競争線上にある会社の話になると、つい身を乗りだす。月給が向うの方が高いというのは実にショッキングな話題であり、宣伝課の予算が、先方のほうがより潤沢であるというのは、じつに身をふるわして悲憤すべき話題なのである。

これは、東京その他の都会においてもべつに変るまい。庶民の日常生活の現実は、その職業のデテールにおいてとらえるのが、もっとも簡単で、もっとも今日的なとらえ方なのである。ところが、新聞連載の小説家のなかばは、この点にいたって呑気《のんき》なのだ。最後まで登場人物の職業がわからないのもあるし、肩書程度をくっつけていても、その肩書やその職業・職場からうける制約をまったく無視している。今日、読者のたのしみはこの制約から出る、いろんな波乱に重心をおいている。当然、彼等のリアリズムの基準もそこにある。「あんなん、ウソや」などと彼等からいわれるような小説は、すくなくとも新聞にあっては受けにくい。

こういう現実把握のとぼしさは、大正から昭和初期にかけて青年期を送った作家に多いようである。かれらの多くは、地主の家庭から出た。つきあう友人もそういう人が多かったろう。何をして食っているのか自分でさえわからない連中が、都会の酒場にトグロを巻いていた。昭和初期の小説に出てくる登場人物の殆どが、無職かそれに近い存在だった。そういう中で人間と作品を形成して行った人が、こんにちの職業社会即庶民社会のきびしい現実をつかむことはよほどの努力がいることだ。むろん概念的なつかみかたでは、読者の欲求と体験が承知しない。

源氏鶏太《けいた》氏の小説が大きく読者にうけたのはきわめて濃密に職業がえがかれていたからであろう。丹羽《にわ》文雄氏の「庖丁《ほうちょう》」がうけたのもそれである。そこに、読者にとって未見の職業世界があった。

最近、松本清張氏や有馬《ありま》頼義《よりちか》氏の小説が受けている理由のひとつもそこにある。ことに松本清張氏などは、登場人物のすべての職業、職場、職業感覚、職業的制約、収入にいたるまで、ちみつな配慮をはらっている。そのことによって、登場人物のひとりひとりが、明確な現実感をもって生きてくるのである。読者はその現実感を足がかりにして、作者の構成する世界に引き入れられてゆく。これが、こんにちの新聞小説的リアリティというものなのだ。石川達三氏の「人間の壁」については、触れるにもおよぶまい。

今日は、大正時代ではないのである。大正時代の大阪を把握して大阪ブームを熱狂的にこしらえあげることはできる。大阪人以外は、この童話を現実として十分にギマンすることができるからである。しかし、職業的現実感のうすい小説をもって、現代のロマンを押しつけることはできにくい。日本人のほとんどが、平均三万二千円の月収をもたらす職業の中で人生を送りつつあるからだ。

時代小説でさえそういうことがいえる。山本周五郎氏の最近の好評の原因は、時代小説の中にさえその職業と収入がこくめいにえがかれているということに帰することができる。山手樹一郎《きいちろう》氏のちかごろのいくつかの短編もそうである。浪人という江戸末期の特異な失業者の生活環境を十分にえがきつつ、その生活感情の中にある金銭の問題をとりあつかっている。ここで読者は、たんのうするほど共感し、体験を比較しあうことができるのである。職業感覚のない新聞小説は、よほど栄誉ある例外のほかは、ほとんど成立しなくなるときがくるのではないか。すくなくとも、そういうロマンは、ラジオやテレビドラマに逃げこむしか仕様のない時代が来そうである。

（昭和34年4月）

ファッション・モデルの父

Yさんは、青島《チンタオ》から引揚げてから、いろんな商売にしくじって、いま、大阪のキタのビル街で焼きイモの屋台をひいている。きくと、娘さんがひとりある。

「ファッション・モデルをしておりましてな」

少しうれしそうにいったが、ところがこの娘が、父親の焼きイモ屋をいやがるのだそうだ。街で会っても顔をそむけて通るくせに、お小遣いだけは、しぼるだけしぼる。

モデルというのは、衣裳代《いしょうだい》が高くつく。

「日に、純利益が千五百円おます」

「モデルがですか」

「焼きイモがです」

「なるほど」

焼きイモがモデルを養っている。

「それだけではごわへん。近頃、アメリカ人と結婚しよりましてな。これが、貧乏な自費留学生でしてな。江戸文学てらを、勉強しとります」

「それも養ってるんですか」

「そうだす」

親父《おやじ》さんは泰然といった。焼きイモがアメリカまで養っているのである。薩摩諸《さつまいも》は、本場の鹿児島では唐諸《からいも》といった。薩摩は火山灰地で、米はあまりとれない。自然、外来の唐諸を主食としたが、この薩摩人が日本を征服した。日本民族のなかでの栄光の人種ともいうべき薩摩人が、イモに養われていたというのは、Yさんのアメリカ人と同様、妙なユーモアがある。

西郷隆盛《たかもり》は力士とまちがわれたほどの肥満漢で、薩摩人にはこの型が多く、それらが江戸の進駐軍として大量に江戸に入ったとき、江戸ッ子は生理的な畏怖《いふ》を感じたという。イモの成分の含水炭素は、体内で人間の活動の力になるのだが、その余分は脂肪に変わる性質をもっている。薩摩のイモ人種は、イモでできた脂肪を沈澱《ちんでん》させて、江戸の白米人種を圧倒した。かれらを「イモ侍」とよんだ江戸ッ子の蔭口《かげぐち》には、かなしい敗者のコンプレックスがある。

偶然だが、焼きイモ屋のYさんは、鹿児島の指宿《いぶすき》という土地の出身なのである。一流の中華料理店には必ず中国人のコックが必要だとすれば、一流の焼きイモ屋は、やはり薩摩人でなければならないというのがYさんの意見で屋台の上に「薩摩本場焼き」という看板をあげている。それだけでは、ビル街のインテリの目をひかないと思ったのか、最近、つぎのようなカロリー表を掲げた。

「栄養の点からみると、おイモは穀物についでカロリーが高く、一グラムについて一・二カロリーもあります。つまり一〇〇カロリーが、たった二十円で補える。これが牛乳だと、六、七十円もかかるのです」

ふしぎなことに、この表を掲げたとたんにパッタリと客足が絶えた。あわてて引っこめてみると、従前どおりの客足がある。よく考えてみて、Yさんはクスクス笑った。

「つまり、国家繁栄のキザシだす。もはや戦後でない、ということだンな」

薩摩人らしく、Yさんはこれを天下国家に結びつけた。カロリーでイモを食わねばならぬほどわれわれは貧困でなくなったのである。イモを食うのは、ゼイタクで食っているつもりなのだ。生活に余裕ができて、われわれは、イモというものをあらためて賞味してみる気になった。それが、いまの「焼きイモ・ブーム」の社会心理学的背景だと、Yさんはいうのである。

大阪の阪急百貨店の地下食料品売場で、焼きイモを売っている。夕方になると、会社の課長ふうの紳士などもまじえて、長蛇《ちょうだ》の列がつくられる。毎夕五時になれば必ずやってくる芦屋《あしや》夫人もあるという。阪急の焼きイモは、デパートらしく「文化電気焼き」と銘うたれている。

「名前が、気に食いまへんな」

Yさんにも、中小企業（?）の大資本に対する反感があるのだろう。「焼きイモぐらい、屋台にまかせておいてくれたら、どや」

と、この薩摩隼人《はやと》は悲憤する。薩摩隼人といえば、イモの過食から病気になる人もいるそうだが、これについてYさんにきいてみると、

「ほう、わてェの女房も、鹿児島の指宿だしたがな」

「死因は?」

「交通事故だす」

憤然として答えた。焼きイモを侮辱されたと思ったのだろう。

（昭和34年11月）

あとがき（『大坂侍』）

私は、大阪でうまれて、いまもこの土地で住んでいます。あたりまえのことですが、長じてから、自然、いろんな土地を郷里とする人たちとつきあうようになりました。それらの人たちとの接触の度合いが重なればかさなるほど、私は、自分のうまれた土地の人間風景を奇妙なものに思うようになったのです。この土地に住む男女だけ人種がちがうのではないか、ひょいと首をかしげてしまうことさえあります。それがこうじて、いつのほどか私のなかに住むこの人種に、やりきれなさをおぼえるようになりました。

むろん自分への憎しみは、極端な自己愛と背合わせのものかもしれません。いつもなまな欲望をむきだしにして暮らしているこの土地の風景は決して私の美意識に快感を与えないくせに、たとえば、その大阪人の臓物からにおいあげてくる独特のユーモアは、それがあまりにも臓物くさいがゆえに、私はのめりこむような魅力を感じてしまいます。おかしなはなしだと思います。

こうした人間の風土を、たとえば芝居にするばあい、やはりそれに一番ぴったりした形式は、かつての大阪仁輪加《にわか》ではなかったでしょうか。仁輪加は、その素朴さのゆえに近代演劇の波に押し流されてしまいましたが、その味だけは、いまの曾我廼家《そがのや》劇や天外劇のなかに引きつがれているように思えます。この本に収められた数編の小説は、いわば、小説の大阪仁輪加だと思っていただければ、作者はいちばんうれしくおもいます。

（昭和34年12月）

花咲ける上方武士道《かみがたぶしどう》（連載予告）

タネをあかすと、幕末、公家《くげ》の身でありながら大坂の職人長屋で育ち、しかも剣は大坂剣法ながらも、小田無応流の免許を得ていたという少将高野則近の痛快な青春行状記である。

少将則近は、大坂の養家をついで商人になるはずだったが、京の兄が死んだために公家に戻った。ほどなく所司代の目をかすめて京都から姿を消している。旧幕最後の天皇孝明帝の密命を受けて、江戸偵察に下ったというのが真相であったらしい。といって、則近は倒幕運動に熱を上げる政治青年ではなかった。どんな人間であったかは、小説の中で語りたいのだが、さしあたっては、旅行好きで、好奇心にみちた明朗な青年であったという先入主だけで、我慢していただきたい。

武士は関東という。しかし、上方にも武士はいたのだ。少将則近に従うものは、ひとりは伊賀《いが》郷士出身の忍者であり、他のひとりは大坂町人上りの公家侍である。ただし、武士としての人種がちがう。

彼らの持つモラルはおよそ京大坂以外の封建社会とあわない。物語りは双六《すごろく》の逆順に、大坂から出発し、江戸城が上がりになるのだが、町人の共和国ともいうべき大坂を一歩出ると、彼ら上方ものからみれば、珍奇としかいえない封建のバケモノがみちている。時にはそのバケモノの横面《よこつら》をハリ、時にはバケモノから恋を持ちかけられることになるかもしれない。では、来週お目にかかります。

（昭和34年12月）

魚ぎらい

むかし、百合根《ゆりね》のきらいな人がいて、ある宴席で急に口をおさえ、顔を真蒼《まっさお》にした。あるじが驚きあわてて「はて、あらかじめ百合根がお嫌いと伺っていましたので、本夕はどの料理にもそれは用いてないはずでございますが」と弁解したが、あとで念のためしらべてみると、膳部《ぜんぶ》の高台寺蒔絵《まきえ》の構図にわずかに百合の花があしらってあったという。この話は、江戸中期のある旗本の日記にある。この百合根のきらいな武士は、非常な美食家で知られていたというが、美意識のするどさというのは、うら返していえば、好ききらいのはげしさということになるのかもしれない。

ということを、私はいつも宴席でホザイテいる。ほざくしか手がないのである。私はうまれついての魚嫌いで、料理屋で出される純日本式の料理などはまったく手がつかないし、タイの焼死体などをみると、もうそれだけで胸がわるくなるのである。幼いころは、他家へ行って、前のものを食えといわれるのが苦痛だった。自然、魚が食えないという一事だけで、ひどい劣等感をもたされてしまっているから、宴席などで「ああ、あなたはこれが食えないのですか」といわれると、ついひらき直って逆襲してしまうことになるのである。これは食いつめ者の心理に似ている。

女房をもらうとき、彼女はなんと魚は見るのもきらいだということがわかった。これだけでももらう価値があると、私は確信した。差しむかいで魚をバリバリと食われては、まるで食人種と食卓を囲んでいるようで想像するだにゾッとしていたのである。

「だけどあたしは、料理なんか一種目しか知らないんですのよ」

「ああそれでもリッパです」。まったくうわのそらで、この得難き人物をもらった。

新婚旅行は、ひなびた海辺の町へ行った。旅館には他に泊り客がなく、あるじの老夫妻がまるで縁戚《えんせき》の者がきたように心からもてなしてくれた。やがて入ってきて、夕食がすこしおくれますという。「夜になるとタイ網に行った漁船が帰ってくるのです。その中から形のいいのをよって、あがっていただきます」。まことに誠意をオモテに出していうのである。私は死ぬような思いで、「どうぞ」と答えた。その夜タイが出た。彼女と最初に食卓を囲んだ記念すべき夜であったが、きょう宴が始まる前に二人がまずしたことは新聞紙をとりだすことであった。ソッとタイをくるみ、窓から海辺へぬけだして、波のかなたへすてたのである。むろん食卓のうえの二つの皿は、カラになっている。旅館のあるじにすれば、果せるかな自分たちの好意がむくいられたと思ったに相違ない。この新しい夫婦の客は、感激のあまりアタマもホネもたべてしまったことは、カラの皿で容易に想像できるからである。

やがて彼女の、一種しか料理できないというその貴重な料理を、胃の腑《ふ》がうけつけなくなるほど食べさせられる毎日がつづきはじめた。フライパンを火であぶる。バターを入れる。そこへ東京ネギと牛肉をほうりこむというだけの細工なのである。これが連日連夜つづいたが、しかし私は歯をくいしばっても苦情をいわなかった。彼女は魚がきらいという、ただそれだけで私は大いなる安心がもてたし、その線で満足をすべきだと固く自らに誓っていたからである。彼女は天才的な料理不器用であり、むしろ百万人に一人というその稀少《きしよう》さにおいて、それは才能とさえいうべきものであった。私はその天才的な不器用さを、よろこんで甘受した。

しかし、天才も時に挫折《ざせつ》するものとみえて、ついに不幸なときがきた。いくらなんでも、一種目の連続公演ではひどすぎると彼女は思ったらしいのである。そこに魔物がしのび入ったといっていいだろう。彼女は、デパートの食品部へ行って、錫箔《すずはく》料理法というじつに不器用者のために発明されたとしか思えないものを教えこまれた。二枚の錫箔を食品部で買えばことは足りるのである。なにげなくショーウインドをのぞきこんで、彼女はなんと鮭《さけ》の切身を二きれだけ買った。それを錫箔でつつみ、フライパンのうえであぶる。切身は、錫箔のなかで蒸せる。それだけの手間ですむ。しかし彼女にすれば偉大なる大変革であった。私は目の前に出された二枚の皿をみて、彼女の苦心と誠意がひしひしとわかった。彼女は事もなくいった。

「鮭はだいじょうぶでしょう？　あたしは食べられるから」。彼女にすれば、自分自身に照らして、魚ぎらいでも鮭だけは別だと思いこんでいるようなのである。私はそれを拒むことができなかった。死ぬような思いで笑顔をつくり、さもうまそうにそれを食った。食いながら、これほどつらい料理が、私の人生で再びやってこないことを必死に祈りつづけたのである。

（昭和35年1月）

長髄彦《ながすねひこ》

金に余裕があれば、むろん乳母をやとったところだろう。両親は私を里子にした。めずらしいことではなく、虚弱な乳幼児を健康な里親のもとで哺育《ほいく》させることは、江戸時代からの大阪商家の慣習であったらしい。

そういう次第で、私は大和国北葛城《やまとのくにきたかつらぎ》郡磐城《いわき》村竹ノ内という草ぶかい山村にそだった。村は葛城山のふもとにある。山を越えれば、河内国《かわちのくに》がひろがっている。村のなかを走っている赤土の街道は、〝いかるが〟の里から摂津《せつ》四天王寺にいたる、おそらく日本最古の国道だと私は思いこんでいるのだが、まちがいかもしれない。とにかく私の子供のころは、この街道を葛城越えにこえくだっては、河内の子供たちが風のように襲ってきたものだ。

「大和の餓鬼らあ」

かれらは口々に叫び、手に竹ぎれをもって大和の子供たちの不意を襲っては再び山越えに逃げ去るのである。そのたけだけしさと素早さに、私は、討ち負かされて逃げまわりながらも、あいつらは絵物語にあるワコウのようやな、とおもった。

成人したのは大阪だが、大阪の町の子らはけんかとなると突如隣国の河内言葉を借用する。

「おンどれア、歯ア見せさらすな。じいッと黙ってけツかれ」などと一声わめくと、相手の子供はもうそれだけでも闘志を失うようであった。武士の本場の坂東千万の精兵をむかえて千早、赤坂四条畷《しじょうなわて》に戦った楠木《くすのき》父子の強さは、歴史家はどう理由づけているかはしらないが、私はもろにあの河内の子供たちをおもいだしてしまう。河内の人間風土を天下に紹介してくれた今東光氏は、当然なことだ、物部《もののべ》氏の根拠地だったからな、という意味の警抜な理由づけを、今月の「オール読物」に書いておられる。それを読んで、河内者が物部のつわものの子孫だとすると、私はとんでもない役まわりになるな、といまさらながら恐れおののいたのである。

というのは、まえにのべた大和国北葛城郡磐城村竹ノ内のことだ。村の中の私の家の裏手に小さな丘がある。この丘のあたりから見はるかせば、耳成《みみなし》、天香具山《あまのかぐやま》へとなだらかに傾斜してゆく大和盆地の地相は、この丘から発しているようにも思われ、また、葛城の隆起を大和の腹部とすれば、この丘はその〝ほぞ〟にあたるようにも思われる。問題はその丘である。

　先般来阪した畏友《いゆう》寺内大吉君を大和までともなって、その小さな隆起をみせた。「これや」と示すと、「なんや、しょうむない小山やな」という意味のことを標準語で言った。

「冗談やない」と、私の顔はそれなりに気色ばんでいたらしい。「もしお前、ひとつ間違うていたら、このしょうむない丘が、エジプトのピラミッドか、堺《さかい》の仁徳《にんとく》天皇陵ぐらいに有名になっていたところやでえ」

　丘というのは、長髄彦の古墳なのである。そう伝承されている。学界が裏付けたわけでもなく、新聞が書いてくれたわけでもなく、わが大和国北葛城郡磐城村竹ノ内の村民が、千数百年来、相語り相伝えて、たれがなんといおうと、そう信じこんでいる古墳なのである。村民のひとりである私の母方の叔父などはいう。

「子孫が〝そや〟というてるのに、これほどたしかなことがあるかいな」

　もっとも、丘の上には芋を植えちらし、すそではタケノコを栽培しているから、子孫たちの護持は決して良好とはいえないのだが、それは歴史に対する趣味性の問題にすぎまい。まあ古墳問題はいいとして、要するに、ここの村民たちはイワレヒコの率いる大伴《おおとも》、物部のつわものどもに駆逐された中《なか》つ国《くに》のまつろわぬ者どもの子孫なのだ。

正確にいえば、長髄彦の妹を貰《もら》いながら、その義兄を売った饒速日《にぎはやひ》の子孫なのである。村から武内宿禰《たけのうちのすくね》という政治家が出てやや村の名を世間にひろめてくれたが、それ以後は、文武の官としては正七位陸軍予備役少尉《しょうい》というのが一人でている程度である。まあ、それは私だが。

とにかく丘の上の墳墓をいまだに護持する長髄彦の末裔《まつえい》にはちがいない。いまだに、物部の子孫というがらのわるい河内の子らが、葛城越えに攻めおりてくるというのは、肇国《ちょうこく》以来の因縁ばなしのようで、われわれ温順高雅をほこる長髄彦の末流としてはあまりゾッとした話ではないのである。

（昭和35年1月）

一枚の古銭

旧制中学の五年生のとき、高校受験に失敗した。発表を見ての帰り路《みち》、播磨《はりま》町（大阪）の歩道を歩きながら合格した友人がしきりと私に話しかけた。落第した私の感情などいたわる余裕もないほど彼のよろこびは大き過ぎたのだろう。歯の根の合いかねているような昂揚《こうよう》した調子で、自分の将来の設計を語り続けたのだが、やがて私の浮かぬ顔に気づいたらしく「そうや、お前は一体どうするつもりや」と急いで話題を変えた。

「おれか」

私は歩道の敷石を一枚々々丹念に数えながら、片方では自分の敗残に泣き出したい思いをかろうじてこらえ、片方ではすべての栄光から生涯自分は背を向けて生きぬいてやろうという奇妙な覚悟を固め続けながら、

「おれは馬賊になったるねん、おれには馬賊が似合いや」

「弱そうな馬賊やなあ」

友人はふき出したが、事実私は馬賊になるつもりで大阪外語の蒙古《もうこ》語科に入学し、学徒出陣のため在隊中に卒業した。

陸軍戦車学校を卒業、演習は北満の広野で行われたが、この草原で、私は一枚の古銭を拾った。表に乾隆《けんりゅう》通宝と鋳《い》られ、裏に私が習った蒙古文字（正しくは古代満州文字）が書かれている。おそらく蒙古へ帰る隊商の荷の中からこぼれ落ちたもので、その文字を見つめているうちに私のまぶたからとめどもなく涙が溢《あふ》れ出た。

中国五千年の史上、中原の豊饒《ほうじょう》を求め、荒れ果てていく漠北の自然に追い立てられながら長城に向かって悲痛なピストン侵略を加え続けた砂漠の騎馬民族や、オアシス国家の文明ほどはかないものはない。最後に清《しん》朝を立てた満州民族でさえ、国家どころか、民族そのものも今日の地上から蒸発し去っているのである。その巨大な滅亡の歴史が、一枚の古銭に集約されている思いがして、もし私の生命が戦いの後にまで生き続けられるならば、彼らの滅亡の一つ一つの主題を私なりにロマンの形で表現していきたいと、体のふるえるような思いで臍《ほぞ》を決めた。

そういう馬賊青年は、文学青年の期間を持つことなく新聞記者になり、やがて小説を書き始めた。「梟《ふくろう》の城」は武家社会における忍者という少数民族問題に発想し、その後、書き始めた「上方武士道《ぜえろくぶしどう》」の原則では、大坂人という封建体制の中でのモラルの少数民族に興趣を覚えた。

しかし、やがては私のロマンの故郷へ行きたい。漠北に数千年来ただよい続けたあわれな騎馬民族の群像を、何とか自分の小説発想の場でとらえたいというのが、作家になってしまった往年の馬賊青年の、いわば悲しい願いに似たようなものなのである。

（昭和35年1月）

大阪バカ

一つのテーブルに、四つのシートがある喫茶店でのことだ。

恋人なり友人同士が、その二つに座を占めたところで、空いている他の二つのイスにはたれもすわらない。ちょうど領海権のように、かれらに一種の準占有権がみとめられているようである。

もっとも、国法や自治体の条例で保護されている権利ではないから、ずけりとすわりこむ人物があらわれた場合には、何人も退去を要求することはできない。ところが、大阪では、おうおう、平然とそのシートにすわりこむオッサンがあらわれる。コーヒーを注文する。ひとりでは退屈だから、なんとなくラジオでもきくような気安さで、むかいの恋人同士の会話に身を入れてきいていたりする。やりきれない無神経さである。

旅行の機会の多い人なら、なんどか実見されたに相違ない。車内の空気をひとりじめにしている大阪の観光団の喧騒《けんそう》さだ。夏ならば、その何割かは乗車後数分間でズボンをぬぎすててしまっている。酒をのむ。サカズキをほうぼうにまわして、酒盛りをする。しまいには、卑猥《ひわい》な歌をうたったりする。三味線をもちこんでいる一団さえ私はみた。

べつに国法にふれるわけでもないからかまわないようなものだが、車内には他の乗客もいる。かれらの神経や感情はまるで無視されているのである。「金はろうたァるねん、歌おうと飲もうとおれの勝手やないか」というのであろう。車内の空気という共有物までかれらが買いとったわけではないはずだが、タダの共有物ならスワリドクという仕儀になっているのである。さきの喫茶店の例と、精神においてはかわらない。

ちかごろ東京へいったときに、高田馬場の小さなソバ屋で、モリをひとつ注文した。ひるどきだから、店の土間は雑多な職業の人でたてこんでいる。そのとき中年の婦人がはいってきて、店内の自分のすわるべき場所を物色している。上方ならさしずめ大《お》原女《はらめ》といったような人相風体の婦人で、上州あたりから毎日土地の物産をかついでは東京へやってくる職業のひとだろう。

私は六尺イスにすわっている。ちょうど私の横が一人ぶんばかり空いていたので、「どうぞ」と声をかけた。すると、当の女性はあわてて手をふって、

「めっそうもない。旦那《だんな》様のそばなどに」といった。私はあわててうつむき、照れくさいあまり懸命にソバをかきこんだのだが、じつをいえば白昼にばけものを見たほどにおどろいた。

私が「旦那」といわれたからではない。洋服をきてネクタイをしめている人物は身分が上だとみて、いまだにそのそばに同席さえしない人物が、いまなお関東地方に生きのこっているということについてである。

江戸の最盛期では、百万の市民のなかで五十万が武士であったといわれている。そのころ大坂では、六、七十万の人口のなかで武士といえば諸藩の特産の商ないをする蔵役人をのぞけば、東西両町奉行所の与力同心がざっと二百人程度の数であった。

江戸は二人に一人が二本差しである。自然、武士のもっている儒教的節度やきびしい身分意識が、モロに町人たちの血肉のなかにはいってしまった。江戸時代の大坂商人が「デッチは江戸者にかぎる」と高言していたのは、江戸ッ子のもつ封建的事大主義や自分の分際をまもる節度が、最下級の雇人にはうってつけだと思っていたからであろう。

幕吏が二百人しかいなかった大坂ではまるで封建時代がなかったといっていい。かれらは身分意識がうすい。分際をまもろうとはしない。他人をおそれるというところがない。「文句があったら稼ぎで来い」という自尊心は江戸三百年を通じて野放図にそだち、いまなおそだちつづけている。

封建的節度がないために、江戸時代から江戸者にきらわれ、今日でも汽車のなかや喫茶店の店内などでその封建的節度のなさが、他国の人のめいわくになっている。三百年の伝統とはいえ、その社会的感覚の奇妙さは一種のバカというほかない。

私も代々のバカの家にうまれバカの土地でそだち、生涯この土地で住みつづけようと思っている。たまたま時代小説をかいているのだが、当分のあいだは自分が飽いてしまうまで、大阪者の野放図な合理主義精神が、封建のジャングルのなかでどう反応するかを、面白おかしく書いてゆきたいと思っている。

（昭和35年1月）

忍術使い

私は、忍術とか忍術使いとかに、とくに興味があって「梟《ふくろう》の城」を書いたわけではない。その点、忍豪などといわれると、少々コワクなる思いがする。

もともと日本の時代小説というのは、西欧の騎士物語などにくらべると、はるかに文学的だし、面白さの点でもすぐれているのだが、ただ不満なのは、武士というものを、その強さにおいて、あるいはその封建的節度においてのみとらえすぎたきらいがあった。いっぺんその職能と職業生理の面でながめてみたらどうだろう、と考えたのが「梟の城」の創作動機のつもりだった。

戦国期の武家社会で、現代的な定義でいう「職業」と「職能」をもっていたのは、伊賀《いが》者とよばれるいわゆる忍者以外になかったように思う。私の想像では、かれらはその職能のゆえに厳密には武家でさえなかったはずだ。

想像をつづけよう。なぜ伊賀盆地に忍者の職業集団が発生したか、ということである。伊賀が、交通地理からみて畿内《きない》という政治的中心のなかにおけるいわゆる「隠し国」にあたっていたことや、戦国期を通じて統一的な領主があらわれなかったことなどにも起因するだろうが、なににもましてこの土地は地侍の数が多く、せまい盆地があまりにも細分化されていた、ということだ。土地の百姓を収奪するだけでは、この盆地の地侍は食っていけなかったのである。

自然、諜報《ちようほう》技術を売ることになった。地侍そのものが売るのではなく、地侍は、地元や河内《かわち》や大和《やまと》の百姓から二男三男坊を買ってきて、それを下忍《げにん》として幼いころから技術の訓練をさせたように思う。つまり上忍《じようにん》とよばれる地侍は、大正時代の曲馬団の親方のようなものだ。下忍のなかには、それぞれの特技があって、たれでもがどろんどろんをやったのではなく、敵情偵察のうまい者もあろうし、後方攪乱《こうらん》に才能のある者もいただろう。それぞれの特技に応じ、また得意先の注文内容に応じ、上忍は諸国に下忍を派遣した。上杉謙信の軍法では、忍者を「草《くさ》」といい、武田《たけだ》家は「軒猿《のきざる》」といった。「城入りにたけた軒猿三びきよこせ」といった注文が、伊賀のボスたちのもとにきたのではなかったか。

かれらは技術を金穀に代えるだけの関係で諸国の武将の用をつとめ、用がすむとその武将の敵国にさえやとわれた。封建的な武家のモラルからみれば、まことに、人間の皮をかぶった獣類のようにみえたろうとおもう。

主君を神聖視し、そのただ一人のトップマネージャーに仕えるという点から、武家のモラルが形成されたと思うのだが、伊賀者にはそういうモラルはない。かれらのモラルの中心は、自分の職能であり、やとい主との契約であった。その点、現代の職業社会にきわめて相似性があるようである。べつに週刊誌の契約用兵であるトップ屋さんといった極端な例をあげなくても、私の現職である新聞記者もそうだし、エンジニアという肩書をもつ人たちのなかでも、戦国時代の忍者の職業心理に共通するものがありはしまいか。

そういう発想から忍者に興味をもったわけで、大げさにいえば、忍者によって新聞記者である私自身を書こうとしたし、私の先輩や友人たちも、登場してくれている。もっとも、残念ながら、私や私の友人には、あのすばらしい伊賀流忍術はつかえはしない。そのかわり、忍術に似たもの、つまり白い紙に刷りこんだ名刺というものをもっている。われわれの同僚たちは、この名刺一枚できょうも社会構造のなかのあらゆる部屋に出入りしている。岸首相の官邸に入ったその名刺の主は、あくる日はどこかの小部屋に出入りしているかもしれない。その霊妙さからいえば、往年の伊賀流忍術とちっともかわらないのである。忍術も考えようによっては、すこしも荒唐無稽《こうとうむけい》ではない。

（昭和35年2月）

作者の言葉（「風の武士」連載予告）

小さな恋でもいい。街角で生まれて、駅までで消えるだけの小さな恋でもいい。それがいけなければどこかに冒険がころがっていないだろうか。しかしどんな季節ののどんな時間にも私の前に恋や冒険がやってきたためしがなかった。運もなかったのだろう。金もなかった。恋や冒険というものは、ほとんどの場合、値札をつけてやってくるものなのである。私の青春はそうだった。いや、読者のほとんどの青春がそうにちがいない。それどころか、江戸時代の、この物語の主人公の青春がそうだったのだ。幕府の直参《じきさん》といっても、その祖は伊賀《いが》出身で、その出の卑《いや》しさのために代々江戸城の下男頭という賤役につかされている家の次男坊にうまれた主人公の青春は、毎日が退屈をきわめた。

武芸には抜群の才能はあったが、それにも飽きた。若さを癒《い》やすには、情婦もいた。しかしそれだけでは、彼の青春は満ちなかった。そうしたある夜のこと、——とにかく、ある偶然の機会から、恋と冒険に恵まれた幕末の青年剣客の憂鬱《ゆううつ》と勇気と野望の物語を、来週から読者の前にひろげていきたい。

（昭和35年3月）

負荷の重さ（直木賞受賞のことば）

浴室で頭を洗っていたとき、東京から電話がかかってきて、こんどの賞はお前だったという報《し》らせをいただいたのです。

ふたたび頭を洗いはじめたのですが、よろこびというものは、ときに悲しみに似たはげしい感情をともなうものだということをこんどはじめて知りました。一人の人間が小説を書きはじめたために、先輩をはじめ、友人や同僚がどれだけの面倒なエネルギーを割かねばならなかったかを思いますと、はずかしいことでありましたが、とめどもなく涙がでました。

与えてくださったものの負荷の重さに、いま茫然《ぼうぜん》としています。このこころよい荷物を生涯たのしく負いつづけていきたいとおもいます。いまは、すこし重すぎますけれども。

（昭和35年4月）

山賊料理

私は山国で育ったから、海がなじめない。学生のころ、香川県多度津《たどつ》港に近い仁尾《にお》という漁村で一ト夏くらして、はじめて泳ぎというものをおぼえた。四肢を動かせばふしぎにもからだが前進する程度の技倆《ぎりよう》であったが、自分も人並みになったものだという喜びは、いまも濃い。

ただ生まれつきの魚ぎらいだけはなおらなかった。いまだに私は、あの魚の死臭を押して肉に歯をたてている人をみると、同じ人類としてのつきあいをやめてしまいたいと思うのである。しかも牛やブタ肉とは異なり、皿の上の魚の死ガイは、生前そのもののカタチをとどめている。その死ガイをハシで毀損《きそん》し、皮をはぎ、骨を露出させてゆく作業を、もし私の隣席の女性がやっているとしたら、彼女が美人であればあるほど、ぶきみな夜叉《やしや》にみえてくる。

こういうノイローゼ体質だから、海より山が好きだとなると、もうぞっこんなもので、木洩《こも》れ日がやっと照る暗い山肌の土に頬をつけて、山の匂《にお》いを嗅《か》ぐまでに淫《いん》する。嗅ぐだけでおさまらず、土から萌《も》えだした若草などを生で噛《か》む。少年のころ、私は何度も山賊になることを想像した。

さてその山賊というのは、何を喰っていたかということである。むろん、米塩は里から略奪してきただろうが、山賊の副食物は、ワラビ、自然薯《じねんじょ》、ゼンマイなど、季節の山のものであったにちがいない。彼らは人間を剝《は》ぐ技術はもっていても、猟師のように鳥獣を捕獲する技術はもっていなかったろうから、ウサギ、イノシシなどの蛋白《たんぱく》栄養に恵まれることはまずまれであったろうと思われる。

以上の、まことに愚にもつかぬ話をしながら、伊吹《いぶき》山中の寺で山賊料理をたべたのは、去年の春もなかばの頃であった。

寺の名を、教王律院という。天台宗の古刹《こさつ》で行基《ぎょうき》の開山である。

ただ、中世末葉から約百年にわたって寺は廃寺になっていた。里の伝説では、このころ伊吹太郎という山賊が棲《す》み、堅田《かたた》の湖賊と連絡して、湖西の山岳地帯を荒らしまわっていた。いまは、偶然同姓の伊吹良謙という者がすむ。山賊としてではなく、平和な一院の住持にすぎない。

この友人が、寺伝の山賊料理と称して、ふかしぎな闇汁《やみじる》を私に食べさせた。

庫裡《くり》の天井から自在カギがさがって、その端に大鍋《おおなべ》がかかり、囲炉裏《いろり》のほだ火で炙《あぶ》られていた。ふたをとると、茶褐色のえたいの知れぬ汁が煮えたぎっている。

「何だい、この大きなものは」

「山の芋だよ」

「これは？」

「フキじゃないか」

「肉が入ってるね」

「タヌキだよ。寺の裏山に棲んでいた劫《ごう》を経たやつだ」

「後生《ごしょう》のさまたげにならないかね」

「大丈夫だよ、枕経《まくらぎょう》だけはあげてある」

「ふうむ」

私は箸《はし》をおいた。

その夜は、酒だけを飲んで寝た。藪《やぶ》を鳴らして走る風の音が一ト晩中耳をはなれず、喧噪《けんそう》は都会だけのものでないと思った。

翌朝、眼がさめて縁に出ると、伊吹良謙はすでに起きて、庭先で枯葉を集めていた。

「ねむれたかい」

「ねむれなかったよ。死んだタヌキの女房が恨みをのべに来やがった」

「そうか、惜しかったな。お前が入婿《いりむこ》に入ってやればよかったのにな」

「そこで、何をしてるんだ」

「これか」

良謙は、燃えあがる枯葉の中に細竹をつっこんで、太いおおきなものを持ちあげた。

「タケノコの丸焼きだよ。山賊料理の朝めしさ」

焼けこげた皮を何枚もむいて、中から湯気のたつみをとりだし、良謙のもってきたしょう油をつけて食べると、ホオのおちるほどうまかった。教王律院寺伝、伊吹太郎発案の山賊料理の圧巻であったように思う。シュンになれば、いまも私は待ちかねて、庭先で山賊をきめこみながら、これを喰っている。

（昭和35年4月）

本山を恋う―真宗思想に多くの恩恵をうく

私は、昭和二十三年のはじめから、二十八年の六月まで、私のいる新聞社の京都支局で宗教をうけもった。この時期を私の経歴のなかから削りとるとしたら、こんにちの私の精神像はおろか、作家としてさえ存在していなかったかもしれない。それほど、私はこの時期に、仏教ことに西本願寺の知己友人の誘掖《ゆうえき》によって知ることのできた真宗思想に多くの恩恵をうけ、今後もなお受けつづけるであろうと思っている。

私の社内にも、数人の龍谷《りゅうこく》大学卒業生がいる。そのうちに世話好きがいて、社内の同窓会をつくるために私のところへ勧誘にきた。かれらでさえ、私が龍大の同窓だと思っていたらしいのである。縁がなくて同窓とよばれる栄誉はになえなかったが、すくなくともお前は同行だといってもらえれば、私はどんなにうれしいか知れない。

もっとも、同行といったところで、私にはまだ信心というほどのものはなく、仏教の思想美の耽美者《たんび》という域にとどまっているのである。耽美者にとどまるかぎり、永遠に同行の心とは近似値かもしれないが、これも、龍大の同窓生とまちがえられたのと同様で、ただそれに似て非であるというだけでも、私の心は十分に温まっている。

直木賞を受賞したとき、旧友知己のかたがたから多くの祝電や通信をいただいた。このうちの何割かが私に仏教を教えてくれた人たちであり、たとえば天台密教のうつくしさを教えてくれた師のひとりは「カンギユヤクシ　ツツシンデ　ニンゴウボサツヲライハイシタテマツル」と、寂光にみちた美しい電文を寄せてくれ、また真宗の師たちは、その宗旨にふさわしく生な友情のよろこびをつづったさまざまな言葉を与えてくれた。直木賞創設以来、これほど幸福な受賞者があったろうか、と私はあやうく涙ぐむのを押えつつ、それらを読ませてもらった。

ある真宗学者は、私の受賞作であった「梟《ふくろう》の城」の底辺には真宗思想があるといった。むろん私の意識外のことだが、すくなくとも私は、この作品の装飾として、私なりに解釈した仏教美のさまざまな色彩をぬりこんでみた。これが成功したかどうかは別として、多少ともその試みを可能ならしめたのは、西六条の本山の屋根の下で、縁をむすばせていただいた多くの御同行たちの指導に負うものであった。

私は、親鸞《しんらん》を慕うなどとはおそろしくて決して口外できないが、すくなくとも私の心は西六条の本山を終始恋い渡っている。ひょっとすると、ありようはその建物のみを恋い渡っているのかもしれない。あるいは、その建物の下にいる人々の友情をのみ、恋い渡っているのかもしれない。永久に御影堂の周囲をまわるのみで、そのなかへは参入できない人間であるのかもしれない。しかし、いまのところ、近似値だけで十分に温かいのである。当分は近似値だけで満足しつつ、私なりにとらええた仏教美を、小説の世界で構成してゆきたい。

（昭和35年4月）

〔三友消息〕

うまれついてのノンキ者だったはずなのに、さすがに、一時は原稿用紙ノイローゼになりました。まあ、ちかごろは、すこしフテブテしくなって、たちなおっています。仕事につかれると、風呂《ふろ》そうじをしたり、タタミをふいたりして、なるべく、ノイローゼなどにはならないようにしています。

（昭和35年4月）

作者のことば（「豚と薔薇《ばら》」連載予告）

私は推理小説のファンではないし、これからもそうだろう。その私が推理小説を書くことになった。探偵失格の作者が書く小説は自《おの》ずと事件外の人生に興味がある。

（昭和35年7月）

穴居人

人間の幸福のなかには、生まれた土地に生涯住み暮らす、ということも、そのひとつに入っているのではないか。

私は、大阪の西区に住んでいる。

ほんのちょっと北をみると、そこが堀江で、いまは市街の中心がよそに移ってしまったが、元禄《げんろく》ころは、大阪の華やかな中心街だった。西鶴《さいかく》もそのあたりで、キセルの一つもくわえながら、大きな頭をふりたてて、艶《つや》ばなしでもしていたにちがいない。

私のアパートは、マンモスアパートというぶきみな名前がついている。日本住宅公団がたてた十一階の高層アパートである。その十階が私の部屋だが、大阪城とはるか相対しているというだけが取り柄で、部屋は二間しかない。

窓をあけて空中を見るさいは、じつにたのしい。窓を閉めて部屋にはいると、まるで穴グラである。この穴グラがうれしくて、いまのところ、生涯、住みっぱなすつもりでいる。

第一、眼の下に道頓堀《どうとんぼり》の灯がみえる。

その道頓堀の南のほうで、私はうまれて、そだった。生まれた町の全ぼうを見ながら暮らしているのは、なんともいいものだ。

ふと、考えもする。

こんなに定着本能を持ちすぎているのも、一種の異常性格なのではあるまいか、と。

しかし、考えなおす日もある。

窓から東をながめると、生駒《いこま》山脈がなだらかに起伏している。その山を越えれば、大和《やまと》の国原なのだ。

私は、生駒葛城《かつらぎ》の連峰の一つである二上山《ふたかみやま》の南麓《なんろく》の、母親の実家で、少年のころの何年かを送った。

村の名を、竹ノ内という。

古代出雲《いずも》族の首長であった長髄彦《ながすねひこ》の墳墓の地であり、長髄彦の妹婿饒速日命《にぎはやひのみこと》の子孫である武内宿禰《たけのうちのすくね》の出身の村でもある。いわば、古代大和の出雲族の根拠地の一つなのである。

この村は、どういうわけかは知らないが、大和平野のむこうはしの吉野川流域の村々と嫁婿をもらいあう例が多い。吉野川流域といえば、国樔《くず》（国栖・葛）の地である。

国樔には、古代、国樔ノ人が棲《す》んでいた。

国樔ノ人は、一部の学者が名付けているコロポックル（蕗《ふき》ノ下ノ人）である。かれらは、大和盆地に壮麗な帝都が営まれるころになっても、吉野川の断崖《だんがい》に穴を掘って、そこを住居としていた。体がちいさいわりに頭が大きく、自然を愛し、自然に融《と》けあうことを民族の哲学にしていた。平地に住いの建物をもつ出雲族の生活方式にならわなかったのは、かれらが、よほど頑固な保守主義者であったことを証拠だてている。吉野川流域には、いまも幾箇所かに、国樔の穴が残っている。

かれらは、穴を掘り、入口にヒサシをつくり、ヒサシを蕗の葉でふく習慣をもっていた。コロポックルとは、そういうところから出た古代アイヌ語なのだろう。

吉野川の断崖は、下の河原から見あげれば、層々と雲に摩するほど高い。この下に立つときは、私はいつも、その穴の高層建築に出入りしつつ、断崖の下の吉野川ですなどりをする国樔ノ人たちを回想する。

私には、ひょっとすると、この国欅びとの血が濃くまじっているのかもしれない。私は、ときどき、この馬鹿《ばか》でかいアパートの狭い十階の部屋に起居していて、ふと自分のなかの国欅びとの血を想《おも》ったりするのである。

古代大和は、出雲民族と国欅族の共栄する楽天地であったが、そこへ、日向《ひゅうが》、薩摩《さつま》、土佐、熊野《くまの》をめぐり洗う黒潮に乗って、戦いに長《た》けた種族がやってきた。

かれらは、天つ神と称した。

天つ神と国つ神の、日本の神話時代の動乱が、そのときからはじまるのだが――

さて、こういう種族相克の話が、小説にならないものか。私はこの「近代説話」での仕事を考えるとき、ふと、そんなささやかな野望を感じたりする。

おそらく、達せられることのない野望かもしれないが。

（昭和35年7月）

衣笠《きぬがさ》

できれば、こんな原稿は書くまいとおもいました。私は性来の食痴ですから、食いものの話をするなどは、豚がハーモニカを吹いているようで、滑稽《こっけい》とも無意味ともつきません。

「衣笠」という料理をごぞんじでしょうか。ごぞんじなら、先きは読まなくてもかまいません。

材料はコイモです。あとは、水とナベがあればいい。コイモをナベに投げこむ。投げこみ方は、ごく無造作でけっこうです。いいわすれましたが、このコイモは皮つきです。とれたてのやつを、よく水で洗って土を落していただく。なるべく小粒がよく、十円硬貨の直径を最大とします。

要するに、コイモの皮つき水煮《みずた》きです。あとは皮を手でむきながら、しょう油をつけてたべる。おやつ、日本酒のサカナによろし。

かつて、この衣笠が大阪の商家あたりでは旦那《だんな》の夜食といわれていたそうですから、大阪の食い倒れもタカが知れています。ただし旦那ともなれば、コイモのハシリの出るころしかたべない。それも、大和の葛城山麓《かつらぎさんろく》にとれるものを指定する。とくに葛城山麓でなくっても、コイモは大和のものにかぎります。

私は、もうひとつ、藪藷《やぶいも》というものの料理法を知っています。イモばかりを食っているようですが、この料理の材料はイモではありません。タケノコです。焚火《たきび》をする。そのなかに、掘りたてのタケノコをほうりこんでおく。焼きイモと同じ伝ですから藪藷というのでしょう。あとは皮をむいて、しょう油をつけてたべるだけです。

藪藷は京の臨済宗建仁寺《けんにんじ》本山の僧堂できいた話です。もともとは、雲水《うんすい》が焚火をかこんで放談しながら、タケノコを焼いたものでしょう。

もったいをつけると、これは山城産のタケノコでなければならない。例の八幡《やわた》の藪知らずのあの辺のものがよろしいようです。ちかごろは、火山灰地の東京でも、シュンになればデパートの食品部などで、山城産のタケノコと銘うつものをならべていますから、あれをお買いあげになることをすすめます。

まあ、こんなところです。これ以上は、どうも、何を書いていいのかわからない。

私は食痴であるうえに、贅六《ぜえろく》育ちだから、食いもの評がにが手なのです。大阪という土地は、食い倒れだといわれていながら、食いものに対する知識欲のすくない土地です。食通文化というものは江戸で発生し、江戸期を通じて醇化《じゅんか》し、いまの東京生れの東京人のなかにうけつがれています。どこそこの何がうまいとか、何々を三杯酢にするとオツだとか、ソバはこうして食うものだとか、そういう半ば芸術化した食通ばなしというものは、江戸の伝統であって、大阪の伝統のなかには、ふしぎなほどないのです。いまでも、食通といわれている文化人は、親代々の東京そだちのかたか、もしくはそのひそみにならっている東京在住の地方出身のひとに多いということでもわかるでしょう。大阪そだちの文化人のひとで、食通ばなしで、これはイケルというような人材は、ちょっとまれではないかと思われます。

イケルとかオツとかという芸術論はできなくても、これはマズイという消極的な批評だけは大阪人でもできます。たまに東京へ旅行する大阪人で、一番閉口するのは食べもののまずさだと、よくこぼしているのを耳にします。きっと材料がよくないのでしょう。そういう土地で食通文化が発達し、一方、豊饒《ほうじょう》なはずの関西で食いものばなしが芸術化しなかったのは、ふしぎなような気がします。きっと、食い倒れの贅六どもは、食うことに懸命でしゃべることをわすれてしまったのでしょう。

とにかく、関西人の場合は、冒頭の衣笠とか藪譜のように、土地のものをそのものの味で味わえるのが、きざにいえばよろこびのようなものです。

（昭和35年8月）

〔三友消息〕

港といっても、神戸や横浜のような豪華さはなく、いわばうらぶれた田舎駅のような風情《ふぜい》が、大阪港の天保山《てんぽうざん》桟橋です。原稿をかくのが面倒になると、ぶらぶら、このあたりまで散歩にでかけます。港の夏を見物するためです。暑さには強いほうですから、避けるよりも、ほうぼうの夏を見物してたのしんでいます。内海通いの船がこの桟橋の横に入ると、船体がとけそうにあつくなっています。その船体から、淡路の水浴場で真赤に日やけしてしまった女の子たちが、ぞろぞろとおりてきます。その薄物姿を見つめることができるほど年をとっておらず、こっそりついてゆけるほど若くないのが、僕の夏のかなしみです。

（昭和35年8月）

外《げ》法仏《ぼうとけ》について（作者のことば）

生活人としての私は、あくまでも怪奇趣味はないのであるが、小説の世界ではついそんなことを書いてしまうようである。理由はある。怪奇趣味をもった人間にありがちな精神の白濁や、屈折をながめるのが、私は好きなのだ。

たとえば、印度の婆羅門《ばらもん》僧、日本の中世以前の密教僧、ペルシヤの幻術師、モンゴルのラマ僧、中世以前の魔法使い、錬金術師、いずれをとっても、人間精神のなかの珍種に属する。私のかぼそい知識のなかの、大事なコレクションなのである（もっとも、生活人としての私は、こういう連中とは、一さいつきあいたくはないのだが）。

外法使《げぼうづか》いも、私のコレクションのひとつである。外法とは外道《げどう》と同じような意味で、仏法以外の祈禱《きとう》術をいう。すでに奈良朝のころにあったが、貴族が怪奇譚《だん》を好んだ平安時代には、大いに民間のあいだで活躍した。猿の子や猫の頭の干しかためたものを本尊にして、自分の祈禱の霊験をあらわそうというのである。

本尊には、人間の頭が最上とされた。どの頭でもいいというのではなく、私の作品のなかに書いたような条件が必要なのだ。それを外法頭《げほうがしら》といった。外法使いたちは外法頭をもつ男をさがしまわり、生前に予約して死後それを頂戴《ちょうだい》して、ズシに入れて持ちあるく。頭の持主こそいい災難であった。

私の友人の飲み助のなかに、その条件にぴったりの顔の者がいる。中世の外法使いなら、よだれを垂らして頼みこみそうな格好の外法頭なのだ。かれは偶然、この小説を雑誌で読み、しかも、自分が外法頭であることに気付いた。まずい、と考えた。それ以来、酒を飲んでも、正体をうしなうほどには酔えなくなったそうだ。むろんこの時世に、外法使いなどは居はしない。しかし、かれは猜疑《さいぎ》ぶかい。仲のいいバーの女給たちのなかで、こっそり中世の外法でも研究している女が、いないとはかぎらぬというのである。うっかり、いい気になって、頭を渡してしまったら、これほどこけんのさがる話はない。

いずれにしても、女房や恋人以外の女性に心をゆるして、ろくなことはあるまい。もっとも、場合によっては女房、恋人にも気をゆるしてはいけない。女性諸君、まことに失礼ですが。

（昭和35年8月）

別所家籠城《ろうじよう》の狂気

播州《ばんしゆう》には、三木姓が多い。三木姓でなくても、この平野を耕やしている農家の多くは、先祖が三木の籠城戦で戦ったという口碑をもっているようである。

私の祖父福田惣八《そうはち》は、維新後まもなく、兵庫県飾磨《しかま》郡広《ひろ》という村の田地を売って、大阪に移住して餅屋《もちや》になった。もとは、三木姓だったという。三木城が落ちてからこの村に逃げ、他の城兵とともに湿地をひらいて部落をつくった者の子孫である。播州ではほとんどの家に、落城後逃げ落ちるときの恐怖譚が伝えられていて、話題のすくない農村では、まるできのうの事件のように語りつがれている。おそらく、有史以来播州の住民が体験した最大の事件だったからだろう。徳川中期には赤穂《あこう》浅野家のさわぎがあったが、規模の大きさにおいてくらべものにならない。

去年の八月、私は家内をつれて、この戦いの中心であった三木城をたずねた。城は、東播《とうばん》の三木市の中央にある。戦国時代の別所氏の城下町であった三木の町は、その没落後政治的性格をうしない、徳川期は金物の町として存在し、いまもその地方産業を維持している以外は、いかにも古典的なしずけさをたたえて、川と丘陵のある野にかすかに息づいている。町全体が、いまなお戦国別所の思い出のなかに生きているような印象をうけた。

故城の岡を釜山《ふざん》という。

岡の上の小さな稲荷社《いなりやしろ》のためにつくられた長い石段をのぼりきると、大きな樟《くす》があり、その枝の茂りを日蔭《ひかげ》にして、社務所が建っていた。樟の下にたつと、蟬《せみ》しぐれが一時にやんでしまったほど、この岡では人の訪れがめずらしいようであった。樟の下から見ると、社務所の座敷があけはなたれて、一閑張りの机をはさんで、四十年輩の男が二人、しきりに協議していた。

ふたりが、眼をあげて、私を見た。見も知らぬ私に微笑を見せ、しかも、手まねきまでしてみせてくれて、ここへきて協議にくわわらないかという意味のことをいった。この人は稲荷社の神職なのだった。

他の一人は土地の画家で、いつもかれらで籠城譚をしているのだが、きょうのクダリは、別所長治《ながはる》が籠城の当時、どういう鎧《よろい》をきていたかということが話の中心のようであった。私と家内がその横にすわると、親切な神職さんは、ものやわらかく話しかけてくれた。

「城兵のご子孫の方でございますね。そうでしょう。毎年お盆のころになると、いろんな地方から、御子孫の方がこの城跡におみえになりますものですから、ご様子でわかります」

「ははあ」

私は神職のけい眼におどろきながら、

「しかし、私の先祖が何という名だったか知らないんです」

「左様でございましょう。三木の城兵は帰農したあと、世をはばかって名をかくした例がほとんどでございますから。このあいだも、高知の人が親族の方といっしょにお見えになりまして、先祖の供養《くよう》をしたいのだが自分の先祖はたれだったか、とおたずねになりました。私は、記録に残っている城兵の名前から適当にえらんで、このかたにしたらいかがでしょうとお教え申しあげました。あなたさまのご先祖は、さて、どういう姓の――?」

「三木というんですが」

「ああ、どちらさまもそうおっしゃいます。どなたのご先祖も三木ということになってるんでございますけれども、しかしじつを申しますと、三木城に籠城した将士のなかで、三木姓を名乗る者はひとりもございません」

神職は申しわけなさそうにいった。私が返答にこまっているのを見かねてか、

「いえ、それはでございますね。おそらく別の姓であったものが、落城後、三木の地を懐《なつか》しんで、それを姓にかえたのでございましょう。落武者たちが期せずして一様に三木姓に改めるほど、この城の攻防戦は強烈な記憶だったのであろうと思いますです」

帰阪後、別の用件で関西大学の有坂助教授にあい、三木の町に行った話をすると、別所長治こそは私の先祖だときかされた。へえと驚くと、巨人軍の別所選手も、どうやら長治の子孫らしいという。有坂さんも別所さんも兵庫県出身だから、まるで播州平野はいまなお、別所主従の子孫でみちみちているようなのだ。それほど、この籠城戦の規模は大きかったということにもなるだろう。

天正五年、中国の毛利攻めを決意した織田信長は、江州小谷《ごうしゆうおだに》二十二万石の城主羽柴《はしば》筑前守《ちくぜんのかみ》秀吉を野戦司令官に命じて、安土《あづち》から兵を発せしめ、その軍容を見せることによって、毛利の衛星国である播州諸豪族を懐柔して、年末にはいったん兵をひきあ

げた。

第一次出兵は、威力偵察と政治工作のためともいうべきもので、その結果、秀吉はいよいよ毛利の攻めがたきを知り、まず播州最大の豪族別所侍従長治を味方につける必要のあることを信長に献策した。

別所家は、東播から摂津にかけて二十四万石の版図《はんと》をもつ大名で、もともと足利《あしかが》の幕将赤松氏の庶流であり、村上源氏の家系をほこる旧家である。すでに戦国末期のこのころにあっては、中世的な名家はほとんどほろび去り、諸国の地図は、累代《るいだい》の家名をもたぬ実力者によって塗りかえられつつあった。名門意識のつよい別所一族にとっては、尾張《おわり》から崛起《くつき》して海道を抑えつつにわかに京へ入った織田信長という新興勢力などは笑止千万な存在というべきであったろう。

秀吉は別所の名門意識を利用することに気づき、別所をして中国攻めの先鋒《せんぽう》の名誉をになわせることを信長に献言したのだ。信長はその策を容《い》れて、急使を別所の三木城に送った。「御辺、味方に属せらるるにおいては、播州一国は云《い》ふに及ばず、その外、功に従ひ恩賞厚く行ふべし」（『別所長治記』）

長治は二十一歳の青年で、戦国武士にはめずらしく古武士のような美意識をもっていたのは、やはり戦国最後の名門の子であったからに相違ない。たとえ新興勢力の下風に立つとはいえ、大軍の先鋒をつとめるということに武門の名誉を感じて、人質を出して応諾した。一国の運命を、単なる美意識にかけたというのも、乱世に類のない話といっていい。

もっとも、信長は、そうは約束したものの履行する意志はなかった。播州一国を与えるという手形は、すでに自分の直属の将校秀吉にひそかに与えていたからである。戦国争覇の決勝戦にのぞみつつある老練の選手と、旧式のルールとフォームにかぎりない美を見出《みいだ》しているスポーツ・ディレッタントとの勝負だといえるだろう。

天正六年三月、信長は中国攻めの第二次出兵を行なった。司令官秀吉は大軍をひきいてひとまず播州加古川の糟屋内膳正《かすやないぜんのしょう》の城館に進駐し、播州の諸豪族に謁見《えっけん》した。別所家からは長治の代官として、叔父別所山城守《やましろのかみ》吉親と老臣三宅肥前守《ひぜんのかみ》治忠が訪問した。

この二人の別所の使者は、足軽から身をおこしたという信長の野戦司令官をみて、心から軽侮した。禿《はげ》ねずみに似た容貌《ようぼう》と貧弱な骨柄と下品な高笑いのどこにも、かれらの美意識を満足させるものがなかった。この二人の別所家の老人は、一家の運命の岐路ともいうべきこの会談で、秀吉を相手に、まるで士官学校の議論ずきな生徒のように戦術論をふきかけて、ついに「孺子《じゅし》、戦いを知らず」と席を立って引きあげている。田舎者もここまでくればご愛嬌《あいきょう》というほかない。二人は帰城して長治に報告し、「このたび秀吉、当国に下向して、われわれを下人のごとくあいさつし」と、弱肉強食の時勢のなかで序列的不満を訴えている。

長治は、先手の将にしてくれるはずの信長が、その後一向にはかばかしい返事を寄《よ》越《こ》していないことにいきどおっていた。「右府はうそをつく」と長治はいった。利害問題ではなく、この青年には、平気でうそをつく不潔な精神が不快だったのだろう。三木城では軍評定をひらき、長治は最後に決をとって、こういったことが『別所長治記』にみえている。「昨今信長に取りたてられ、やうやく侍のまねする秀吉を大将にして、長治、彼が先手にと軍《いくさ》せば、天下の物笑ひたるべし」

秀吉という四十三歳の成熟した戦略家をつかまえて「侍のまねをする」男ときめつけ、その下風に立つと「天下の物笑ひ」になるという。この一言が、別所家を、決戦にふみきらせた。マキャベリズムが日常事になっている戦国時代に、珍しくもドン・キホーテ的騎士道の旗が三木城にひるがえったのである。

早速、戦術が議せられた。おりしも加古川城に鎧を解いて政治工作をしている秀吉の油断を見すまして一挙に奇襲を敢行すべしという議論が出た。これが採用されておれば、あるいは秀吉はこの時をもって歴史から消滅していたかもしれない。しかし、「それは卑怯《ひきょう》」という意見が大勢を占めた。別所家の名代の武名にかけて、堂々の陣を張って対戦すべきだ、というのだ。この意見は別所一族の好みにかない、三木城は城をあげて籠城準備にとりかかった。

三木城は、通称釜山城という。本丸、二ノ丸、新城の三城廓《じようかく》より成り、東西北の三方に空濠《からぼり》をうがち、さらに西南と東方に外城をきずき、城の西北は断崖《だんがい》にまもられ、そのむこうに美嚢川《みのうがわ》がめぐっている。赤松の一支族から、別所氏をして東播の支配者に成長せしめただけのものをこの城はそなえていた。しかも、別所氏の傘下《さんか》には、支城三十有余、塁塞《るいさい》百にあまる小要塞があり、それぞれ連繫《れんけい》して三木城をまもっていた。

天正六年六月二十九日、三木城をかこんだ秀吉は、急攻せずに、まず、仙石権兵衛、加須屋助左衛門、前野勝右衛門らの部隊をして小当りにあたらしめた。城塁の下でいくつかの小戦闘が行なわれたが、いずれも別所方の古典的な戦闘意識の勝利におわった。兵を退いた秀吉は、それで十分の成果をえた。城方の兵の配置のあらましを知りえたからだ。秀吉は城をかこみ重厚な長期陣地を配備した。

城方は間断なく、大小の夜襲戦を敢行し、寄手を疲れさせた。そのつど、完全戦闘ともいうべき勝利をおさめた。ある時は、勇婦の聞え高い別所山城守吉親の妻が、真紅の鉢巻に落葉風の模様の下着をつけ、黄に返したる桜おどしの鎧に身をかため、白《しろ》葦《あし》毛《げ》の馬に鏡鞍《かがみくら》をおいてゆらりと打ちまたがり、二尺七寸の大太刀をふりかざして並み居る敵陣に斬《き》りこむなどの、平家物語的挿話もおりまぜて、城方の意気は大いにあがった。

しかし、織田軍の戦術思想は、そういう前時代的な戦闘美学を否定したところに斬《ざん》新《しん》さがあった。秀吉は、局地的な戦闘に酔う城兵には眼もくれず、三木城の正面には付け城を構築して少数の兵を入れておき、主力は、三木城を支える衛星要塞を根気よくつぶしにかかった。まず、城方の長井四郎左衛門が守る加古川東方の野口城を陥《おと》し、つづいて、神吉民部大輔《かんきみんぶだゆう》の居城印南《いなみ》郡の神吉城を二十余日の悪戦苦闘ののち攻めつぶし、さらに志方《しかた》城、明石の端谷《はしたに》城、高砂《たかさご》城を陥落せしめた。

三木城は次第に孤城になっていったが、頼みにしている毛利方の援軍はついに来《き》なかった。老獪《ろうかい》な毛利は、来《きた》るべき織田軍との大決戦にそなえて、兵力の損耗を避けたのだろう。別所家は毛利のために大汗をかいて織田軍と戦いながら、毛利の救援を得ず、先の見込みもなく、何のために戦っているのかわからない状態になったが、それでも戦った。

おどろくべきことに、天正六年は戦いに暮れ、同七年も終始し、満二年にわたって狂気のごとく戦った。糧食がつきて、草木を食い壁を食い、ついに軍馬を食ったが、なおひるまなかった。籠城二年といえばおそらく日本戦史では最高記録かもしれないが、この政治性にとぼしい古典派の武士道主義者たちは整然と戦った。城将長治は主だつ者をあつめてざんげした、「野口、神吉の両城、織田勢のために陥されしは、これ士卒の科《とが》にあらず、わが謀の拙《つたな》きためなり」。こういう清純とさえいえる一種の感傷主義は、とうてい戦国権謀の世の武将の言葉とは思えない。逆にいえば、長治のもつ貴族的な高雅さが、惨烈な籠城戦にあってよく部下を統率しえたといえる。

天正八年正月六日、厚さ五分、鉄を巻いた楠《くすのき》の一枚板でつくられた大手門が、明智《あけち》光秀《みつひで》の指揮する三百の織田勢の手でうちやぶられ、三木城の命は旦夕《たんせき》にせまった。長治は、開城を決意して、秀吉に条件を申し入れた。別所家一族は腹を切る。しかし、士卒の命は助けられたい、というのだ。秀吉は、酒肴《しゅこう》を贈ってこれをゆるした。

正月十六日、長治は籠城の士卒をことごとく本丸の広間にあつめ、長い戦いの労をいたわるとともに永別の辞をのべ、翌十七日、庭に紅梅のさく三十畳の客殿に白綾《しろあや》のふとんを敷き、妻波多野氏、男子二人女子一人の子、それに実弟彦之進夫妻とともに自害して果てた。辞世に、「いまはただうらみもあらじ諸人の命にかはる我身と思へば」とあった。別所長治という人物は、生れる世を異にしていれば、武将よりもむしろ詩人にふさわしかった資質なのであろう。

播州のある農村では、いまだに正月の満月を祭る家があるという。開城とともに諸方に散った城兵は、和睦《わぼく》条件にもかかわらず、殺気だつ寄手の兵に討ち殺される者が多かった。追われて川に至ったところ、おりから満月が雲間に出て、舟の所在を知り、それに乗ってあやうく命を全うしたために、子孫代々、その月の満月を祭ることを家法にしているというのだ。このたぐいの話は、さがせばきりもなくあり、いまも生きている。

三木籠城の狂気ともいえる高潮した精神が徳川期に入ってなおこの地に息づき、浅野長矩《ながのり》の潔癖な狂気をうむとともに、その家士団の中から赤穂義士をうんだ。いずれも、自分の美意識に殉ずるために、家を棄《す》て、身をほろぼした。げんに、赤穂義士のなかには、三木城で籠城した者の子孫が幾人かまじっている。三木の狂気が、元禄《げんろく》に入って再び赤穂にあらわれたといえなくはない。歴史はくりかえすようである。

（昭和35年10月）

〔三友消息〕

健康法というほどの年でもありませんし、病気を気にしたことがないものですから、べつにこれというほどのことはしておりません。ただ眠る前にウガイをし、ハナのアナを石ケンであらう程度です。おかげで、カゼをひきません。元来、小食なのですが、ちかごろ肥《ふと》りはじめてきたため、時々、ヒジタテフクガをしたりします。とにかく、手足と顔をいつも清潔にするという小学校でならったとおりをいまだに実行しているだけです。あまり天才的な健康法を信用しません。食事は、菜食が主です。

（昭和35年10月）

あとがき（『豚と薔薇《ばら》』）

バスクうまれの伝道師聖フランシスコ・ザビエルが、日本にはじめてキリスト教を伝えた日から四百年たったその年、京都の夏はことさらにむし暑く、私はその日の午後のつとめを怠って、銭湯にいた。

私は、当時、新聞社の京都支局にいて、宗教をうけもっていた。その月は、ザビエルの日本上陸四百年を記念して、日本の各地ではさまざまな催しがおこなわれ、ヴァチカンの法王庁からも、特使が派遣されてきていて、私のそのころの当分の仕事は、その取材がおもだった。

その日、銭湯で、ひとりの人物に会った。色白で血色のいいその紳士は、なに者とも知れぬ私に、「キリスト教をはじめてもたらしたのは、聖フランシスコ・ザビエルではない」と話しかけてきた。午後の浴槽には、かれと私のほかはたれもおらず、その紳士の声は、肉声よりもこだましてくる音のほうが大きかった。

「ザビエルよりもさらに千年前、すでに古代キリスト教が日本に入っていた。むろん、仏教の渡来よりもふるかった。第二番に渡来したザビエルが、なにをもってこれほどの祝福をうけねばならないか」

話しているうちに、この紳士が、見かけよりもはるかに老人であり、一見、奇矯《ききよう》にみえて、決して狂人のたぐいではないことがわかってきた。

「その遺跡も、京都の太秦《うずまさ》にある」

といった。紳士は、自分はかつて有名な国立大学の教授であった、ともいった。私は、のちに小説を書きはじめたとき、この教授をうごかしている執念に興味をもったが、新聞記者であったころの私は、むろん、教授の精神像よりも、その説のほうに興味をもち、教授の指示に従って、「日本古代キリスト教」の遺跡をつぶさに踏査した。

私は、それを記事にかき、「すでに十四世紀において世界的に絶滅したはずのネストリウスのキリスト教が、日本に遺跡をとどめていること自体が奇跡である」と締めくくった。説の当否はともかく、記事は多くの反響をよび、海外の新聞にさえ転載された。新聞の読者というものは、十分に論議された学説よりも奇説を好むからだろう。

そののち、私は小説を書くことをはじめ、最初の二作を書きあげたあと、この奇説を小説にしようと思いたった。

新聞社は、きょうの「現実」を切りとっては販売している。その仕事に従事していた私は、夜、帰宅して小説に思いをひそめようとするとき、すでに「現実」に倦《あ》いていた。現実は、どういう意欲《いよく》をも、私におこさせなかった。ひる間の仕事から断絶するためにも、私の夜の想念は、現実から脱け出して、古代地図の上を歩かねばならなかった。

ひる間は、火事や交通事故の記事をかき、夜は古代地図のうえを散歩している奇妙な二重生活者を、たれよりも滑稽《こっけい》におもったのは私自身であった。私は、「兜率天《とそつてん》の巡礼」を書いた。主人公は、銭湯で遭った紳士ではなく、私自身であった。

「豚と薔薇」は、「兜率天の巡礼」とはちがい、多少読者を意識する時期になってから、書いた。べつに動機はない。推理小説がはやっているからお前も書け、ということで、誌面をあたえられたのである。

私は、推理小説にほとんど興味をもっておらず、才能もなく、知識もない。書けといわれて、ようやく書いた。むろん、推理小説というものはこれ一作で、生涯書くまいとおもっている。

私は、推理小説に登場してくる探偵役を、決して好きではない。他人の秘事を、なぜあれほどの執拗《しつよう》さであばきたてねばならないのか、その情熱の根源がわからない。それらの探偵たちの変質的な詮索《せんさく》癖こそ、小説のテーマであり、もしくは、精神病学の研究対象ではないかとさえおもっている。そういう疑問が、私という小説読者を推理小説に近づけなかったことでもあるし、この「豚と薔薇」を書いているときも、終始頭の片すみにもやついた。ついに、テーマを犯罪のナゾ解きに置くことを怠り、他のことに重心をおいた。当然、作品はぬえのようなものになった。書きおわって、作者である私は、登場人物に、どんな顔をして別れをつげねばならないかに、こまった。

なお、「兜率天の巡礼」は、昭和三十一年、同人雑誌「近代説話」に載ったものであり、「豚と薔薇」は、昭和三十五年、「週刊文春」に数回分載された。

（昭和35年11月）

〔三友消息〕

小生、部屋が二号室から二〇号室にかわりました。住所、電話などはもとどおりです。こんどは西陽のあたる部屋で、えらいことしたなあ、と後悔しています。ただし、風景絶佳。右おしらせまで。

（昭和35年11月）

源氏さんの大阪時代

江戸時代の富山は、海路で大坂と交易し、陸路で江戸文化を吸収した。このふたつの文化圏の接続点にあたっている富山文化は、いわば混血文化として生長した。想像するに、富山県人の美意識のなかに、上方《かみがた》好きと、関東好きとのふたつの派があるのではないか。

源氏さんは、その関東派のほうではなかったかとおもわれる。勇気を愛し、節度を重んじ、どのような不利な場に立っても自分の体面美をまもるための姿勢をとる精神は、ふるく江戸文化のなかにはぐくまれた。源氏さんの美意識はまさにそれであり、ご当人自身が、むしろ、関東人よりも関東的にさえなった。

そういう源氏さんが、大阪を好きになれるはずがなかったようにおもわれる。十九歳のとき、住友本社に入るために大阪にきた若き日の源氏さんにとって、大阪の風習や人間臭は、たまらなくいやなものであったに相違ない。竹屋町《たけやまち》の住友の寮に入ってからの毎日は水上滝太郎の「大阪の宿」的心境であったろう。

新入社員をあつめて、眼のするどい瘦身《そうしん》の重役が訓示をした。「サラリーマンたるものは、一芸の専門家になるべきである」という含蓄のある内容であったが、その傲《ごう》岸《がん》とさえいえる自信にみちた態度は、家郷をはなれて新しい生活に入った傷つきやすい少年に、小さな反発をおぼえさせた。

(この重役は、なるほど、この会社ではえらいかもしれない。しかし、詩では、おれのほうが上だ)

かろうじて、そういう独白《ひとりごと》で自分をすくった。が、あとでその重役の名をきいたとき、青年の最後の自信までくつがえされた。重役の名は、歌人川田順《かわだじゆん》だったのである。

青年は、忠実に仕事にはげみ、夜は早く寮へかえって、ひとり詩作した。詩は、早くからこの青年の才能をみとめていた故郷の新聞社の某氏のもとへ送った。某氏は、いちいちそれに批評を加えて返事をよこしていたらしく、この人が、こんにちの源氏鶏太という作家像をそだてる最初の助言者になった。

会社という組織の重圧と、大阪のいやらしさからのがれる唯一《ゆいいつ》の道は、青年にとって詩をつくることだけであったが、やがてこの無名の詩人が、意外にも、会社員として有能な才腕をもっていることが、周囲にわかりはじめた。

やがて、青年自身にも、自分のなかに意外に有能な事務家がひそんでいることに気づいた。青年の大阪時代における真の苦悩は、おそらくこのときからはじまったにちがいない。

日本の官庁や大会社というものは、いっそ無能であるほうが住みやすく出来ている。学歴によって人間の階級を作っているこの社会で、学閥外の有能な青年が、いったい、その情熱と能力をどこにむければいいのだろう。

酒か女か反抗しかないのだが、この青年はそのいずれをもえらばなかった。ただ忍従した。その鬱積《うっせき》が、源氏鶏太氏の小説のカギをとく重要なものの一つだろう。

職場では、積極的に働いた。働けば働くほど、日常のささやかな怒りはふえていったことだろう。その怒りは、一つには家庭を愛することによっていやされ、一つには小説を書くことによってなぐさめられた。源氏さんの大阪時代は、おそらく悲しみと苦渋にみちたものであったにちがいない。およそ、ここで語れるほどの逸話はなかったようである。

源氏さんの小説が直木賞をえたとき、本名の田中富雄氏は、住友本家の不動産を管理する泉不動産の総務部次長になっていた。その社の準重役とでもいうべき地位で、四十そこそこでこの地位についたことは、その人の誠実さと有能さを十分に証拠だてるものであった。ある日、田中氏は重役会に出た。案件の書類が回覧されてきて、ふと手にとると、見覚えのない書類に、自分の判がおされていた。無意識に押したと気づいたとき、サラリーマンとしての責任を感じた。ひそかに、その瞬間、社を退く決意をしたという。

（昭和35年11月）

堅実な史実と劇的な魅力（子母沢寛《しもざわかん》著「逃げ水」）

この場合、作品における作家の精神の座を知ると、さらに面白い。子母沢さんは年鑑などによると、梅谷某という幕臣が彰義隊に参加し、欺《あざむか》れてのちは函館の五稜郭《ごりようかく》にこもった、維新後は北海道に住んだというが、その孫が著者だという。

「勝海舟」「父子鷹《おやこだか》」「遺臣伝」さらにこの「逃げ水」につづく一連の作品は、いわば〝幕臣〟としての作者の怨念《おんねん》がこもっている。

江戸三百年の治世は、特異な人間文化をうんだ。たしか、吉田健一氏だったと思うが、こんにちよりも江戸時代のほうが、はるかに〝文明〟であったという。そこには、文明の名に不可欠な〝秩序美〟があったからだ。

江戸の秩序美をほろぼしたのは薩長《さつちよう》の田舎侍である。かれらはどういう文化も江戸にもちこまず、天皇の宗教的権威を借り、英国製の砲車をひいて、江戸秩序を武力で圧伏せしめた。

明治維新は、徳川政権にかわる薩長政権の樹立にすぎないが、維新後の歴史観は、薩長を正義とし幕府およびその崩壊に殉じた幕臣たちを賊徒とした。これらの幕臣たちは、祭られざる怨霊《おんりょう》として官制史観のそとをさまよいつづけてきた。子母沢氏の祖父もそのひとりである。

子母沢氏は、その鎮魂歌のつもりで、右の一連の作品を書きつづけてきたのだろう。この「逃げ水」は、その完結編といってもよい。

幕末の槍《やり》の名人といわれた高橋伊勢守《いせのかみ》（泥舟《でいしゅう》）の一代を描いたものである。小石川鷹匠《たかじょう》町の貧乏旗本の家にうまれた泥舟は、ただひとすじに槍を練磨することによって異数の出世をとげ、伊勢守に任官したころ、幕府の兵式思想が変化した。槍術《そうじゅつ》は旧式化し、泥舟は閑居した。

泥舟の没落は、ふるい江戸美の没落であった。泥舟の武士としての人間美は、槍術を通して完成し完成したときはすでに時代にあわない人間になっていた。維新前夜の権謀術数にみちた時代に、泥舟のような旧式江戸武士の最後の典型がどう生きたか。この小説の興味はそこにある。副登場人物として、山岡鉄舟、近藤勇《いさみ》、清河八郎など幕末の名士が多く登場し、それぞれの立場から崩壊時代に処してすさまじく動く。老熟した作家の腕は、これらの群像を堅実な史実に載せてしかも劇的な魅力を失わさせない。

（昭和35年12月）

三たび「近代説話」について

数年前、寺内大吉、清水正二郎らと「近代説話」をはじめたとき、これはバスク人になってしまうかも知れない、とふと思った。

バスク人というのは、その人種は人類学的に所属不明でありその言語は、言語学的にどの語族に入れてよいか、わからないそうである。

バスク人は、フランスとスペインの国境にまたがるピレネー山脈に住み、頭髪も瞳《ひとみ》も黒く、皮膚は黄色を呈し、日本人に酷似している。言葉は、印欧語族ではなく、日本語とおなじく助詞で単語をくっつけてゆくいわゆる膠着語《こうちやく》である。

人口は、せいぜい二、三十万ほどで、山中で羊を飼い、海浜にすむ者は漁夫や水夫になり、都会に流れる者は、ドック工などになる。フランス国籍、もしくはスペイン国籍をもちながら、すべてバスクのふるい民俗を愛し、欧化することを好まない。他郷で死んでも、骨は、先祖の墓地のあるピレネー山脈に送らせるのが、かれらの風習である。

余談だが、われわれ日本人はバスク人についてはほとんど知るところがないくせに、多少の恩恵をうけている。バスクベレーがそれだし、もうひとつは、天文年間、日本にはじめてキリスト教をもたらしたフランシスコ・ザビエルは、バスク人だったといわれている。

とにかく、初期、「近代説話」が考えてきた小説は、いままでの小説概念と作法からの解放ということであった。小説という言葉さえ遠慮して、これにかわる言葉として、近代説話を使った。熟さない言葉であるが、あたらしいものを盛るにはあたらしい言葉が必要だと思ったのだ。この言葉は、寺内大吉が案出した。

といって、あたらしいものに対して、まだ気分だけがあり、あたらしい熟語に対して、明確な概念をうらうちすることは、できなかった。この言葉を徐々に明確にしてゆくのは理論ではなく、この雑誌に寄稿する書き手たちの作品であると考えた。まったくずぼらな話で、それぞれの書き手が、近代説話という語感から、それぞれの書き手が感じとった気分をきめ手に作品を書いてもらう、という仕組みにした。

すでに、五号まで出た。作品数にして二十数点であり、そのなかに、従来の小説概念からみればじつに珍奇なものもある。ありきたりのものもあり、奇をてらいすぎて空中分解してしまったものもある。しかし、その二十数点の作品の最大公約数を割りだしてしまえば、どことなくバスク人であった。その人種と言語は、旧来のいわゆる大衆文学のどの系列にも属さず、また、日本人がつくり出したあの純文学の概念にはまらない。

バスク人の言語と風貌《ふうぼう》が、日本語および日本人に似ているからといって、言語学者や人類学者たちは、その系列に入れることを、むろん拒否している。かれらが、フランス国籍やスペイン国籍をもっているからといって、フランス人であり、スペイン人であるとするのは、かれらバスク人自身が拒否しているのだ。

まったく珍妙なことになり、雑誌「近代説話」は、怠りながらも刊行をつづけている。刊行がかさなるにつれて、最初、バスク人であることに多少のひけめを感じていたわれわれも、しだいに、その所属不明の人種であることに自負をもつようになってきた。この自負は、作品が雑誌に定着してきた結果ではなく、ちょっとした、わらうべき馴《な》れの心理である。

金のことをいいたい。

この雑誌には、同人というものはいない。最初、この雑誌を支援してくださった方々の好意で第一号と第二号が刊行され、ひきつづき、余収入をもつことができた世話人たちによって運営されてきた。今後も、この雑誌がつづくかぎり、この形態をとるはずである。しかし、この雑誌の主人役は、その世話人たちではない。

あくまでも、この雑誌に寄稿する書き手たちのものであり、この鉄則は、永久にまもられる。したがって、この雑誌の毎号百頁《ページ》の紙は、ひろく天下の書き手たちのために開放されている。

といって、とくに、広く寄稿を求む、とうたうほどの親切心は、世話人にはない。そういう義務は、国家からも、道徳からも、世話人たちは負わされていない。なんとなくアイマイ・モコとした性格だが、そういう点も、この雑誌はバスク人なのかもしれない。

（昭和35年12月）

銀座知らず

学生のころ、夏休みになると、心斎橋筋をすみからすみまで歩いた。帰省している中学時代の友人のたれかと、そこで遭えるからだ。ひどい日には、五六人も遭った。

「銀座て、ええとこか」

私は大阪の学校だったから、なんとなく劣等感をもって友人に訊《き》いたりした。

「ええとこや。真ン中に電車が走っとる」

「へえ、電車が」

想像もつかなかった。かりに心斎橋の真ン中を電車が走ったらどうなるか、心斎橋筋でなくなるではないか、と、私の銀座への想像は、いつも心斎橋が基準になっていた。

学校を出るや出ずで兵隊にとられたのが私どもの世代である。中国語を多少ならった所から、通訳の真似《まね》ごとをしたりした。日本に興味のある中国人が、きまって、イエンツォ・ツェモヤン？ときく。イェンツォとは、銀座のことである。私は、いつも赤い顔をして答えねばならなかった。

「銀座、不知道《ぶちたお》」

いちど、ハイラルの東南の草原で蒙古人《もうこじん》に会った。この男まで私に銀座のことをきいた。私の専攻語は蒙古語だったから、中国語よりも幾分かは流暢《りゅうちょう》である。大いそぎで、

「ムットコェ（知らない）」

よほど流暢だったらしく、蒙古人はおおようにうなずき、

「ああ、お前は日本人でないのか」

銀座を知らないために、私は蒙古人と同族だと思われてしまったようであった。

復員してから、生れて育った大阪の街の新聞社にやとわれた。毎日がいそがしく、いよいよ東京へゆく機会がなかった。

むかしから江戸文献を集めたり読んだりするのが好きで、何町に何様の屋敷があるなどと愚にもつかぬことを憶《おぼ》えたが、ついぞナマの東京には行かず、二十七年の夏に、はじめて行った。それも、そのころ宗教をうけもっていたために、鶴見《つるみ》の総持寺と、築地《つきじ》、浅草の両本願寺別院にゆくのが目的で、花の銀座には、なんとなく寄らずじま

いで帰阪した。

そのころから、ときどき小説を書いていたが、当時の私の小説は西域の話や仏典に取材したものがおもで、ついぞ東京も銀座も、舞台としてはあらわれなかった。

三十年のころから仕事の環境がかわって、しばしば東京へ行くようになった。東京へゆけば、古い友人である寺内大吉君の家にとまった。東京といっても、僧侶《そうりょ》兼作家のかれの家は、寺なのである。それも世田谷にあり、都心までは遠い。それでも大阪からきた私はこれでも東京だと思っていたら、寺内君の家人が、「ちょっと〝東京〟へ行く」といって渋谷などへ出かけてゆくのである。だまされたような気がした。きけば世田谷などは東京の周辺にあり、大東京になってからやっと合併された旧村というではないか。

何度かとまるうちに、私は世田谷区については多少地理が明るくなったが、それでも銀座を知らなかった。案内人であった寺内君自身、あまり繁華街を好まないたちだったからだろう。

三十二年の夏、東京へゆくときに、はじめて富士山をみた。

「これが日本の富士か」

と、私は小学生のように感動した。横山大観のえがく富士よりも、山下清のえがく富士のほうに似ていた。山下画伯とは同年配だから、親近感があったせいかもしれない。

そのときの旅行で、はじめて銀座へ私は行くことができた。富士と銀座をふたつながらにして見たわけである。年は三十四歳になっていた。

その夜、銀座の酒場で幾分か酩酊《めいてい》したのだが、容易になじむことができなかった。むりもなかった。私に酒をすすめるどの女の子も私の小学校時代の先生とおなじ言葉なのである。その当時、いくら大阪の先生でも教壇では大阪弁をつかわず、急ごしらえの標準語でしゃべっていた。だから、私は酔えば酔うほど、なんとなく小学生の心境に追いこまれて行くのをどうすることもできなかった。

夜の街へ出て酔いをさました。都電が通るのをみた。

「ああ、真ン中に電車が走っとる」

学生時代をなつかしく想《おも》いだしたことだった。

（昭和36年1月）

剣豪商人

この人は生涯に、さまざまな理由で十度ばかり名をかえた。わずらわしいので、ここでは一おう幼名を用い、大塚万之助といおう。

天保八年四月二十一日、伊予《いよ》宇和島藩の藩士大塚南平の六男としてうまれた。

武家にあっては、父の禄《ろく》を襲禄できるのは長男だけである。次男坊以下ほどみじめなものはなかった。多くは他家の養子になり、場合によっては町人に落ち、それさえかなわないときは、生涯兄の家で冷飯をくわねばならなかった。

万之助五歳、養子にゆく。

養父は同藩の松村彦兵衛といい、おそらく養父がつけたものだろうが、最初の改名をしている。保太郎という。

万之助は、改名するごとに環境が変わるという、ふしぎな人生を送った。むしろ改名することによって、つねに新たな人生を開拓しようという野望に燃えたった。ただし、この最初の改名は他動的で、むろん特記すべきものはない。

八歳、漢書をまなび、十二歳剣を習う。田宮流抜刀術をおさめ、ほとんど鬼才とまでうたわれた。

十九歳の夏のある日、同藩の子弟とともに城下の禅寺で接心をした。終って庫裡《くり》から出ると、夜来の雨があがっていた。

「なにを見ているんだ」

朋輩がいった。

「雨だれさ。軒端《のきば》にたまっているときは、朝日をうけて赤くみえる。落ちようとするときは紫にかわる。落ちつつあるときは、庭樹《にわき》に映えて緑色だ」

「うそを申せ。おれには、おなじ色にしかみえない」

「あの色の変わりを見る眼が、抜刀術というものだ。余人にはわからない」

「うそだろう」

「これでも、うそか」

万之助の右手に白い光芒《こうぼう》がしぶき、雨だれの落ちるに従って三閃《さんせん》した。見る者は舌をまいた。

「赤、紫、緑の三色を斬《き》った。しかし、おれの眼はまだ至っていない。おそらく極意に達すれば、あの色が、さらに五色にも六色にも変化することを見分けられるだろう」

万之助は、その後、雨あがりの朝には、かならずその禅寺へ行って、軒端にたたずんだ。やがて、雨だれが、最初は赤く、ついで白くなり、暗色に変化し、さらに紫となり、それが落下の途中、白を二度経て緑になることを知った。

「見えたぞ」

気合もろとも、一滴の雨だれを四たび斬った。うしろで、のぞき見をしていた住職が、媚《こ》びるような口ぶりで、

「みごとじゃ。鬼神もおよぶまい。その剣だけで生涯食えるじゃろう」

(ばかな)

万之助は、この田舎住職を軽蔑《けいべつ》した。

「ご坊。いくら斬ったところで雨だれは雨だれではありませぬか。下に落ちて、ただの泥水になるだけのことじゃ。こんな剣よりも、わしはもっと大きな仕事をしたい」

刀身をゆっくりとぬぐい、陽の昇る東の空をみたが、万之助の気持は暗かった。

(このままでは、おれほどの材幹が田舎で朽ちてしまう)

生涯の仕事に何をえらぶとはきめていなかったが、万之助のみずからの才をたのむ気持はつよく、むしろ、その野望と才能の方向がみつからぬことにくるしんだ。二十二歳で、田宮流の免許皆伝をえた。

「手の芸じゃ。行くさき、飢えたときになにほどかの役に立とうか」

それほどにしか思っていなかった。剣とともに蘭学《らんがく》をまなんだりしたが、宇和島ではよい師匠も書物もない。

「この地で蘭学を学んだところで、三流の学者になれるにすぎぬ。やめるにしかず」

中途でやめてしまった。何らかの都合で養家の松村家を去り、実家にもどって父南平の旧姓を起して土居と名乗った。二度目の改名である。

そのころ、同藩の中村茂兵衛方から養子の話があり、入婿《いりむこ》をして、中村彦六となった。三度目の改名である。年二十四歳、ようやく宇和島の沈滞した空気に堪えきれなくなってきた。

文久元年、宇和島の旅籠《はたご》に、天下に名のひびいた大物が投宿していることをきき知った。何者かは知らぬが、とにかく会えば、自分の現状を打通するなにかが得られるだろうとおもった。旅籠で名をきけば、才谷梅太郎という。

（聞いたことのない名だな）

会ってみると、それが土佐の坂本竜馬《りょうま》だった。終日酒をのみ、談論して飽くことを知らない。万之助の肩をたたいて、

「天下の風雲はうごいとるぞ。男児が志をのべるには千載一遇の好機じゃ。こんな田舎に朽ちることはない」

（そのとおりだ）

万之助は、ひそかに脱藩を決意した。さいわい——というわけでもないが、妻安子が死んで養家を継ぐ責任から解放された。ただちに四度目の改名をして土居彦六にもどり、慶応元年七月十八日、宇和島を脱藩して大坂にむかった。このとき、当時の政争の中心地だった京都にのぼっておれば、万之助はおそらく政治家としての人生を歩んだろう。大坂で薪炭商《しんたんしょう》を営む伯父伊予屋為蔵方に落ちついたために、のちに思わぬ人生をもつことになった。

「当節、脱藩はめずらしうないというても」

伯父は、善良な商人にすぎない。おいの脱藩の累《るい》が自分におよぶのをおそれ、

「伯父がかくもうたとあれば、ただではすむまい。存じよりに高利貸がいる。そこの手代《てだい》になれ」

高池三郎兵衛という金貸しの手代にさせられてしまった。ところが、三郎兵衛のもとで、利息の勘定や取りたての交渉などに意外な手腕をみせ、主人からひどく重用された。

「大坂広しというても、高利貸の手代としては、彦やんほどの腕ききはあるまい」

三郎兵衛が、同業の仲間に吹聴《ふいちょう》するほどだったという。もっとも、三郎兵衛は、利息の勘定のうまい自分の手代が、田宮流抜刀術の名手であるとまでは知らなかった。

あるとき、三郎兵衛は、鰻谷《うなぎだに》の博徒《ばくと》なにがしという親分に貸してあった金を執拗《しつよう》にとりたてたために恨みを買った。その夜、二畳庵《にじょうあん》という俳人の主宰する会に出席しての帰路、佐野屋橋北詰の暗がりで、浪人者三人の襲撃をうけた。親分の指し金によるものだが、幸い、万之助が従っていた。おどしに抜きつれている相手の刀を、矢立一本でつぎつぎと落してゆき、三本の刀をまとめて土佐堀川に投げこんで、

「借りた金を鉄ののべがねで返すとはなにごとだ。文句があれば、おれがいつでも相手になってやろう」

と大見得をきったという。これが大坂市中に知れ、ちょうど隊士募集に大坂にきていた新選組の副長土方歳三《ひじかたとしぞう》の耳に入って、ぜひ貴殿を隊に迎えたいという使者がやってきた。

「折角ですが」

万之助は憮然《ぶぜん》として言ったという。

「私は剣術で身を立てたくはないんでね」

「しかし、貴殿ほどの使い手が、選りにも選って高利貸の手代などをなさらなくても」

「そのとおりだ」

苦笑した。数日考えて、そのころめずらしかった写真家になろうとした。大坂の石《こく》町《まち》に長崎で修業した写真師小曾根正雄という浪人がいて、写真館を開業していた。ちょうど住み込みの弟子を求めていると聞き、早速訪ねてみた。

「おお、あんたが剣客できこえた高利貸の手代か。私の得意先は武家が多いゆえ、なにかと話の種になって面白かろう」

採用してくれたが、しばらく様子を見るうちに、小曾根が大坂在藩の幕臣にとり入って旗本にとりたててもらおうと運動していることを知り、間もなくそこを去った。時勢を見るにさとい万之助は、幕府がいずれ崩壊するものとみていた。新しい時代がきたときの用意として、古い権力につながりのある前歴は、できるだけつくりたくなかった。

ふたたび高利貸の手代にもどって時節を待つうち、慶応二年、坂本竜馬が大坂に来ていることを知り、鰹座橋《かつおざばし》たもとの土佐藩蔵屋敷にかれを訪ねた。

「なんじゃ、せっかく尊王攘夷《じょうい》の志に燃えて脱藩したというのに、大坂で高利貸の手代をしておるのか」

「面目もない。――しかし」

「わかった」

竜馬は吹き出し、

「そこがおぬしのよい所じゃ。誤って高利貸の手代に落ちたところで、おぬしはそこで結構有能なのであろう。有能ゆえ、自分自身もほどよく楽しいに相違ない。人にも好かれ、主人にも愛される。しかし、おぬしほどの才幹を、一高利貸に用いさせておくだけでは天下の損失じゃ。風雲の中に出られよ」

ついに意を決して三郎兵衛に別れを告げ、再び両刀をはさんで京へ出た。京に移ると、すぐ、竜馬の紹介で知った土佐藩の策士後藤象二郎を京都藩邸に訪ねた。

「よい所へござった。お手前は田宮流の使い手じゃそうなが、同時に高利貸の手代としても有能でござったそうな。そこで、ぜひとも引きうけてもらわんならん仕事がある」

これよりさき、土佐藩では、藩の産物の樟脳《しょうのう》を英国に売る契約をむすんでいた。ところが維新のごたごたで期日内に納入することができなくなり、契約にうるさい白人の商社をひどく怒らせてしまっているという。用とは、その延期の交渉に行ってくれまいかということなのだ。

「承知つかまつった」

と勢いよく言ったものの、他の同志が、天下国家を論じあっているときに、自分だけが樟脳の納入延期の交渉にゆくことに、多少のさびしさを感じないでもなかった。

（まあ、やるさ。人間、眼の先きの仕事を懸命にやる以外、手のないものだ）

神戸へ行った。通弁を連れて、碇泊《ていはく》中の英国汽船に商人ウォールドをたずね、理由を説明して納得させたうえ、相手にひどく好感をもたれて船内で歓待をうけた。万之助は、人に好かれるなにかを持ってうまれていたのだろう。

この成功が、また評判をよんだ。商人相手の交渉事の名人は、かれをおいてほかにないという評判が、京における各藩の代表者の間で立ち、ついに宇和島藩の重役の耳にまで入った。

万之助の京都での日常は、おもに土佐藩邸に起居し、薩藩《さっぱん》や長藩の知人をたずねては天下を論じたり、諸藩の藩邸で出入り商人との間に紛争がおきたりすると、たのまれて口をきくことが多かった。

慶応四年正月、鳥羽伏見《とばふしみ》の戦《いく》さがおこった。京大坂の間で戦闘がおこったために、宇和島藩の大坂蔵屋敷に積んである兵糧米《ひょうろうまい》を京都藩邸に送れなくなり、万一合戦が長期化すれば、京都に駐屯している藩兵は飢餓に陥らねばならぬ危険にさらされた。

「なんとかならぬか」

藩の使者が、脱藩者である万之助のもとにとんできたのはこのときであった。

「主恩に酬《むく》いるのは、このときじゃぞ。うまくゆけば、脱藩の罪がゆるされるかもしれぬ」

「やりましょう」

鳥羽伏見で、幕軍と官軍が熾烈《しれつ》な戦闘をまじえているとき、万之助はひとり大津へとんだ。同地の寺田屋金七という米問屋を訪ねて、

「いま、蔵にどれほどの米があるか」

ときいた。

「ざっと千石もございましょう」

だ。

「いや……」

寺田屋はしぶい顔をした。合戦がもし長びけば米が高騰《こうとう》するのにきまっているから

「思惑を考えているのだろう。私はこれでも大坂で高利貸の手代をやった男だから、眼はきくつもりだが、この戦さは、思惑のたねにはならぬぞ。思惑すれば、ひどい目にあう」

「なぜでございましょう」

「おそらく、一日か二日で片づく。官軍にはイギリス出来の大砲、鉄砲があるからだ。いま米の値の高いうちに売ってしまえ。戦さがおわれば、値がさがる。そのとき、ほえづらをかいてもはじまるまい」

「なるほど」

このため、寺田屋も利を得、宇和島藩も危機をすくわれた。

この功によって脱藩の罪はゆるされ、ほどなく樹立された維新政府に迎えられて大阪鎮台付となり、すぐ、五代友厚の下で大阪運上所に出仕し、異数の昇進をかさねて、明治二年大阪府権《ごん》少参事になった。官邸から馬で通う。通る道の大阪人がかれをみて、

「あれは、むかし、高利の利息をとりにきていた手代ではないか」

と、おどろいたという。

その後、大阪の富豪鴻池《こうのいけ》家より再建をたのまれたことから実業界に入り、明治二十年大阪株式取引所設置に尽力し、さらに大阪電燈《でんとう》株式会社を設立して初代社長となり、その後、鉄道、銀行など十にあまる会社の経営を担当した。維新後五度目の改名をした。土居《どい》通夫《みちお》という。大阪の財界ではわすれられぬ名前のひとつとなった。

(昭和36年1月)

〝生きているご先祖〟を

小川祐忠《すけただ》という織豊《しょくほう》時代の大名がいるが、この人は軍功よりもむしろ茶道の造詣《ぞうけい》をもって秀吉に愛された、と書いてひどくその人の子孫という人からしかられたことがある。こんにちの時代なら、福島正則《まさのり》型の武辺大名よりも、古田《ふるた》織部正《おりべのしょう》や小堀遠州のような文化人型の武将のほうが体裁がいいようにも思われるのだが、やはりその子孫の人にとっては、ヘナヘナした文化人大名よりも戦国武将らしい風ぼうを自分の先祖の像に託したがるのだろうか。とにかくその掲載紙に対して、訂正をせよ、というほどの激越な憤慨ぶりであった。名誉を傷つけた、というのである。

数学的に逆算すると、八百年までさかのぼれば日本人は同一先祖になるらしい。三百年前の歴史上の人物は、われわれにとって共有財産のようなものだと思っていたのだが、その直系の子孫だという人にとっては、やはり共有財産的な冷淡さをもってはみられないのだろう。私はひどく、その人に好意に似たものをおぼえた。

それが、ことしのプランへの発想になった、といえばすこし大げさになる。ただことしは、日本人の精神現象のなかでのそういうものを考えてみたい。べつにそれを直ちに小説の仕事に結びつけるというのではなく、むしろ道楽目標のようなものだ。

私の先輩にも、先祖に歴史上の名士をもっている人がある。名士といっても、これは徳川家康や近藤勇《いさみ》のようなものではなく、もっとすごい存在だ。大国主命《おおくにぬしのみこと》なのである。日常はすぐれた知識人として生活しているこの人が、暮夜ひそかに大国主命のことに思いをひそめると、悲憤懊悩《ひふんおうのう》して夜もねむれなくなるという。つまり出雲《いずも》民族の王であった大国主命が、天孫の侵入により王位と領土を追われた。それを思うと腹がにえくりかえるようだというのだ。

日本人が、自分の先祖ばなしから受けている重圧や影響というものは、こうも大きい。自分の先祖でなくても、たとえば吉良上野介《きらこうずけのすけ》の知行地だった三河の吉良へゆけば赤穂《あこう》浪士の話はつい最近までタブーだったというし、弓削道鏡《ゆげのどうきょう》の出身地だった大阪府下の東弓削にいくと、道鏡の話はよろこばれない。現に私の知人のカメラマンが村へはいったとき、田仕事をしていた村の老人が「もし道鏡のことで村をとりにきたのならよしてくれ」といったという。村では、なお自分の村から道鏡というワルモノ（？）を出したことを恥じているのだ。道鏡の存在はとっくに歴史上の共有財産になっているのに、その出身の村にとっては、やっかいな私有財産としか思えないのだろう。

すべての日本人がそうというわけではないが、ある場合、ひどく歴史は現実的で、歴史が個人の精神に重圧をかけている。そういう精神構造があってこそ、天照大神《あまてらすおおみかみ》の直系の子孫が連綿と皇位につきえたわけであるし、一民族がついに世界中の民族を相手に戦争をしたという異様な歴史をうんだ。

私は評論家ではないから、それが結構だとも結構でないともいわない。ただそのふしぎさに興味をもった。ことしの旅行目標は、そういう精神世界の取材にしぼってみたいと思うが、それはあくまでも私の娯楽であって、いまのところ小説に結びつけるつもりはもたない。

（昭和36年1月）

歴史の亡霊

辻留《つじとめ》の大将が、数号まえに掲載された私の「洛北《らくほく》の妖怪《ようかい》寺」を読んで、「あんなん、もっと書いとくなはれ。わて、オバケバナシが好きどンねん。もうほかにバケモノ寺、おヘンか」といった。そうやたらにあっては、たまらない。

この雑誌の編集同人のひとりである国分綾子さんも、「あんなの、書いて」としきりにいう。私はむかし京都で、国分さんとは宗教を担当するおなじ記者仲間であった。私の知っていることは、国分さんがみな知っている。無いバケモノのそでは振れない。

そのころ、つまりS新聞社の京都支局で宗教を受けもっていた私は、日がな一日、寺をまわりあるいていた。東山の妙法院へ行ったり、大徳寺へ寄ったり、東本願寺で昼寝をしたり、まったくのんきな新聞記者だった。ひる弁当は、大てい西本願寺でたべた。

各社の記者も、そのころになると、ほうぼうの寺から西本願寺へあつまってくる。

そこで、弁当をたべる。あまり威勢のいい景色ではないが、戦後まもない窮乏時代だから仕方がなかった。

そういう昼どきになると、いつも、どこからともなくひとりの好青年があらわれて、本願寺の各部局をまわっては、「お菓子のご用はおへンか」といっているのを見かけた。きくと、亀屋陸奥《かめやむつ》という、本願寺の前にある菓子屋さんの惣領《そうりよう》息子だという。

その青年が、ある日、

「いっぺん、うちにも遊びにきとくなはれ。けったいな古文書が、いっぱいおす」

「おれ、読まれへんがな」

「そら、仕様おまへンな」

ということで、なんとなく親しくなり、あるとき、「君ンとこは、いつごろからこの寺をまわっているの」ときくと、戦国時代からだという。

「へえ、戦国時代」

「左様。元亀《げんき》天正の以前どす」

ときたのである。

「信長はんが大坂の石山本願寺を攻めはったとき、石山本願寺で、兵糧方《ひようろうかた》をつとめておりました。和睦《わぼく》がなって、ご法主が紀州鷺《さぎ》ノ森《もり》に退かれたときも門徒としてつき従い、ほしいをねりかためた菓子をつくって差しあげましたところ、たいへんおほめになって、松風《まつかぜ》と名付けよ、といわれました。――これどす」

松風のひときれを、私の口のなかへ入れてくれた。それ以来、つまり豊臣《とよとみ》、徳川、明治、大正、昭和と、ざっと四百年のあいだ、れんめんとして西本願寺の前に住み、菓子をつくっては本願寺の用をきいてまわっているという。

ふつうの都会なら、歴史は博物館の陳列ケースのなかにしかないものだが、京都ではそういうものが、市電の横断歩道を横切ったり喫茶店でお茶をのんだり、ときどき女房にしかられて街でやけ酒をのんだりしているようなのである。

私は、洛北雲ヶ畑の志明院という真言宗仁和寺《にんなじ》派の山寺で、室町時代以来、出つづけているという妖怪に出会ったとき、たとえば平安京のむかしならば、禁中のとのいの部屋にも、公卿《くぎょう》の屋敷にも、ちまたの辻々にも出ていたもののけのたぐいが、しだいに人間の文化がひらけるにつれ、街から愛宕山《あたごやま》へ逃げ、貴船《きふね》へ逃げ、鞍馬《くらま》へ逃げ、ついには、わずかに雲ヶ畑の深山のひだで、かろうじて余セイをたもっているという実感をうけた。

それとおなじことで、京では、歴史が断絶せずに悠然とつづいている。石山合戦の兵糧方が、いまなお本願寺のひるめし時になると職員に菓子の御用をききまわっているのだ。歴史の亡霊が、ちゃんと毛ずねのある両脚をつかって街をあるいているのである。こういうふしぎは、おそらく、北京《ペキン》にも、パリにもなかろうとおもう。

（昭和36年1月）

首つり服

私はレインコートが大すきで、冬も、晴雨にかかわらずこれを羽織って外出する。きのうもお手伝いさんが、「ずいぶんアカづきましたが、お洗濯に出しときましょうか」といったが、たいがいのことには従順な私も、これだけは言下に、

「あかん」

と、ことわった。「でも」とお手伝いさんはいう、「おエリのあたりが光ってしまっているようですけど」。

「そこがええとこです。お庭の石などにコケがつくとみんながよろこぶでしょう。あれとおなじことです」

むろん下着などは毎日かえます。が、レインコートなどは、少々袖口《そでぐち》が光ってるぐらいのほうがオモムキがあってよろしい。

マッサラの服などはずいぶんぶきみなもので、着用すると、なんとなくからだ全体

が照れくさがって、洋服をぶらさげて町を歩くような錯覚をもちます。

このあいだも、新調の服をきて旅行せねばならないハメになったとき、その前夜、家内が私の気持を察して、その服を箱からひきずり出し、くしゃくしゃに丸めたまま、押入れへ入れておいてくれた。洋服の一夜漬けというわけです。そのほうがずっと洋服に親近感がもてて、新調を着ているという気持の負担を、感じなくて済む。

あまりピッタリと体にあいすぎている服もキザなものだ。だから私は、原則として仕立屋にたのまず、首つりを買うことにきめてきた。私は新聞社に通っていたころ、朝、国電の中などで急に自分の服がイヤになりだすことがある。そういう衝動にはこらえ性のないほうだから、そのまま天満《てんま》という駅でおりて、天六の首つり服屋の町に入るのだ。

そこで気に入った服をみつけると、さんざんに買いたたいて、その場で着かえてしまう。

古い服は、

「おっさん、これあずかってんか」

と、置いてくる。むろん面倒だから、とりにはゆかない。天六の服屋街には、私の古服をかかえこんで当惑している店が、七軒はあるはずだ。こういう首つり服は、新調は新調でもすぐ型がくずれるから、私の美意識にはしごく適合しているのである。そのうえ、ネギルというスポーティな楽しみがある。だいたい、のっけから値札の半分にしろというのが、この町の常套《じょうとう》の買いかたなのだ。

「半分にせえや」

「わッ、殺生《せっしょう》な」

オヤジは頭をかかえる。べつに驚いているわけではない。この町の商人の、いわば型どおりの演技のようなものだ。オヤジはソロバンを持ちだしてきて、タマを二つばかり上へあげ、

「これでどないだす」

「あかんあかん。おれ、原価知ってる。そんな値ェやったらお前ンとこ儲《もう》かりすぎるがな」

「ほなら、思いきって泣かしてもらいまほ。これでどうだす」

「あかんなあ」

「大将、殺生や。これ以上まけたらわいとこ首つりせにゃならんがな」

と、まるで大阪落語のようなヤリトリがあって購入におよぶ。こうして買った服は、着ていてもなんとなくボロもうけをしたようで、ほのかな豊かさがあるものだ。

その上、私はまったく首つり服のために出来ているような人物で、体重十五貫、身長五尺四寸、胸囲八十七センチの寸法は、徴兵検査以来十七年間上下したことがなかった。ところが近ごろ、運動不足のためにぶくぶくとふとってきた。

ついにレディ・メイドでは間にあわず、仕立屋さんに体をさわらせるハメになった。

先日も、よく身にあった仕立てあがりの服を着せられながら、ふと鏡をみて、

（おれもだんだん俗物になってきたなあ）

と、なんとなく泣きたいような思いをしたことである。


（昭和36年2月）

生きている出雲《いずも》王朝

カタリベというものがある。いまも生きていると知ったとき、私のおどろきは、生物学者がアフリカ海岸で化石魚を発見したときのそれに似ていた。

カタリベとは、魚類でも植物でもない。ヒトである。上古、文字のなかったころ、諸国の豪族に奉仕して、氏族の旧辞伝説を物語ったあの記憶技師のことだ。語部という。当時無数にいたであろうかれら古代的な技術者のなかで、『古事記』を口述した稗田阿礼《ひえだのあれ》の名だけがこんにちに残っている。漢字の輸入がかれらの職業を没落させた。トーキーの出現で、活動写真弁士がその職場を追われたようなものだろう。

しかし、儀式用にはながくその存在はのこってはいたらしい。西紀九二〇年ごろに成立した『延喜式《えんぎしき》』の践祚大嘗祭《せんそだいじょうさい》の条《くだり》に「伴宿禰《とものすくね》、佐伯宿禰《さへきのすくね》、おのおの語部十五人をひきゐ、東西の掖門《えきもん》より入りて、位に就き、古詞を奏す」とある。すでに実用性は失なっていた。しかしアイヌの社会でユーカラを語る老人のように、儀礼的価値として、平安初期にはまだ生きのこっていたことになる。

が、平安時代どころではない。延喜年間よりもさらに千年を経たこんにちになお語部はいたというおどろきから、この話は出発する。かれはセビロを常用し、大阪に住み、毎日、ビルに通勤し、しかも新聞社の編集局のなかでも、とくに平衡感覚のある、経験豊富な古参記者でなければつとまらないといわれる地方部長のイスにすわり、仕事の余暇にはジョニーウォーカーを愛飲しているのである。

かれと私は親しい。敬愛もしている。そのかれが、あるとき突如声をひそめて、あたしはカタリベなのだ、とうちあけた。これは寓話《ぐうわ》ではない。むろん、かれは狂人ではない。狂人ではないが、かれは、かれの故郷である出雲のことに話がおよぶと、よほどはげしい思いに駆られるらしく、一種の憑依《ひょうい》状態になり、やや正常性をうしなう。私が出雲に興味をもちはじめたのは、かれのそういう面をみたからであり、時期はこの前後からであった。

その人物を、W氏としよう。もともと、出雲人というのは、すくなくとも私の見聞した範囲では、たとえば薩摩《さつま》人や熊本県人や高知県人のように、ふつう、好もしい存在であるとはされていない。石見《いわみ》人にいわせると出雲人は奸譎《かんけつ》であるという。むろんこれは、日本人が、それぞれ他郷人に対して伝統的にもっている偏見の一つにすぎない。しかし私の知っているかぎりの出雲人の半ばは、他の土地に来るとひどく構えるヘキをもっているようだ。また無用に小陰謀をこのむともいう。しかし私は信じない。が、W氏にかぎっては、すこしあたっていなくもない。W氏は無邪気な発想から小陰謀をこのむようである。多くの私の同僚は、W氏のそのヘキにはへきえきしてきたが、べつだんの実害はなかった。これはW氏への誹謗《ひぼう》ではなく、どちらかといえばW氏の性格のもつユーモラスな一面である。

なぜ陰謀を好むのか。機嫌のいいときのW氏なら、グラスをなめながら、豪放に、あれはおれの趣味さ、とわらうはずだ。事実、その陰謀は、趣味のように日常的で、趣味のように明るくさえある。が、気持の沈んでいるときのW氏なら、こう答えるにちがいない。――かなしいことだが、おれのヘキでね、おれを責めてもはじまらない。おれの体のなかにある出雲民族の血をこそ責めらるべきだろう。いや、出雲民族がそこに追いこまれた悲劇をこそ責めらるべきだろう。君は、オオクニヌシノミコトの悲憤の生涯を考えたことがあるか――と、W氏は眼をすえる。その眼に、やや狂気がやどっている。

私は、出雲に興味をもった。私ならずともW氏をみれば、たれでもW氏をうんだ出雲の人間風土に興味をもつにちがいない。出雲というのは、こんにち島根県下にある。

島根県というのは、旧国名でいえば、石見と出雲と隠岐《おき》から成立している。徳川夢声氏の出身は島根県だが、出雲国ではなく、石見国の津和野である。夢声氏は、かつてどこかの場所で、自分は島根県人だが出雲ではない、ということを、われわれ他府県人からみれば異様なまでの力の入れようで言明していた。夢声氏だけではなく、他の石見人も、しばしばそのようなことをいう。出雲人というのは、隣国の同県人からそれほどまでにきらわれている。むしろ、これは出雲人のために光栄なことではあるまいか。きらわれるほどの強烈な個性が、出雲にはあるはずだからだ、というべきであろう。私は出雲へ行きたいと思った。しかし、そう考えてから数年たった。

昨年の秋、ついに出雲へ出かけた。友人が私を自分の自動車に乗せてくれた。道路地図を見ながら、大阪から岡山へ出、岡山から吉備《きび》の野を北上して、中国の脊梁《せきりよう》山脈を北へ越えた。悪路のために、華奢《きやしや》なヒルマンは何度か腹をこすり、ついに山中のどこかで消音器をおとした。

機関の爆発音が露《あら》わになった。その音は、私の体力をひどく消耗させた。疲れれば疲れるほど、めざす目的地への魅惑が、強烈な悪酒のように私を酔わせた。体力の消耗が、私のイリュージョンをいよいよかきたてるらしかった。

「私はカタリべだ」と、W氏がいった。それを考えた。なにを語り、そしてなんのための語部なのか。W氏はいう、「いまでこそ新聞記者をしているが、私が当主であるW家は、出雲大社の社家である」。

それをきいたとき、最初私は、ああ神主かとぐらいに考えていた。が、それは私の無智《むち》というものだった。その後、出雲のことを少しずつ知るにつれて、出雲大社の社家、という言葉が、いかに重いものであるかがわかった。

話は枝葉へゆくが、その一例をあげよう。いまから数年前に、私は島根県の地方紙の元旦《がんたん》号を読んだ。どの新聞の元旦号もそうであるように、全面広告の欄がある。しかし、私のみた欄は、ありきたりな商品広告ではなかった。年賀広告なのである。県知事および地方自治団体の首長が、県民のみなさんおめでとう、と呼びかける年賀あいさつなのだ。

ことわっておくが、これも新聞広告の慣例として、めずらしいことではない。どこの新聞でもやることだが、島根県の新聞のばあいはすこしちがっていた。たしか、紙面の上十段のスペースに正月らしく出雲大社のシルエットがえがかれ、「謹賀新年」と活字が組まれ、そこに、ふたりのひとの名前が出ていた。ひとりは、当然なことだが島根県の知事田部長右衛門氏の名前である。それにならんでもう一つの名があった。

「国造、千家尊祀《せんげたかとし》」という。われわれ他府県人にとって、これは「カタリベ」の存在以上に驚嘆すべきことである。

これは化石の地方長官というべきであろう。出雲では、他府県と同様、現実の行政は公選知事が担当するが、精神世界の君主としてなお国造が君臨しているのである。国造はクニノミヤツコと訓《よ》み、この土地では音読して、コクゾウとよぶ。あたかも天皇のことを古い倭語《わご》でスメラミコトとよび、音読してテンノウとよぶようなものである。以下、すこし、国造についてのべたい。出雲の権威の性格が、より以上に明確になるからである。

国造という古代地方長官の制が創設されたのは、『古事記』によれば、日向《ひゅうが》からきた「神武天皇」が、いまの奈良県を手中におさめたときをもってハジメとする。大和の土豪剣根《つるぎね》（おそらく出雲民族であろう）をもって葛城《かつらぎ》の国造とした。ついでながら、葛城ノ国というのはいまの奈良県と大阪府の県境にある葛城山のふもとのことで、いまの自治体制でいえば数ヵ村のひろさにすぎない。それがひとつのクニだったというのは、その当時の「日本」がその程度の規模だったから仕方がない。

奈良県の王になった「神武天皇」の子孫は何代も努力をかさねて領土をひろげてゆき、あらたな版図《はんと》ができれば、現地人採用の方針で、そこの土豪を国造に補した。遠方ほど、時間がかかるのは当然なことで、たとえば関東の那須《なす》地方ぐらいになると、ずっとくだって、景行天皇のころに制定された。「建沼河命《たけぬかはのみこと》の孫大臣命《おほみのみこと》を国造に定め給《たま》ふ」との『国造本紀』の例をみればよい。

大和王朝と対抗する出雲王朝の帝王であった大国主命《おおくにぬしのみこと》を斎《いつ》きまつる出雲国造が、いつかつての敵の大和政権から国造の称号をもらったかはあきらかでない。この話は、じつにややこしい。とにかく『国造本紀』には、宇迦都久怒命《うかつくぬのみこと》という出雲人が国造職になったとされている。このミコトが、西紀何年に誕生し何年に死没したかがわからないところに、日本史の神韻《しんいん》ヒョウビョウたるたのしさがあるのだ。同時に、その国造家の神代以来の家来であったというところに、W氏の家系の出雲的エラサがあるようである。

さてカタリベのことだが、そのことに入る前に、出雲国造家の家系に立ち入っておきたい。この家系がいつ成立したかについては、話はいよいよ神韻ヒョウビョウの世界に入らざるをえない。「高天ヵ原《たかまがはら》」にいた天照大神《あまてらすおおみかみ》が、皇孫瓊瓊杵尊《ににぎのみこと》を葦原中国《あしはらのなかつくに》に降臨せしめんとし、まず、武甕槌神《たけみかずちのかみ》、経津主神《ふつぬしのかみ》の二神を下界にくだして、大国主命に交渉せしめた。大国主命がナカツクニの帝王であったからである。そのころの「日本」は、想像するに、大国主命を首領とする出雲民族の天下だったのであろう。つまりW氏の先祖のものだった。余談だが、この出雲民族は、いまの民族分類でいえばナニ民族であったのか。

ここに、西村真次《しんじ》博士の著『大和時代』のなかの一文を借用する。（仮名遣い原文のまま）

今の黒竜江、烏蘇里《ウスリー》あたりに占拠してゐたツングース族の中、最も勇敢にして進取の気性に富んでゐたものは、夏季の風浪静かなる日を選んで、船を間宮海峡、或《あるひ》は日本海に泛《うか》べて、勇ましい南下の航海を試みた。樺太《からふと》は最初に見舞つた土地であつたらう。彼等の船は更に蝦夷《えぞ》島を発見して、高島附近に門番《オトリ》（otoli—小樽《おたる》）を置き、一部はそこに上陸し、他は尚《なほ》も南下して海獺《らっこ》多き土地を見出《みいだ》し、そこに上陸してそこを海獺《モト》（mötö—陸奥《むつ》）と命名し、海岸伝ひに航海を続けて、入海多く河川多き秋田地方に出たものは、そこに天幕を張つて仮住し、鮭《さけ》の大漁に食料の豊富なことを喜んだであらう。そこを彼等は鮭《ダワ》（dawa—出羽）と呼び慣らしたので、遂《つひ》に長く其《その》地の地名となつた。陸奥・出羽は、しかしながら、ツングース族の最後の住地ではなかつた。彼等は日本海に沿うて南下し、或は直接に母国から日本海を横切つて、佐渡を経て、越後の海岸に来り、そこに上陸し、或は更に南西方に航行して出雲附近までも進んで行つたであらう。かうした移動を、私はツングース族の第一移住と呼んでゐる。これは紀元前一千八百年から千年位の間に行はれたと思はれる。

私はこの論文を借りて、私の論旨に援用しようというつもりはない。ただ読者の空想の手だすけになれば、それですむ。西村博士の説のように、出雲民族は、ツングースであったのかもしれなかった。私は、学生時代、蒙古《もうこ》語をまなんだ。蒙古語というのは、日本人ならば、東北人が鹿児島弁を習得するほどの努力で学べる。コトバの構造が、日本語とほとんど変りがなく、単語さえおぼえればほぼ用が足りるからである。蒙古語もツングース語も、おなじウラル・アルタイ語族に属している。満州の野から興《おこ》って清《しん》朝をつくり、その後裔《こうえい》の少女が天城《あまぎ》山で学習院大学の学生と死んだあの愛新《あいしん》覚羅《かくら》氏の言語は、ツングース語であった。ジンギス汗の子や孫に協力して元帝国をたてた満州の騎馬民族もまたツングース人種である。過去に多くの栄光をになったこの人種は、いまはほとんど歴史の彼方《かなた》に消滅して、こんにちの地上ではわずかな人口しか生存していない。

こんにち、満州の興安山脈の山中にあって狩猟生活を営むオロチョンという少数民族もまたツングースの一派である。前記W氏をはじめ、出雲の郷土史家たちは、八岐《やまたの》大蛇《おろち》伝説のオロチは、オロチョンであるという説をもっている。たぶん、語呂《ごろ》の類似から発想したものであろう。しかし話としてはおもしろい。——中国山脈にはいまも昔も砂鉄が多いが、出雲王朝が、有史以前においてナカツクニを支配しえた力は、鉄器にあった。古語にいう細矛千足国《くわしほこちたるのくに》とはそこから出た。細矛千足国の鉄器文明はオロチョンがもちこんだというのである。オロチョンの鉱業家が、簸川《ひのかわ》の上流で砂鉄を採取して炉で溶かした。自然、川下の田畑が荒れ、農民がこまった。農民は、足名椎《あしなずち》、手名椎《てなずち》夫婦に象徴される。そこで、出雲王須佐之男尊《すさのおのみこと》が出馬して、鉱山業者と農民の間の利害問題を裁き、農民側を勝訴させた。

話の解釈はどうでもよい。いずれにせよツングース人種である出雲民族は、鉄器文明を背景として出雲に強大な帝国をたて、トヨアシハラノナカツクニを制覇した。その何代目かの帝王が大己貴命《おおなむちのみこと》（以下大国主命という）であった。そこへ、「高天ヵ原」から天孫民族の使者が押しかけてきた。国を譲れという。いったい、天孫族とはナニモノであろう。おそらく出雲帝国のそれをしのぐ強大な兵団をもつ集団であったにちがいあるまいが、ここではそれに触れるいとまがない。とにかく、最後の談判は出雲の稲佐《いなさ》ノ浜《はま》で行なわれた。天孫民族の使者武甕槌命《たけみかずちのみこと》は、浜にホコを突きたて、「否《いな》、然《さ》」をせまった。われわれはここで、シンガポールにおける山下・パーシバルの会談を連想しなければならない。出雲《いずも》民族の屈辱の歴史は、この稲佐ノ浜の屈辱からはじまるのである。出雲人の狷介《けんかい》な性格もこの屈辱の歴史がつくった、とW氏はいう。

話に枝葉が多すぎるようだが、しばらくがまんしていただきたい。

この国譲りののち、天孫民族と出雲王朝との協定は、出雲王は永久に天孫民族の政治にタッチしないということであった。哀れにも出雲の王族は身柄を大和に移され、三輪山のそばに住んだ。三輪氏の祖がそれである。この奈良県という土地は、もともと、出雲王朝の植民地のようなものであったのだろう。神武天皇が侵入するまでは出雲人が耕作を楽しむ平和な土地であったに相違ない。滝川政次郎博士によれば、この三輪山を中心に出雲の政庁があったという。神武天皇の好敵手であった長髄彦《ながすねひこ》も出雲民族の土酋《どしゆう》の一人であった。私は少年時代、母親の実家である奈良県北葛城《かつらぎ》郡磐城《いわき》村竹ノ内という山麓《さんろく》の在所ですごした。この村には、長髄彦の墓と言い伝えられる古墳がある。

むろん、長髄彦の年代（？）は、古墳時代以前のものであるから妄説にすぎまいが、大和の住民に、自分たちの先祖である出雲民族をなつかしむ潜在感情があるとすれば、情において私はこの伝説を尊びたい（現に、わが奈良県人は、同じ県内にある神武天皇の橿原《かしはら》神宮よりも、三輪山の大神《おおみわ》神社を尊崇して、毎月ツイタチ参りというものをする。かれらは「オオミワはんは、ジンムさんより先きや」という。かつての先住民族の信仰の記憶を、いまの奈良県人もなおその心の底であたためつづけているのではないか。ついでながら、三輪山は、山全体を神体とする神社神道《しんとう》における最古の形式を遺《のこ》している。こういうものを甘南備《かんなび》山《やま》という。出雲にも甘南備山が多い。「出雲国造神賀詞」にはカンナビの語がやたらと出る。ツングースも蒙古人も山を崇ぶが、そこまで飛躍せずとも、出雲民族の信仰の特徴であるといえるだろう）。

さて、出雲王朝のヌシである大国主命の降伏後の出雲はどうなったか。出雲へは、「高天ヵ原」から進駐軍司令官として天穂日命《あめのほひのみこと》が派遣された。駐屯した軍営は、いまの松江市外大庭《おおば》村の大庭神社の地である。ところが、この天孫人はダグラス・マッカーサーのような頑固な性格の男ではなかったらしく、「神代紀」下巻に、「此《こ》の神、大己貴命に佞媚《ねいび》して、三年に及ぶまで、尚《な》ほ報聞せず」とある。出雲人にまるめこまれたのであろう。戦《いく》さにはよわくとも、寝わざの外交手腕にたけていたらしい大国主命の風ぼうがわれわれの眼にうかぶようである。ゴウをにやした高天ヵ原政権では、さらに天穂日命の子である武三熊之大人《たけみくまのうし》という人物を派遣した。しかしこの司令官もまた「父に順《したが》ひ、遂《つひ》に報聞」しなかった。

当然なことながら、高天ヵ原では、大国主命の生存するかぎり、出雲の占領統治はうまくゆかないとみた。ついに、大国主命に対して、「汝《なんぢ》、応《まさ》に天日隅宮《あまのひすみのみや》に住むべし」との断罪をくだした。

この天日隅宮が、つまり出雲大社である。おそらく、大国主命は殺されたという意味であろう。かれが現人神《あらひとがみ》でいるかぎり、現地人の尊崇を集めて占領統治がうまくいくまい、とあって、事実上の「神」にされてしまったのである。この点は、太平洋戦争終結当時の事情とやや似てはいるが、二十世紀のアメリカは、天孫民族の帝王に対してより温情的であった。しかし神代の天孫民族は、前代の支配王朝に対して、古代的な酷烈さをもってのぞんだ。

大国主命は、ついに「神」として出雲大社に鎮《しず》まりかえった。もはや、現人神であった当時のように、出雲の旧領民に対していかなる政治力も発揮しえないであろう。「祭神」になってしまった大国主命に対して、高天ヵ原政権は、進駐軍司令官天穂日命とその子孫に永久に宮司になることを命じた。

天孫族である天穂日命は、出雲大社の斎主になることによって出雲民族を慰撫《いぶ》し、祭神大国主命の代行者という立場で、出雲における占領政治を正当化した。奇形な祭政一致体制がうまれたわけである。その天穂日命の子孫が、出雲国造となり、同時に連綿として出雲大社の斎主となった。いわば、旧出雲王朝の側からいえば、簒奪者《さんだつしゃ》の家系が数千年にわたって出雲の支配者になったといえるだろう。いまの出雲大社の宮司家であり国造家である千家氏、北島氏の家系がそれである。天皇家と相ならんで、日本最古の家系であり、また天皇家と同様、史上のいかなる戦乱時代にも、この家系はゆるがず、いかなる草莽《そうもう》の奸賊《かんぞく》といえども、この家系を畏《おそ》れかしこんで犯そうとはしなかった。

その理由は明らかである。この二つの家系が、説話上、日本人の血を両分する天孫系と出雲系のそれぞれ一方を代表する神聖家系であることを、歴代の不逞《ふてい》の風雲児たちも知っていたのであろう。血統を信仰とする日本的シャーマニズムに温存され、「第二次出雲王朝」は、二十世紀のこんにちにまで生存をつづけてきた。この事実は、卑小な政治的議論の場に引き移さるべきものではなく、ただその保存の事実だけを抽出することによって、十分、世界文明史に特記されてもよい。いわば、芸術的価値をさえもっているではないか。

自動車が宍道《しんじ》湖《こ》畔《はん》に入ったときは、すでに夜になっていた。いつのまにか、雨が前照灯の光芒《こうぼう》を濡《ぬ》らしていたが、すぐやんだ。やむと、すぐ夜空が晴れた。松江地方の気象の特徴であるという。湖上の闇《やみ》はふかかったが、それでもときどき闇を割って、いさり火のほのかな赤さが明滅した。私の旅が、すでに古代の世界に入りつつあることを、そのいさり火は、痛いまでに私に教えようとしていた。その夜の宿は、大社のいなばやにとった。

翌朝、出雲大社にもうでた。なるほど「雲にそびえる千木《ちぎ》」であった。『日本書紀』の「千《ち》尋《ひろ》栲縄《たくなは》以《もつ》て結ひて百《もも》八十《あまりやそ》紐《むすび》にせむ、その宮を造る制は、柱は則《すなは》ち高く太く、板は則ち広く厚くせむ」とある。大社の社伝では、上古においては神殿の高さは三十二丈あったという。また、中古は十六丈、いまは八丈という。上古の三十二丈は荒唐すぎて信じがたいが、中古の十六丈については、明治四十年代に、伊東忠太博士と山本信哉博士が論争したことがある。山本氏は十六丈説を肯定した。肯定の根拠になったのは、天禄《てんろく》元年（九七〇）に源為憲《ためのり》が著わした『口遊《くちずさみ》』という書だった。この本のなかに、当時最大の建物を三つあげ、「雲太、和二、京三」としている。出雲（出雲大社）は太郎であるから最大であり、大和《やまと》二郎（大仏殿）、京三郎（大極殿）という順になる。出雲大社の建物は、平安初期でもなお大仏殿より大きかったのである。

古代国家にとって、これほどの大造営は、国力を傾けるほどのエネルギーを要したであろう。しかし、大和や山城の政権は、それをしなければならなかった。その必要が出雲にはあった。十六丈のピラミッド的大神殿を建てねば、出雲の民心は安まらなかったのである。古代出雲王朝の亡霊が、なお中古にいたるまで、中央政権に対して無言の圧力を加えていたと私はみる。

私は、いま古代出雲王朝といった。その前に、天穂日命の裔の勢力を第二次出雲王朝ともいった。しかし、第一次も第二次も、血統こそちがえ、かれらの対中央意識においてはすこしも変らなかったようである。

天穂日命の子孫は、天穂日命自身がすでにそうであったように、すぐ出雲化した。かれら新しい支配者は土着出雲人に同化し、天ツ神であることを忘れ、出雲民族の恨みを相続し、まるで大国主命の裔であるがごとき言動をした。例をあげると、「崇神《すじん》紀」六十年七月に、天皇、軍勢を派して出雲大社の神宝を大和に持ち帰らせている。神宝とは、おそらく天皇家における三種ノ神器のようなものであろう。出雲民族を骨抜きにする行政措置の一つだろうが、このとき、たまたま「第二次出雲王朝」の王であった振根《ふるね》という男が、筑紫へ旅行していて不在だった。帰国してこの事実を知って激怒し、留守居の弟たちを責めた。ついに弟の飯入根《いいいりね》を殺してしまったため近親の者が恐れ、大和へ訴え出た。大和では吉備津彦《きびつひこ》を司令官に任命して軍勢をさしむけ、合戦のうえ、振根を誅《ちゅう》している。大和朝廷に刃むかう振根の姿には、大和との同族意識はもはやなく、異民族の王としてのすさまじい抵抗意識しか見出せない。第一次も第二次も出雲王朝の対大和意識には、ほとんど変化がなかったことはこの一事でもわかる。

このことについて、私の脳裡《のうり》に別な記憶がよみがえらざるをえない。かつて私は新聞社の文化部にいた。ある年、「子孫発言」という連載企画を担当した。徳川義親《よしちか》氏に家康のことを書いてもらったり、有馬頼義《よりちか》氏に先祖の殿様のことを書いてもらったりする企画だったが、手もちの材料が尽き、ついに松江支局を通じて、出雲国造家の千家尊祀氏に原稿を依頼した。しかし、いんぎんにことわられた。理由は（支局員の代弁によれば）わが家は古来、大和民族の政治（？）に触れることができない、というのである。私はおどろいた。新聞への寄稿が政治行為であるかどうかはべつとして、大国主命が天孫族に国を譲ったときの条約が、なおこんにちに生きているのである。この条約が生きているかぎり、出雲には、なお形而上《けいじじょう》の世界で出雲王朝が生きているといっていい。

大社から、大庭神社へ行った。この地は、松江市外の丘陵地帯にあり、錯綜《さくそう》した丘陵の起伏のかげに、ほそい入江の水が入りこんでいる。古代大庭の地こそ、天穂日命が最初に進駐した出雲攻略の根拠地であった。

大庭神社は、樹木のふかい丘のうえにあるときいた。その森まで、ほそく長い木ノ根道がつづき、あたりは常緑樹のさまざまな色彩でうずまっている。空はよく晴れていた。八雲立つ出雲、という。この日も出雲特有のうつくしい雲がうかんでいた。そのせいか、歩いてゆく参道の風景が、ひどく神さびてみえた。案内してくださった郷土史家のOさんが、大庭神社の神職の秋上《あきあげ》さんは尼子《あまこ》十勇士のひとり秋上庵《いおの》介《すけ》の子孫である、と教えてくれた。太田亮氏著の『姓氏家系大辞典』を引くと、秋上家は出雲の名族であるという。

不意に、道の横あいから、瘦《や》せた五十年輩の人物があらわれて、Oさんに会釈《えしやく》した。腰に魚籠《びく》をくりつけ、地下足袋《じかたび》のようなものをはいていた。Oさんに、「これから山へ茸狩《きのこが》りにゆくところじゃ」といった。「ちょうどよかった」とOさんが私へふりむいた。

「この人が秋上さんですよ」

私は、苔《こけ》をふんで、自然石の段をのぼった。上へのぼりきったとき、思わず息をのんだ。そこに奇怪な建物があった。これは神殿にはちがいない。しかしおそらく最も古い形式の出雲住宅なのであろう。太い宮柱を地に突きたて、四囲を厚板でかこみ、千木を天にそびえさせただけの蒼古《そうこ》とした建物が、山ヒダにかこまれて立っていた。この建物の何代か前の建物は、天穂日命の住居であったはずだった。

「ここは、天穂日命の出雲経略の策源地としては理想的な地です」

秋上さんは、足もとに見える入江を指さした。昔はその入江が宮殿の下まできていて、「高天ヶ原」からの兵員、物資は、陸路を通ることなく、ここで揚陸されたという。

秋上さんは、私のもってきた地図を神殿の前の地上にのべた。いちいち細かい地名を指でおさえながら、「出雲民族をおさえるには、まず砂鉄をおさえることです。砂鉄の出る場所はココとココ。運ばれる道はコレとコレ。――」といった。いつのまにか、地図を指す秋上さんの横に、秋上さんが飼っているらしい老犬がすりよってきた。犬はついに地図の上に寝た。秋上さんは何度も犬を押しのけながら地図を指した。しかしそのつど、犬は、しょうこりもなく地図の上へ身を横たえた。あきらめた秋上さんは、「とにかく」と私を見た。「この入江をおさえて、あの沖の小島に舟監視所を設け、あの山によりすぐりの兵を少々出しておけば、出雲族が少々蠢動《しゅんどう》してもビクともいたしません」

気負いこんだ秋上さんの様子には、たったいま高天ヶ原からふりおりてきたような天孫族の司令官をほうふつさせるものがあった。私は話題をかえた。「秋上さんの家から秋上庵之介が出たそうですね」。秋上さんはあまりいい顔をしなかった。そういう不逞《ふてい》の者を出したのを恥じているのかもしれなかった。私はいそいで質問をあらためて、「それで、天穂日命がここへきたとき秋上さんのご先祖はどういうお役目だったのです」。

「部将ですよ。天穂日命の一族です。ですから天児屋根命《あめのこやねのみこと》の直系の裔です」と、はじめて闊然《かつぜん》とわらった。なるほど出雲的規模からみれば、戦国時代の勇士の話題などは、とるにたらぬ些事《さじ》になるはずだった。とにかく出雲には、中央に対する被征服民族としての潜在感情が生きている反面、出雲を征服した天孫部隊の戦闘精神もまた、なお生きているような気がした。秋上さんは話がおわってから、「出雲大社はけしからん」といって、こまごまとした現実の話をした。神族は神族同士で、われわれのうかがいがたい世話な事情があるようにおもわれた。

そのあと、出雲海岸を西へ走って石見《いわみ》との国境いに出た。同じ県ながら、石見と出雲は方言はもとより、気性、顔つきまでちがっているといわれる。国境いから石見へ入ったとたん、われわれ旅人にさえそれがわかった。石見への目的は、出雲の国境いにある物部《もののべ》神社という古社を見るためであった。

この神社も、いまでこそ、神社という名がついているが、上古はただの宗教施設として建てられたものではなく、出雲への監視のために設けられた軍事施設であった。その時代は、前記の天穂日命などのころよりもずっとくだり、崇神朝か、もしくはそれ以後であったか。とにかく、出雲監視のために物部氏の軍勢が大和から派遣され、ここに駐屯した。神社の社伝では、封印された出雲大社の兵器庫のカギをここであずかっていたという。出雲からそのカギをぬすみに来た者があり、物議をかもしたこともあったともいう。

この神社に駐屯していた兵団は物部の兵が中心ではあったが、おそらく一旦《いったん》緩急のあったばあいは、土地の石見人をも徴集したであろう。また、徴集できる素地を平素からつくっておくために、ここの駐屯司令官は、石見人に対し、ことごとに反出雲感情をあおるような教育をしたであろう。こんにちの島根県下における出雲・石見の対立感情は、あるいはそういう所からも源流を発しているのかもしれない。神社は、村社然としていた。建物も、完全に出雲様式とは別のものであった。この神社から、いつのほどか物部のつわものどもの姿が消え、出雲の兵器庫のカギの保管も儀式化し、神社が祠官《しかん》のみの奉斎する単なる宗教施設になったとき、ようやく第二次出雲王朝は大和・山城の政権に対する実力をうしない、神代の国譲りの神話は完全に終結した。

そのとき出雲の古代はおわった。その時期が日本史のなかのいつであったかは、記録されたもののなかからは、うかがい知るすべもない。

数日の滞在で、私は大阪へ帰った。まっさきにW氏に会おうとした。が、W氏は仕事が多忙で他県へ出張していた。帰阪してからひと月ほどして、W氏に会った。出雲へ行ったことを話すと、なぜ私に声をかけてくれなかった、一緒にゆけばもっと「事情」がよくわかったのに、とひどく残念そうにいった。事情？　なんの事情です、ときくと、事情だ、出雲には秘密の事情がある、とだけいって、急に表情を変え、例の憑依《のりうつ》ったような暗い表情をした。このとき、私は、あのカタリベの一件を、くわしくきくべきだとおもった。

やがて、W氏は重い口をひらいた。W家は国造家である千家の主宰する出雲大社の社家であることは、さきにのべた。古い社家は大てい神別の家であり、家系は神代からつづいてきた。したがって、古代出雲民族の風習のいくらかを家風にもち、その一例として語部の制も遺《のこ》してきた。語部は、W家の場合、一族のうちから、記憶力がつよく、家系に興味をもつ者がすでに幼少のころにえらばれ、当代の語部から長い歳月をかけ、一家の旧辞伝承をこまかく語り伝えられるというのである。ある部分は他に洩《も》らしてよく、ある部分は洩らしてはいけない。当代の語部はむろんW氏そのひとであり、W氏はすでにその子息のうちの一人を選んで、語りを伝えはじめているという。そのうち、『古事記』にも『出雲風土記』にも出ていない重要な事項があるというのだが、それについてはW氏はなにもいえない、といった。それでは、と私は話頭をかえ、出雲で会った多くの人々にしたような質問をW氏にもした。「あなたのご先祖は、なんという名のミコトですか」

「私の、ですか」とW氏はすこし微笑《ほほえ》み、ながい時間、私を見つめていたが、やがて、「大国主命です」といった。

出雲の様子をすこし知りはじめた私は、これにはひどく驚かざるをえなかった。ここで大国主命の名が出るのは白昼に亡霊を見るような観があった。大国主命およびその血族はすでに神代の時代に出雲から一掃されて絶えているはずではないか。「そのとおりです」とW氏はいった。「しかし、ある事情により、ただ一系統だけのこった。私の先祖の神がそうです」。その事情は、語部の伝承のうちでも秘密の項に属するために言えない、という。言えなければきかなくてもよい。とにかく、W氏によれば、神代以来、出雲大社に奉斎する社家のうちで、大国主命系、つまり出雲の国ツ神系の社家は、W家一軒ということになるのである。それではまるで敵中にいるようなものではありませんか、というと、W氏は「出雲は簒奪《さんだつ》されているのです」といった。つまり高天ガ原からきた天穂日命の第二次出雲王朝の子孫が国造《くにのみやつこ》としていまの出雲を形而上的に支配しているのが、W氏にとっては、「簒奪」ということになるのである。私はようやく知った。W氏は、第一次出雲王朝の残党だった。心理的に残党意識をもっているだけではなく、げんに、第一次出雲王朝を語り伝えるカタリベでもあった。かれによれば、出雲は簒奪されているという。簒奪の事実をおもうとき、W氏はときに眠れなくなる夜もあるという。私はおもった。W氏がこのことをいきどおって懊悩《おうのう》する夜をもつかぎり、すくなくともその瞬間だけでも、第二次出雲王朝はおろか、第一次王朝でさえも、この地上に厳として存在する。この論理は、われわれ俗間の天孫族(?)には通用しなくても、出雲ならば日常茶飯で通用することだろう。ふしぎな国である、まったく。

(昭和36年3月)

無銭旅行

学生時代、私の学校にも名ばかりの登山部があった。部室の前を通るたびに、ひどく軽蔑《けいべつ》をおぼえたものである。なんだってあんな高い山にばかり登りたがるのだろう。私はそのころ、卒業すればゴビ沙漠《さばく》へ行くことばかりを考えていた。そのせいかもしれない。卒業まぎわになって兵隊にとられた。第一回学徒出陣というあれで、私の兵科は戦車兵だった。これは死ぬだろうと思った。この年ごろは、いまも昔も、死ぬなどということをさまで重大に思わない。死と引っ替えるだけの価値のあるものさえ見つかれば、むしろそのほうに飛びつく年齢だから、入営までのあいだ私はのんきに将棋ばかりを指していた。死への待ち時間というわけだった。

「だけど、将棋ばかり指してたって仕様がないじゃないか。なにか、いままで生きてきた思い出になるようなことをしよう」

そういうことをいう仲間があって、あらためて考えてみた。なにかないものか。

女を買うほどの度胸もないし、酒を死ぬほど飲んだところでつまらない。結局、せっかくうまれあわせたこの国の一部を、たんねんに歩こうということになった。日本地図を見た。熊野《くまの》がいい、そうだ、とあいづちを打つ仲間が三人できた。

夏の終りのころ、私たちは吉野《よしの》の下市口《しもいちぐち》の駅に集合した。申しあわせたようにたれもが教練服をきていた。学生服と教練服のほかに、どんな服も持ちあわせのないまずしい時代の学生たちだった。

リュックの中に、米とジャガイモと干魚が入っていた。それだけが装備だった。いや、もう一品、妙なものを持っている男がいた。

「なんや、刀やないか」

おどろいて抜いてみた。真赤な刀身があらわれた。サビが手についた。映画で弥次《やじ》喜多《きた》などが差している例の道中差しというやつで、むかしは葬式用品でもあった。通《つ》夜《や》のとき、仏の枕《まくら》もとにおいて魔物のくるのを防ぐためのものだ。

「どうするつもりや」

「いや、熊が出たら追っぱらおうと思うてな」

「熊なんか出るもんかい」

「せやけど熊野というやないか」

かれは、笑いもせずにいった。

われわれは、吉野山を分け入った。吉野から十津川《とつかわ》へ出、さらに熊野の大山塊を縦走して新宮《しんぐう》へ出るつもりであった。新宮で黒潮を見るまでに十日はかかるだろうと思った。

「だろう」といったがまったくそのとおりで地図も磁石も持っていないのだ。

「北斗星をみて、南へ南へ進めばええやろ」

「それでいこう」

勇んで出かけたが、おろかなことに、われわれの一団で北斗星を知っている者は一人もなかった。

最初の夜は、山のお宮の神殿でとまり、つぎは河原で寝た。夜露がひどいので、そのつぎからは、なるべく昼間は寝て夜行軍することにした。ああいう山中だから宿屋などはない。あっても、われわれはとまれなかった。一人に五円の旅費しか持っていなかったからである。

川にぶつかると雑魚《ざこ》をすくった。タオルが網だった。人馴《な》れしていないせいか、いくらでもとれた。それを副食物にした。まるで、乞食《こじき》の集団だった。

五日目は寺にとめてもらった。六日目は、まったく村というものを見なかった。人恋しくなって昼夜ぶっとおしで歩いた。八日目の日没後、小さな山峡に出て、やっと人の家の灯をみた。

そこまでは覚えている。朝、眼がさめると納屋《なや》でねむっていた自分たちを発見した。納屋の持主が、気味わるそうに窓口からのぞいていた。

やがてその家の人々は、われわれが盗賊でも山窩《さんか》でもないことを知って、朝がゆをごちそうしてくれた。そのうまかった味は、いまだにわすれられない。

また歩いた。九日目は、ゆけどもゆけども急坂の道だった。

「このまま、天にのぼってしまうねやないやろか」

たれかが心細くなって悲鳴をあげたほど、その密林の中の坂は限りもなかった。

やっと頂上へついた。あんなにおどろいたことはなかった。日本の秘境を歩きつづけているつもりだったわれわれの眼前に、眼もまばゆいほどの繁華街がひらけているのである。私は、道をゆく若い女性をつかまえた。天人かと思うほど美しかった。

「ここはどこです」というと、その人はわれわれの風体をウサンくさげに見て、やっと返事をした。「高野山ですわ」

われわれはあわてて、みやげもの屋へ入ってその壁に貼《は》られている古い日本列島の地図をみた。やがて悲しそうに顔を見あわせた。われわれは、吉野に入ってから九日間も山中をあるきまわったあげく、とんでもない方角にきてしまっていたのだ。が、この連中は、その後一人残らず内地へ帰還することができた。ひょっとすると、お大師さまのご利益《りやく》のせいかもしれない。

（昭和36年3月）

出雲《いずも》のふしぎ

出雲という地方に妙な興味をもったのは、四、五年前からである。地方紙のとじこみをめくっているうちに、島根新聞の新年号をみた。第一面に大きな年賀広告が出ている。

県庁が広告主で、知事が新年のあいさつをしている程度の他愛《たわい》ない広告だったとおもう。末尾にカタどおり島根県知事の田部さんの名前が出ている。それだけならおどろかない。どこの地方紙にもあることだが、ただ島根県の場合は、田部さんと肩をならべて「出雲国造家千某」という名が出ていたのだ。十数世紀前の古代国家のなかにおける出雲の王が、二十世紀の公選知事と肩をならべて県民にあいさつをしているのである。神話の国出雲ならではのことだろう。

クニノミヤツコというのは、神武天皇が大和を平定したとき、土人剣根《つるぎね》をもって葛城《かつらぎ》の国造《くにのみやつこ》となし、弟猾《おとうかし》を菟田県主《うだあがたぬし》となし、弟磯城《おとしき》を磯城《しき》の県主となし、珍彦《うずひこ》をもって倭国造《やまとのくにのみやつこ》となした、という例の国造である。大化改新をもってこの古代制度は廃止され、あらたに国郡がもうけられた。ただ例外があった。すべての国造が消滅しても、出雲国造だけは一種の名誉称号としてのこされた。出雲に対する大和政権の遠慮がそこにあらわれている。大化改新の大きな政治的エネルギーをもってしても、出雲に残存する出雲民族の勢力だけはどうにも仕様がなかったものかもしれない。

もともと、記紀によれば、出雲国造家は、「天孫降臨」のさい、大国主命《おおくにぬしのみこと》が国土を献上したあと、大和から出雲へ派遣された天穂日命《あめのほひのみこと》の直系の子をもって相続され、現在の出雲大社宮司（別称出雲国造家）千家および北島家におよんでいる。天ツ神の後《こう》裔《えい》である天皇家とならんで日本最古の家系といえるだろう。「天孫降臨」などというとオトギめくが、出雲にあってはお伽《とぎ》ばなしどころの騒ぎではなく、私の知人の島根県人にいわせると、「このときから出雲の屈辱の歴史がはじまった」と大まじめでいう。

私が新聞の文化部にいたころ、「子孫発言」という連載随筆をうけもたされたことがあった。徳川義親《よしちか》氏に家康のことを書いてもらったり、有馬頼義《よりちか》氏にご先祖の殿様の話などを書いてもらったりして二十回ばかりつづいたあと、ついに書き手さがしにこまって、出雲大社の宮司の千さんに大国主命を書いていただくことにした。その旨《むね》、松江支局を通じて大社に依頼したところ、それは書けないという返事がきた。直接交渉した支局の記者がこういうのである。「大国主命が国譲りをしたときに、天孫族の政治にはタッチしないという条件があったでしょう。あれがあるから書けないというのが理由だそうです」。私はおどろいて、「しかしこれは政治ではなく新聞の文化欄の寄稿のはずだが」。「いや、同じようなものだとおっしゃるんです」。神代のころの媾《こう》和《わ》条約がまだ生きていて、天孫族が発行している新聞紙には書けないというわけだった。

「いや、あんたのお国にはおどろいたです」

と、私は、社の先輩記者である前記の島根県人にその旨を話した。この人の姓はTという。T家は出雲の名族で、神代以来出雲大社の神官をつとめてきたという家柄である。この人の代になって、社家をやめ、大阪に出て新聞社に入った。在勤二十五年でいま地方部長をつとめている職歴からみてすくなくとも精神の異常な人でないことはたしかだが、そのTさんが、私の訴えに対して、

「そりゃあ、国造家がことわったのは当然ですよ」とおだやかにいった。

「しかし」と私はさえぎった。「話が古すぎますよ。古代のころの話じゃないですか」

「いやいや、あんたはただの天孫族だから知らないんだが、じつは話はそんな簡単な

もんじゃない」と、このあたりからTさん眼が異様にすわりはじめたのである。「本当をいうとアイツらは」と国造家のことをこう呼んだ。

「アイツらは大国主命さまのことをいえた義理じゃないんだ。千家といっても、あれは天穂日命の子孫で、つまり出雲王朝の簒奪者《さんだつしゃ》の子孫です。出雲族では決してありません」

「するとあなたはなんです」

「私ですか。私は大国主命の子孫です」

気が狂っているのではなく、Tさんは事実そう思いこんでいるらしい。私が薄笑いをうかべたのを見ると、Tさんは真赤になって、せきこんでいった。「T家は出雲大社の社家のなかでも唯一《ゆいいつ》の大国主命の子孫です。系図もある。しかし系図は天孫族にははばかりがあるから(!)、真偽ふた通り作ってあるのだ。家系のもっとも極秘に属することは口頭で子々孫々に伝えてきている。伝えるのは一族のなかで代々えらばれてきたカタリベの役目です」

「カタリベ?」。私はおどろいて、「カタリベとはどなたです」。「当代では私がつとめています」といった。

Tさんは、暮夜ひそかに千家のことを思うと腹がたってねむれなくなるという。出雲は「簒奪」されているというのだ。むろん簒奪とは〝天孫降臨〟のさいにおこなわれた国譲りのことである。

「大国主命の悲憤をおもうと、国造家がうらめしくてならないんだ、私は」と、Tさんは、われわれが話している喫茶店の卓子をたたいた。

そのどしんという音をきいて、私はひどくうれしくなってしまった。こういう人がおおぜいいるという出雲に、私は未知の星を発見したようなうれしさを覚えた。そのころから私の出雲がよいがはじまった。出雲への私の見聞が繁《しげ》くなるにつれ、私のイメージのなかに、かつて見たことのないふしぎな精神の像が、すこしずつ形を顕《あら》わしてきた。いったいその出雲人の像はどんな形をしているのか、私のいまの力ではうまく語れそうにない。言葉で語ればそのまま崩れてしまいそうな、もろい造形しかできていないからだ。

（昭和36年3月）

病気見舞い

私は、病院にひとを見舞うのがきらいで、ほとんど行ったためしがない。おつらいでしょうとか、お熱はどのくらいです、などというのが、どうもわれながらみえすいているようで、いやなのである。どうせ、病気のつらさは病人にしかわからないと思っている。だからこんども、その人の病院のそばまで所用できていながら、寄らなかった。

その人は右翼と称する少年に刺され、一時は生命を気づかわれた。ほんの数週間前、その人のご主人と三人でひと晩談笑したばかりだったから、私はその記事を新聞で読んだとき、一日じゅう、なにも手につかないほどの衝撃をうけた。

私などが見舞っても、病態がよくなることはないから、一案を講じた。油絵を枕頭《ちんとう》に贈ろうと思ったのだ。

大阪を発《た》つ前、家内と一緒に知り合いの画廊を訪ね、在庫の品々をみせてもらったが、奇妙なことに気づいた。たまたまそこにあった当代一流の画家の作品群のなかで、一点もひとの生命を明るくかきたてそうな絵がなかったのである。病人がそれを見れば生命を萎縮《いしゅく》させてしまうような絵は、たくさんあった。それらは、いずれも美術評論家たちから支持をうけている画家たちで、これはどうしたことだろうと思った。

やっとさがしぬいて、私の目的に合うものが一点あった。枕頭にかざるにはすこし大きすぎたが、そういうぜいたくはいっておれないほど、その絵は稀少《きしょう》なうちの一つだった。その絵をかいた画家を、私は知っている。

大阪に住み、すでに六十は越えているだろうが、世評は必ずしも当代一流とはいいがたい。画風も、古い様式のもので、前衛をてらって鬼面《きめん》人を驚かすようなものではなかった。

絵は、べつに、病人の生命を力づける目的で描かれるのでは決してないから、このような絵が最高の絵だとは、私はいわない。しかしこの絵によってほっと救われたような感謝の気持が、いまでも私の胸にありありと残っている。病んだ生命を明るくするような絵なら、健康人の生活への意欲《いよく》を、より鼓舞できる力をもっているのではないか、とも考える。

私は、かつて新聞社につとめて、美術批評をかいていたことがあった。こんにちの美術批評という性質上、むろん現代の苦悩と対決した絵に、私は多くの賛辞をおくった。様式の古い絵は、いかに立派でも、フォルムが古いというだけで批評の対象にしなかった。それが私の職責だったから私はべつに悔いてはいない。批評というのはそれだけのもので、批評は批評の都合上書くものだからだ。

しかし、所詮《しょせん》は、批評というものは他人あいさつなものらしい。芸術を、ほんとうに生活の友人として迎えねばならぬ場合になると、もはや他人行儀などは申していられなくなる。やや古くさいコートをきていても、心のがっしりした友人と、手をにぎりたくなるものである。流儀ばなと新花のばあいもこういうことがいえるのではないか。

（昭和36年4月）

〔三友消息〕

社をやめてみると、なんとなく手もちぶさたで、妙なぐあいです。ながい習慣で、朝八時に起きると、すぐ洋服にきかえます。十時半まで女房と駄法螺《だぼら》をふきあい十一時から仕事にかかります。夜八時まで書いて、あとは和服にきかえて遊びます。十一時半には就寝。この日課はくずすまいと思っています。仕事の面では、ことしから自分自身の小説作法から解放されたいと思っています。

旅行ですか。大阪にいることが旅行しているようなもので、ときどき友人の車にのせてもらって、関西の田舎を歩きます。三月に二度は東京にあそびに行っている勘定になりますが、一週間も滞在すると、帰りたくてたまらなくなります。東京や関東の荒涼とした風景は、小生にはすこししんどいようであります。

（昭和36年4月）

ハイカラの伝統

私は、大阪で生まれた。無智《むち》がまるで大阪人の特権であるかのように、神戸を知らない。

「神戸とはハイカラな街らしい」という概念だけを持って、三十八年をすごした。神戸には数度きた記憶があるが都心部へきたのは、はじめてといっていい。

帰りは、夜の十時半になった。へんに酒場の多い町（なんという町名なのだろう）で、神戸新聞論説委員の青木さんと、学校の先輩の神崎さんにわかれて、大阪へのタクシーに乗った。

五十すぎの運転手は話ずきな人物で、「自分はきっすいの神戸っ子で四人の子持ちです。ええ、娘ばかりです。上は短大、下は中学三年です」。

すこし酔っていたから私はねむりたかったのだが、運転手は話をやめなかった。

「神戸は兵庫のうまれですがね。親代々の選挙ずきで、市議選では××さん、衆院選では○○さんの応援をしています。××さんの選挙では弁論部をしています。次の弁士が事故で遅れてツナギのために二時間四十分しゃべったのが私のレコードです。学生時代から選挙がすきでしてね」

「学生時代？」

「ええ、上筒井《かみつつい》時代の関西学院です」

私はパリを知らないが、小説や映画でみるパリの小市民を感じさせた。第二次大戦には予備役陸軍中尉《ちゅうい》として出征したという。

日本の市民の肉のあつさも、ヨーロッパの文明社会なみになってきたわけだ。ただしこれは神戸だけかもしれない。

「近衛《このえ》歩兵連隊でしたから、戦友会は東京でやります。年に一度です。いつも家内を連れていってやります。東京は道路の横断が大変ですから、私が、家内の肩をだいてやったり手をひいてやったりすると、東京のやつらは、かかあ孝行だといってわらうんです。まったく泥くせえやつらのあつまりですよ。

神戸へ来てみろ、といってやるんです。事実、友人が神戸に遊びにくると、なるほど、といってくれます。この街じゃ、レディ・ファーストはわしらのじじいのころからの習慣ですからね。はじめは西洋のまねだったんでしょうが、いまじゃ、ジについてますよ」

西洋の物真似《ものまね》は日本じゅうでやっているわけだが、神戸ほど伝統のある町はないというわけだろう。

話の順がつい逆になって、帰りのくだりからはじまってしまったが、私がこの日の夕、神戸へ行ったのは、この雑誌の編集者である五十嵐恭子氏にたのまれて、この原稿の取材をするためだった。

正直なところ、交渉に来られたときは、お引きうけするのが物憂《ものう》かった。私はものぐさだから、雑用はできるだけ避けたい。

しかし、私は関西に住んでいる。土地のためにはできるだけ働きたいとおもっている。多少の気ばらしにもなることだし、それに、神戸をまるで知らない。

ちょっとお前、やってみる気はないか、と自分をつっついてみるとひどく乗り気になってしまっている自分に気づいた。

「ではやりましょう」

というと、恭子氏は当然だという顔をして、

「ほなら、十一日の夕方六時にサンノミヤの改札口で待ってます。最初に行ってもらうのは酒場のアカデミーです」

店は、カノウ町にある。正確にはヌノビキ町になるらしいが、神戸ではカノウ町のアカデミーというほうがわかりがいい。

店へ入ると、前記の青木さん、神崎さん、それにカットを担当してくださる中西勝画伯が待っていた。中西さんは映画俳優のカーク・ダグラスに似た風ぼうで、鼻の下とあごに、ひげをはやしていた。

「ぼくは大阪うまれなんですよ」

「たまに大阪へ帰ると、町の人がぼくのヒゲを見て眼をまるくする。これが東京へゆきますと、みんなが口を揃《そろ》えてほめてくれますな」

自分をサカナにのんでいる。大阪の驚きはダンディズムに対する無智であり、東京の賞賛は、ダンディズムに対する背伸びであろう。

「神戸では」

と中西氏はいった。

「たれもふりむきませんな」

それほど神戸という町は、ハイカラの伝統の根がふかい。たれもふりむかぬというのは個人主義がそれだけ確立しているということだ。たれが、どんな服装で歩いていようと、それは勝手だ、という精神は、日本の社会では驚嘆すべき異風土といえる。

さて店のこと。

店名はアカデミーといい、マッチのおもてには、「翰林院酒肆《かんりんいんしゅし》」とかいている。この重厚な、工芸的美しさのある五個の漢字を、主人の杉本栄一郎氏はひそかに愛しているらしい。店は、十八世紀の内部を思わせる造りで、いわゆる風俗営業のバーではないために営業用の女性はいない。

酒なかばにして、主人がようやくあらわれた。テレビを見ていたのだという。客は酒をのみにくるものだ、主人の愛想顔を見にくるものではあるまい、という堂々たる見解が、六十三歳の風ぼうに出ている。

「若いころは明治屋にいましてな」

明治屋では、入港船に商品を入れる係だったという。船内を見まわって、そこでバーというものをはじめて見た。これを、オカでやってみたいと思った。

「最初、店は、上筒井の関西学院のそばでやりました。そのころ学生だった竹中郁《いく》さんも来てくれましたし、先生の阪本勝氏や、河上丈太郎さんもきてくれましたよ」

「創業は何年です」

「大正十一年でした」

私はまだ生れていない。その前年である。おどろいて、

「かれこれ、四十年になりますな」

「ええ」

無造作にこたえたが当時はバーというものが日本じゅうに、まずなかった。近所の人は、最初はクスリ屋だと思ったという。

「日本最古のバーじゃないですか」

「そうなりましょうな。大阪や東京の古いバーもその後つぶれたり代がかわったりして。続いているのはここだけのようですな」

「なるほど」

ハイカラの伝統の古さは、このバー一軒をみてもわかるような気がした。私は店内を見まわしながら、

（なるほど、ハイカラ文化財だな）と、思った。

（昭和36年4月）

こんな雑誌やめてしまいたい

「近代説話」第七号を出す。このたびは、清水正二郎君の「東干」、斎藤芳樹君の「なぐれむん譚」、伊藤桂一君の「黄土の記憶」のみを掲載するにとどめた。他にあつまった小説原稿があったが、割愛したのは、いずれも定価の百円に該当しないとみたからである。

定価といえば、「近代説話」は、昭和三十一年、売価七十円で発足した。最初の発行部数は千五百部である。ところが雑誌ができあがってみると、誤植が多く、とうてい七十円で売る勇気がなかった。やむなく千五百部をぜんぶ捨て、あらたに刷った。自業自得《じごうじとく》とはいえ、つらい出発をしたものであった。三号目から、すこし慾《よく》が出て、売価を三十円値あげして百円にしてみた。もっとも値あげをしてもどこに迷惑をかけたことはない。七号目の今日までに売れた部数は、わずか七部だからである。なにしろ大阪で誕生しただけに、発刊の趣意には商魂はあったのだ。しかし、タマシイだけでは物事ははかどらぬもののようだった。

そのくせ、売れても売れなくても、最後の頁《ページ》に、ちゃんと定価だけは印刷している。みじめなような気もする。しかしそれもとりようで、まあ百円のネウチにちかづけるべくこしらえているという、ごく自律的な意味に理解してもらえれば幸いである。

ほんとうは、こんな雑誌、やめてしまいたいのである。最初企画したときは多少おもしろかったが、さてやるとなると、面倒が先きにたった。とくに第一号の誤植を捨てにゆくときは、ほとほと面倒なことをやりだしたものだと思った。以来、号をかさねるごとに、こんどこそはやめよう、と思わなかったときはない。

同人の寺内君という人は、本当は僧職の身であり、日によっては、数件も、ひとの死に立ちあっている。自然、物をみる視度が巨視的になり、一生という単位でしか、計画をたてない。かれは、一生やろうといった。号をかさねるたびに、「一生やろう」のかけ声はいよいよ大きくなり、ついにはわめくようにいった。いくらわめかれても、私はいやだと思えばすぐ行動してしまうたちなのだが、ここにまるでべつな機能が、もの静かに動いていた。

同人の清水君なのである。この人は、世評ではずいぶんと奇人で通っているそうだが、私はそうだと思ったことがない。静かで、いつも微笑していて、全体の印象には、もって六尺の孤を托《たく》すに足るような重さがある。いつの場合でも、意見をきいているばかりで、自分の我を通さない。寺内君と私とが、やめるやめぬの議論をしていても、かれはにこにこと布袋《ほてい》のような微笑をうかべて聴いているのみなのである。

それだけならいい。このふしぎな人物には、卓絶した事務的な才能がひそんでいるのだ。議論は議論、実行は実行、と考えているらしく、気がついてみると、いつのまにか、また雑誌が出ているのである。わらうべきことであった。ふたりの口舌の徒の空論は、いつもかれの頭上を通過するのみで、かれは頭を垂れて黙々と編集をし、にこにこと印刷屋に出かけ、紙屋に払いをすませ、出来あがった雑誌を袋に入れ、いちいち上書きを書いて発送し、そのあと機械のような正確さで、経費のツケを口舌の徒たちに渡す。こういうふしぎな人物がいなければ、この雑誌はとっくに休刊になっていたように思われる。

三号目のあたりで、寺内君がもうひとり同人を入れたい、といってきた。私はあまり気がすすまなかった。人数がふえるとそのぶんだけしゃべる回数もふえるから、「面倒や」と返事した。ところが、寺内君が「顔が胸まである男だぞ」といった。私は好奇心をもった。つい「入れよう」と即答した。答えてから、ひどく後悔した。顔が胸まであったところで、文学と何の関係もないことであった。

それが、斎藤芳樹君である。

このひとは、奄美《あまみ》大島のうまれで、もともとは斎藤斎藤といった。誤植のような姓名だから、裁判所でも気の毒に思ったらしく、最近、芳樹に改名することをゆるしてくれた。想像するに、このひとの故郷では、斎藤というのは名だと考えていたのではあるまいか。もともとの姓は中野で、中野斎藤とつけたのである。その中野斎藤が東京へ出てきて、斎藤家の令嬢と恋愛し、養子に入って斎藤斎藤となった。夏目漱石《そうせき》賞という賞があったころの受賞者だから、創作歴はふるい。この斎藤氏に尾崎秀樹《ほつき》氏がくわわり、その篤実《とくじつ》な人柄のおかげで、編集の体制が確立した。雑誌がつぎつぎと出てしまうはめになってしまったのである。

多少、運営に支障ができたのは、前記の寺内君と、それに黒岩重吾君の作品が、直木賞にえらばれて、変に多忙になってしまったことである。

芥川《あくたがわ》賞や直木賞をもらうことが、こんにち、小説を書いている者の目標になってしまっているために、このような事態は、われわれにとって、かならずしも純一にうれしがれることではない。世間的には、当った、という印象が強い。「近代説話」は、あたりましたな、といわれる。

返答にこまることなのだ。かれらは、かれらなりに小説をかいてきて、ある作品が、たまたま賞に該当した。「近代説話」にはなんの関係もないことだ。えらいとすれば、それはかれとかれ単独のことで、雑誌「近代説話」とはなんの関係もないことなのである。

関係がないどころか、「近代説話」は、もともと、文学賞にあたいしない作品をここで実験する、という建て前で出た。そういう栄誉から、ことさらに背をむける精神の場所で、この雑誌は発足した。そういう雑誌から二人も三人も栄誉をえては、創刊の趣旨は画餅《がべい》に帰してしまったことになる。創刊のときの誤植よりもさらに重大なミスだった。私は、やっと、「近代説話」の廃刊の大義名分をここに見出《みいだ》した。

「しかし」

と寺内君はいった。

「そんなことをいうても、二人も三人も賞をもらったことなんか、世間はすぐわすれてしまうわ。ほっかぶりして出そう。ぼつぼつ出して、一生やろうや」。私は、一生やるほどの情熱を「近代説話」などにはもてないが、とにかくこの僧職の者の元気につられて、なま返事をした。そのような経過で出たのがこの第七号である。かといって、所詮《しょせん》は、寺内君も、黒岩君も、そしてもう一人の人物も、口舌の徒にすぎないことを、この第七号は如実《にょじつ》に物語っている。かれら三人の小説は一行も出ていないのだ。書くひまがなかったのであろう。しかし、雑誌「近代説話」が、なお第八号も第九号も出つづけてゆくであろうことについては、私はぶきみなほどの確信をもっている。この雑誌には、事務能力の魔物のような人物が、三人もいる。それを思うと、ときどきため息の出るようなおもいがするのである。

（昭和36年4月）

君のために作る

まだ受像器の出はじめのころ、親孝行のつもりで買った。ところが、老人よりも私のほうが、テレビにひきつけられた。いま考えると、どこが面白かったのだろうとふしぎで仕方がないが、とにかく、番組の最初から最後までみた日がある。見ているうちに、私の文明観は、すこしずつかわった。当時私は新聞社にいたから、これからの新聞はどうなるのだろうと、恐怖にちかいおもいで、それを考えた。

私の衝撃は、当時私の部下だったひとりの青年の運命をさえ変えてしまった。I君という。ジャーナリストというのは、大衆を知り大衆を把握できる者を指すのだが、I君は、その意味ではもっともすぐれた記者のひとりだった。そこへ、その新聞社の提携テレビから、I君をプロデューサーにほしい、と貰《もら》いがかかった。かれ自身はあまり乗り気でなかったが、私は、一友人の立場からI君を説き、「新聞は、やがてジャーナリズムの古典になるだろう」といった。「君が、あたらしいこのジャーナリズムに、最初から参加できるのは、歴史的な幸運ではないか」

いまは、それを後悔している。私の家にはテレビさえ置いていない。ここ一年の間に、私の原作が、二つの連続ドラマになったが、それをさえ、見たことがないのである。

I君のことをおもいだすと、私はいたましくてやりきれない。I君自身はなにもいわず元気につとめているようだが、テレビは、I君のジャーナリストとしての感覚をさまで必要としなかった。I君は元気だが、I君の才能はジャーナリズムの世界から、完全に消えたといっていい。I君という友人をながめることによって、私は、テレビが画面にうつるまでのあいだの製作過程のむずかしさを推測した。新聞や雑誌のそれとちがって、一人や二人のすぐれた能力などは黙殺されてしまうほどに、その製作過程は、複雑な要素にみちているものらしい。

どうも、私がテレビに無関心になったのは初期の期待が大きかっただけに、われながらこっけいである。

「ひとつは、錯覚だったんだ」

と、先日も、テレビ会社につとめている友人に弁解した。「テレビというのは、オレという一人の聴視者だけのために番組をつくってくれていると思っていた」

「あほやな」

友人はわらった。「しかし」と、私はいった。「このあほを、わらいきれるか。そういう視聴者の錯覚を、あほやといっているあいだは、テレビは面白くならないのやないか」

雑誌を考えてみるといい、と私はいった。

雑誌というのは、不特定大衆のために誌面をつくったりはしない。たった一人の「読者」を想定してつくるのである。

「中央公論」を読むひとと、「平凡」を読むひととは、いずれも大衆だが、まるで「型」がちがう。人間への興味のもちかた、活字への馴《な》れ、知っている言葉の量、教養、職業、社会意識、収入、すべての点でちがいがある。おなじ娯楽雑誌でも、「オール読物」と「講談倶楽部《クラブ》」では、右のような点で、まるでちがった客を相手にしている。

このように、雑誌の編集者たちは、自分の雑誌をよんでくれる者の型を、たった一つだけ決める。その「型」にむかって編集を集中するのだが、テレビというあたらしい媒体は、大胆にも、その鉄則をあたまから無視するところから出発した。むろん、それなりの事情と理由はある。が、私はしろうとだから、そういうウチウチの事情に無智《むち》なまま発言できる権利がある。

どう考えても、一日のわずかな放送時間のなかで、「主婦の友」も、「婦人公論」も、「面白倶楽部」も、「冒険王」も、「文芸春秋」も、いっしょくたにして盛りこまれているのが、ふしぎでならない。

「文芸春秋」の読者が、ある時間にはムリやりに「主婦の友」を読まされ、「婦人公論」の読者が、子供のためにやむをえず「平凡」を読まされている。文句をいわずに、番組のはじめからおわりまでみている視聴者は、よほど人柄の練れたひとか、好奇心の超人的に多量なひとだろう。

「いまのテレビは、たれをも満足させようという不可能な希望をもちすぎるために、たれをも満足させない結果になっている」というのが、私の見方である。さらに、テレビ会社はなぜ、「君のために作っているのだ」という「君」を指定しないのだろうか、というのが、私の不満なのだ。

A社は「オール読物」でゆき、B社は「平凡」でゆけばよい。C社は「主婦の友」専一でゆけばどうだろうか。要は、「君」を深めることである。自分の社の「君」の興味点や興奮点、理解点、欲求点などを十分に研究し、そこにむかって製作の濃度を濃縮すれば、きっとテレビはおもしろくなる。「そこへもってゆく以外に、テレビ時代の第二期はない」

私が極論すると、友人はききおわって、しばらくたってから腹をかかえて笑った。なぜ笑ったのか私にはわからない。

（昭和36年5月）

車中の女性

学生のころ、毎日、市電のなかで乗りあわせる女性がいた。いつも和服で、黒い折りカバンをひざの上におき、濃いみどりのハカマをはいていた。その当時、女学校には専攻科というものがあったから、このひとは、そういう種類の学校に通っていたのだろう。

とくに美人というわけではなかったが、なんとなく、声のうつくしい人に相違ないと想像していた。むろん声をきいたこともなく、その顔でさえ、動揺のはずみに、かろうじて盗み見する程度だった。しかし、そのひとに会えない日があると、私はひどく気落ちがした。会った日は、かつて経験したことのない、ふしぎな疲れをおぼえた。

一年たった。私どもは、第一次学徒出陣というあれで、兵営に入れられることになった。そのころの戦局では、兵隊にとられることは死を意味していた。人生二十五年、ということばがはやっていた。ところが、私はまだ二十一歳だった。二十五歳にさえ達しない前に、私は死ぬかもしれない。死ぬまでに、一度でも異性とことばを交わしてみたかった。それには、あのひとをおいて、ほかになかった。

そのころ、私と同窓で、海軍予備学生を志願した男があった。かれの先輩が、この男の青春をあわれんで、カフェに連れて行ってやった。女給さんが、その男の手をにぎってくれた。かれはしばらく掌《てのひら》の温かみに堪え、やがておずおずと自分から、手を女給さんの掌にかさねて、これが女のひとの手か、とふるえ声でいったという。ばかばかしいが、その程度が、私どもの許容された青春だった。

私は、そのひとと言葉をかわさねばならなかった。言葉の内容は、何度も考えて、すでに台辞《せりふ》のように頭の中に入っていた。その言葉は、練りに練った狡猾《こうかつ》な知恵から出ていた。「あの」と、まず、口ごもるのだ。「わたくしに、慰問文をくださいませんか」。相手の安価な同情に訴える、なんといううすぎたない言葉だろう、とやや自分をさげすんではみたが、私には、これ以外に他に策はないとも思った。

何日かすぎた。私に勇気がないために、何度かむなしく機会を逸した。入営の日は、せまっていた。私は、あせった。ある日の午後帰りの電車のなかで彼女の姿をみた。私は、きょうこそ、と思った。私の降りる停留所は彼女よりも近い。それを、非常な勇気と忍耐で通りすごした。

やがて、彼女は降りた。私は、夢中であとにつづいた。うしろから追いすがるようにして、「あの」といった。

彼女は、ふりむいた。私は、帽子をとり、頭をさげ、どうしたことか、それっきりだまった。おぼえたはずのセリフが出なかったのだ。みるみる背中に汗が流れた。そのとき、一瞬、彼女の表情に怖《おそ》れが走った。

それを見たときは、すでに、私の視野から彼女の姿が見えなくなっていた。どうしたことか、私は夢中でもときた道を走ってしまっていたからだ。ふと、途中で立ちどまってうしろをふりむいた。彼女の背がみえた。彼女も、前かがみになって、懸命に逃げていた。

ばかな話さ、といまでもときどき、この光景をおもいだす。しかしあのころは、ついに彼女と口をきけなかったことを、外地で、なんどか悔恨のほぞを噛《か》んだ。なんのためにおれの青春は存在したか、とさえ、大まじめで考えた。それから二十年ちかくなる。いまでも、ときどき、思いだすことがある。が、いまだに私は、この話を、私自身ではわらう気にはなりきれない。

（昭和36年5月）

元町を歩く

むかし、大阪湾にのぞむ野を摂津《せっつ》といった。神戸も大阪も、旧国名でいえば、ともに摂津国である。おなじ旧国名の地域で、これだけの世界的都会がふたつもならんでいる例は、日本中にむろんない。摂津の国はもともと、津ノ国と称した。ツとは港湾のことである。「良錨地《りょうびょうち》が多い」というのが、国名のおこりであろう。奈良朝以前から津ノ国には、二つの港があった。一つはナニワノツであり、一つはムコノツである。このナニワノツが大阪になり、ムコノツが神戸になったことは、たれでも知っている。この二港が総称されて、はじめて津ノ国であったのだ。

不幸にして、明治の分県制度で、神戸と大阪は、ことなる府県にわけられ、それぞれ他人として成長した。おろかなことをしたものである。なぜ一つの行政体にしなかったか。

まあいい。

行政区分はべつべつでも、経済圏としては、この両都は一つのブロックなのだ。ただ、両都に住んでいる市民の人情気風は、ひどくちがっている。

もし、いっしょくたにされれば、神戸っ子のほうがおこるだろう。

「あんなガラのわるい大阪者と一緒にされてたまりますかいな」

「まったく」

と、大阪者である私は、いつもこう答えることにしている、「そのとおりや。神戸っ子は文化的で上品で、洋服ひとつ着せてもスマートに着る。ぼくは関西人のひとりとして、神戸の洗練された風俗を自慢にしているくらいや。――しかし」と、まあきいてもらいたい。

東京にも山ノ手と下町とがある。摂津国のばあい、大阪が下町で神戸が山ノ手にあたるのではないか。

大阪には東京における山ノ手という、いわゆる選民地帯がない。大阪じゅうが、本所や深川、浅草、神田の感じなのである。東京の編集者が「大阪にも山ノ手がありますか」とよくきく。「それは神戸や」と答えることにしている。理由はいちいち説明しなくても二つの町を一時間もあるけばわかるだろう。

さて、今回は、五十嵐恭子さんらにつきそわれて、元町を歩いた。両側の商店がガラスをふんだんにつかっているから、見た眼にひどくすがすがしい。やはり、銀座でもなく、心斎橋筋でもない。

第一、土曜日の夕方というのに、人通りがひどくまばらなのである。

「ここが天下の元町でっせ」

と五十嵐さんはいった。そのとおりだ、天下の元町である証拠に有象無象があまり歩いていない。百貨店でいえば、心斎橋筋は売場であり、元町は外商部といっていい。小売りだけでめしを食っていないのだ。むかしの大阪の船場の商家に、ショーウインドをつけて小売りもしているというのが、元町の商店なのだろう。

「ここへ寄りましょ」

五十嵐さんが、小生のレインコートの袖《そで》をひっぱった。そこが「元町バザー」だった。

日本ひろしといえども、ネクタイだけの専門店は、ここしかないという。大胆なものだと思った。土一升金一升という元町でネクタイだけを売るというのは、商店経営の常識にはない商法である。銀座でも心斎橋筋でも、紳士用服飾店ならもっと多種類なものを置いて収益の多角性をはかっているはずだが、元町の伝統は一業を深めるところにあるのだろうか。「天下の元町」の意味がわかるような気がした。その大衆的賑《にぎ》わいをいうのではなく、こういう一業の見事さを誇る所にあるのだ。

この店のぬし小林延光氏、ただネクタイを見て歩くだけの目的で何度も外国へ行ったという。小林さんみずからがデザインをし工場で作らせ、東京や大阪へ出す。ネクタイの流行は、銀座からではなく、いつの場合でも元町から発している。関西の誇りは、京都や奈良の古社寺だけではないようである。竜安寺《りようあんじ》の石庭、戒壇院の四天王像に比すべきものとして、神戸元町のモダニズムの伝統がある。この事実は、神戸の人自身が、もっと誇りにしてよい。そういう観点から、さらに西へ歩いた。

「凮月堂《ふうげつどう》」と、「柴田音吉商店」に立ちよった。この二つの店の印象はわすれがたい。たんに商店を訪ねたという感じではなく、大げさにいえば、西本願寺の飛雲閣をみたり、東大寺の二月堂をみたりしたときとおなじ感動があった。なにかしら店のたたずまいに、作りものでない美しさがあった。企業美という言葉がある。一業を深めつくすと、美に通じるものがうまれるものらしい。

吉川進氏は、「凮月堂」の主人である。洋菓子に賭《か》けた異様な情熱をきかされた。話好きな人だが、奇妙なことにこのひとの口からついに経営ばなしはひとこともきかされなかった。まるで、芸術家が自分の芸術を語るように、自分の洋菓子を語った。

こういう商人の型は、大阪では類がすくない。

私は大阪人だから、むろん神戸よりも大阪のほうがすきだし、身びいきもある。しかし大阪という町には、商品の良否よりも販売を優先させる伝統があった。商品さえ良くすれば経営はなりたつという思想は、在来大阪にはとぼしかった。極端にいえば、売れればいいという徹底した販売中心主義の伝統がつづいてきた。こんにちにあっては、もはやこれは販売の思想である。大阪経済の地盤沈下はこういう思想を払拭《ふっしょく》しないかぎり、どうにもならないことなのだ。品質第一主義の典型といわれるソニーの井深氏は神戸でうまれた。かれの精神のなかにある神戸商人の伝統が、あのトランジスタ・ラジオを生んだのであろう。かれは、その特異な事業をもって神戸商人の伝統を世界に認識させた。

伝統といえば、神戸港が開港したのは、慶応三年十二月七日である。当時はまだ単なる海浜にすぎず、都市という形態をととのえていなかった。しかし開港後いくばくもない明治十六年には、早くも人口六万二千になるという異常な成長ぶりをしめした。

もっとも、こんにちからすれば、六万二千の人口は、町に毛のはえた程度にすぎない。紳士服の「柴田音吉商店」が開店したのは、この明治十六年だという。いわば神戸の神話時代からこの店は存在したことになるわけである。いまの当主の高明、禎三両氏は創業者のヒマゴだそうだから、この店は都市年齢の若い神戸としては、古文化財的存在に属する。

これだけながい伝統をもった紳士服店が東京にも大阪にもない所をみると、やはりたった一つの神戸商法の秘密に行きつかざるをえない。販売中心主義ではないという点である。販売とは、戦いなのだ。当然、勝敗浮沈があり、代が数代つづくなどということは奇蹟《きせき》にちかいことになる。神戸商人のかたぎは、出《い》で戦うよりも、むしろ籠《こも》って品質を芸術化するまでに高めるところにあるのだろう。おなじ摂津で成立した二つの都会の気質が、こうもちがうというのは類ないおもしろさがある。

途中、「播新」に寄った。主人の太田君は加古川にあった戦車第十九連隊に入営した初年兵仲間であり、また陸軍四平《しへい》戦車学校というぶっそうな学校の同窓でもある。私どもが初年兵のころ、ある日教官が、戦車の鋼材はいかに固いかと教え、こころみに砲塔をヤスリでけずってみよといった。いわれるままにヤスリをあてたが、キズをつけることさえできなかった。ところが、終戦まぎわにやってきた新造戦車は、ヤスリをあてると、ボロボロと削りクズがおちた。まるでブリキのような戦車であった。われわれは自国の戦車をけいべつし、アメリカの戦車にあこがれた。品質のよさというものは、軍人にさえ国家意識をうしなわしめるほどの魅力をもっている。

（昭和36年5月）

作者のことば（「風神の門」連載予告／大阪新聞）

私は、ながいあいだ、この新聞の編集局の一員としてはたらいていた。どの新聞よりも愛情をもっていることは、いうまでもない。

それよりも、大阪新聞の読者と、私なりに十数年間のなじみがあるということは、まるで茶の間で読者と語りあうような親しみと気楽さを感じさせるのである。

私は読者の茶の間へ入りこみ、腰をおちつけて、このながい物語をかたりたい。この小説において、私が考えている男の魅力と男のかなしみとその情熱とこっけいさを語ってみるつもりだ。

題は「風神の門」という。

ひとりの男が登場する。私は、読者とともに、その男の案内する魅力に富んだ人生に入りこんでゆきたい。

（昭和36年5月）

異説ビール武士道

私の小説「上方武士道《ぜえろくぶしどう》」は、これまでの武士道といわれたものに対するアンチテーゼとして書いたのですが、もし、その頃ビールがあったら、サムライ精神も大分変った面が出てたでしょう。例えばその前夜たら腹飲んで、仇討ちは止《や》めちゃったとか、飲んだばっかりに忍者も術がきかなくなったり。

ともかく、ビールは人生にユーモアとペーソスを一ぱい漂わせてくれますね。え、私ですか？　ウチの奥さんの方が強いのですよ。わたしゃビールだと、すぐ酔っちゃうんですよ、ええ。

（昭和36年5月）

家康について

徳川家康を日本史上の最大の人物に仕立てあげた運は、たった一つ、かれが三河にうまれた、ということだ。かれが、中央に程遠い津軽のどこかに生れたならば、ついに律儀《りちぎ》でおだやかな土豪として終っていたかもしれない。

もともとこの人は、信玄や謙信のような戦術的天才もなく、信長のような俊敏な外交感覚もなかった。かれに右の三人より長じた才があるとすれば、部下の官僚（家康の部下だけが近代的官僚のにおいがする）に対する卓抜した統制力ぐらいのものであろう。かれがもし今日にあれば、律儀に受験勉強をし、律儀に東大に入り、律儀に公務員試験をうけてまずは有能な局長クラスにゆくに相違ない。

ついでだからいうが、信長なら律儀に受験勉強などはせず、私大へ入ったであろう。それも中途でよして、芸術家になったに相違ない。信長はその趣味性だけではなく、政治、戦術感覚においても、芸術家的体質が濃厚であった。常識を事もなく破り、模倣をきらって創造に生き、どんらんに創造をかさねてついにその事業を、体系化しえずに破滅した。その盟友の家康には、芸術的体質はまるでなかった。秀吉がこんにちの人なら、かれは商売で貯財して代議士に打って出たであろう。代議士としては票あつめがうまく、選挙の神様などといわれたに相違ない。つまり秀吉が政治家であるとすれば、信長は前衛芸術家であり、家康は高級官僚である。

官僚は、それ自らの力では、エラサが発揮できない。上級官吏なり、政治家なりの引きたて役を必要とする。家康の場合、引きたて役は、信長であった。

家康は、少年のころから隣国尾張《おわり》の信長との関係がふかく、最初は信長にいじめられ、つぎは利用され、ついには引きたてられた。

といって家康は、信長の家臣ではない。その同盟者で対等である。信長は家康を弟のように愛した。いや、弟よりも愛した。戦国武将の家にあっては、弟でさえ時に自分の地位をうかがうおそれがある。現に信長の場合、勘十郎信行がそうだった。

信長が家康を愛したというより、家康が信長に愛されるようにした。信長という烈々たる能動精神の持ちぬしと仲間になるためには同じ能動精神を発揮してはうまくゆかない。受け身に徹底する必要があった。信長の生存中における家康の態度は、信長に対してきわめて女性的だった。こんにちでいえば、家康は信長の下請会社の社長にあたる。下請会社を維持するためには、徹底的に律儀であることを必要とする。信長の生存中の家康は、律儀に徹した。

元亀《げんき》三年、武田信玄が甲斐《かい》の軍勢をこぞって西征の途につくや、家康は部下の反対を押しきって信長の利害のために、かなわぬまでも対武田戦にふみきり、果然三方原に戦って大敗を喫した。少々の小才子なら、ここで強者の信玄につくであろう。つかぬまでも、多少の動揺はみせるであろう。家康は愚直なまでに律儀だった。ただの小心者の律儀ではなく、律儀のためには千万人といえどもわれ征《ゆ》かんというていの律儀である。世間あいさつ的な律儀ではなく、生命を賭《か》けたいわば男性的な律儀さで、この一戦の律儀さが、家康の生涯を決定した。

三方原の敗北によって、信長が、心胆に銘じて家康を信頼するにいたったことはいうまでもないが、同時に、戦国社会の世評のなかで、徳川家康という人間像をもっともクッキリとうかびあがらせた。家康こそ運命を托《たく》して信ずるに足る、と思わせたのだ。秀吉の死後、秀吉の大名がこぞって家康のもとに奔《はし》ったのは、この信頼感によるものだ。律儀は単なる性格ではない。離合集散の常でない戦国社会にあっておのれの律儀をまもることは、奇跡にちかい努力を要した。それは才能でさえあった。家康に天下をとらしめたのは、この巨大な才能といえるだろう。

この「才能」は、少年時代の家康の環境によって育てられた。竹千代といった六歳のとき人質として駿府《すんぷ》の今川家に送られた。駿府送りの宰領者は、父広忠の家臣戸田政直であったが、変心して竹千代を織田信秀《おだのぶひで》(信長の父)に送り、織田家からほうびとして、ぜにを受けとった。大久保彦左衛門の著『三河物語』には、「永楽千貫文にて竹千代様を売らせ給《たま》ふ」とある。家康の生涯は、家臣に売られるという所からはじまったのだ。織田家では、家康の父広忠に使いを送り「竹千代の身柄はわが手もとにある。今川家に従わず、織田家に従うがよい。さもなくば、竹千代の一命は申しうける」といわせた。広忠は、こう答えている。「ぞんぶんになされよ。今川家とは多年のよしみがある。子への情けにまようて盟約を変ずることはでき申さぬ」

父の政治的都合から、少年家康は、父からも見はなされた。幸い、織田家は家康を殺さず、城に軟禁した。この間、広忠は急死した。

家康は八歳で岡崎にもどっている。その後すぐ、ふたたび人質として、こんどは今川家に送られた。父の死により徳川家の主になったわけだが、少年城主は、城主の身分のままで人質に送られたのだ。所領は今川家の代官に管理され、家臣の多くは路頭に迷ったが、なお自活して徳川家の家臣たる節義と結束をわすれず、主君とともにくるしみをわかちあった。のちに、家康を中心とする三河武士団の団結は戦国時代の偉観とされ、それによってかれを東海一の弓取りにまで成長させていったのだが、その団結の歴史は、このような悲惨な環境のなかでつちかわれた。同時に、天下をとってからの家康が、徹底的な封建体制を布《し》き、日本人を階級にわけてその階級から頭をもたげるのを禁じ、外様《とざま》大名を容赦もなくつぶして、徳川家の温存をのみ請《こ》いねがった極端な自家中心主義の政策は、「家なき子」としてつねに他家のめしを食ってきた悲惨な少年時代のうらがえしとしか考えられない。

信長と攻守同盟をむすぶにいたったのは、家康が二十歳、信長が二十八歳、信長が桶狭間《おけはざま》で今川義元《よしもと》を討った翌年の永禄《えいろく》四年のことである。同盟というよりも、家康は信長に兄事する姿勢をとった。いわば、稚児《ちご》の姿勢である。他の者に対しては堂々たる男性を感じさせる家康が、なぜ信長にだけは多分に女性的なものを感じさせる姿勢をとったのか、よくわからない。竹千代のころ、八つ上の信長に愛されたことでもあるのだろうか。

信長との同盟後、家康はせっせと三河国内を斬《き》りとって家勢の回復をはかった。双方せいぜい数百騎ずつの田舎合戦ではあったが、この経験が、軍人としての家康を成長させた。二十歳のときから、大坂夏ノ陣の七十四歳のときまで、現役軍人として送り、しかもその半世紀は合戦で充満していた。これほど長い充実した軍事経験をもつ軍人は、古今東西の歴史におそらく家康をのぞいて存在しないだろうと思われる。軍事的天才ではなかったが、抜群の経験者であった。

織田家の下請会社である徳川家は、親会社が大きくなるとともに大きくなった。家康は、信長がもって生れた稀有《けう》の幸運を分けてもらったことになるだろう。

植物の多くは、群落の性質がある。おなじ科の植物が、おなじ場所でそろって繁殖するものだ。人物の場合もかわらない。人物も群落する。明治以降の文壇史や画壇史をみればわかる。おなじ同人雑誌や画家仲間から、そろって成長し、群落する。信長、秀吉、家康の場合がそうだ。

この三人のなかから、最初にぬきんでたのは信長である。信長が出なかったら、家康も秀吉も歴史に名を残さなかったであろう。家康の幸運は、信長の運を語らなければわからない。

かれらはいずれも、いまでいえば愛知県人である。この県内を、東海道が通っている。東海道は、頼朝《よりとも》以来、日本史の権力街道となった。京と東国をむすんで、天下の権力はつねにこの街道を往復した。京都人である源頼朝は、伊豆《いず》に流されて東国で勢力をととのえ、この海道を通って京を陥《おと》し、覇権をにぎるや、東国で幕府をひらいた。関東人である足利尊氏《あしかがたかうじ》が東海道を通って転戦してついに京に幕府をひらいた。鎌倉以降幕末までの日本史で、東海道の沿道以外の場所から起って天下をにぎった者はいない。日本史の政治地理的宿命であるともいえるだろう。

愛知県は、東海道の中ほどにある。尾張人である信長は、京都行きの東海道線に途中乗車したようなものだ。短時間でつく。

かれが東国のうまれなら、沿線の諸豪族を平らげるだけで生涯をついやしたろう。信長の同時代には、かれよりもすぐれた英雄がいた。たとえば、武田信玄、上杉謙信がそれである。が、惜しいかなかれらは、うまれたところが、田舎路線であった。ふたりとも、田舎合戦で生涯を費した。かれらが京へ出るには、その沿道に、気の遠くなるほど数多くの豪族がたむろし、いちいち掃蕩《そうとう》していては、ついに一生の持ち時間が切れる。事実、両雄ともようやく勢力をつちかって京へむかって兵を発せんとした所で、死をむかえた。かれらは、生れ場所のよかった信長の幸運を、きっと歯がみしてうらやましがったことだろう。

信長という機関車が京へ驀進《ばくしん》するのを、家康は客車を連結させてくっついておればよいだけであった。家康は、わき目もふらずにくっついていた。この二人が、もし、津軽か、土佐か、肥後にうまれていたならばどうであったろう。「むかし、けんか上手の豪族と律儀な豪族とがいた」と土地の故老に物語られる程度の存在でしかなかったろうと思う。天がかれらを愛知県に生んだがために、こんにちの日本史ができあがった。

本能寺の変で信長が急没したのは、天正十年六月のことであった。三河守《みかわのかみ》家康は、当時四十一歳である。この日、家康は、わずかな家来をつれて、泉州堺《さかい》を見物していた。信長が「ながいあいだ苦労をかけた。いちど上方の見物においで」ということで、かれをさそったからだ。その慰安旅行中に、歴史を一変させた政変がおこった。

旅の空で、人数は、わずかである。危難が身辺にせまっている。家康は爪《つめ》を嚙《か》んだ。これが、この人の困ったときのクセだ。おそらく、両親や家臣から離れて一人暮らした悲しい少年時代に身につけたクセなのであろう。律儀者らしいいじましいほどのクセではないか。

「おれはこのまま京へ攻めのぼり、かなわぬまでも光秀《みつひで》と戦って、右大臣多年の旧恩にむくい、いさぎよく討死する」といって側近をおどろかせた。とっさの場合に出る本音が、こういうモラルなのだ。こういうモラルの持ちぬしであるからこそ、天下の諸侯がこぞって家康を立てたのだ。しかし、本多平八郎らが泣いて諫止《かんし》した。もっともとっさの動揺がすぎれば、家康は冷静な男だ。疾風《しっぷう》のごとく三河へ帰って、配下に動員令をくだした。

光秀を討つために岡崎城を発《た》ち、尾張にまで入ったときに、すでに信長の中国征討司令官である羽柴筑前守《はしばちくぜんのかみ》秀吉が、中国から軍を旋回させて山崎の野で光秀を破ったことを知った。やんぬるかな、と思ったろう。

もしこのとき、家康が堺などでうろうろしておらず、在国さえしておれば、京都へのスピードは家康のほうが早かったかもしれず、光秀を討った者は家康であったかもしれなかった。天下の権の順位を、変のあった日にいた地理的条件のために家康は、ひとまず秀吉にゆずったことになるのだ。

家康は、兵をふたたび浜松城に返し、すでに軍が動員体制のままであったのを幸い、せっせと近国を斬りとりはじめた。甲斐を攻め、信濃《しなの》を略した。じつにぬけめのないやりかたである。

京に旗をたてた秀吉に対抗するには、まず領国を強大にしておく必要があったのだ。家康にすれば、秀吉は親会社の一部長にすぎない人物である。それが重役（信長の子どもたち）をとびこえ、先輩部長（柴田勝家《しばたかついえ》たち）をさしおき、故社長の葬儀委員長をつとめたというだけの名分で、次期社長になりつつあるのだ。家康と信長とは主従ではなく、盟友である。仲間である。秀吉は、一軍事官僚にすぎなかった。おそらくこれ以前に秀吉が家康に会うことがあっても、腰をかがめ辞をひくくして接していたであろう。家康のほうも、また威張ることはできなかった。親会社の部長の機嫌を無用に損じては、どういう蔭口《かげぐち》を社長にたたかれるかわからないからである。つまりそういう関係だし、それだけの関係でしかなかった。秀吉の出現をきいたとき（ほう、あの男が）とおどろいたろう。（運のいいやつだ）と思ったに相違ない。

なぜ秀吉が好運かといえば、秀吉はこの当時江州小谷《ごうしゅうおだに》二十二万石の領主にすぎなかった。かれが野戦司令官を命じられていなければその分際だけの軍を動かせるにすぎない。ところが、かれは信長の最大の敵である毛利を討伐するために、おびただしい軍勢を貸与されていた。同僚である諸大名も、与力としてその指揮下に付けられていた。つまり臨時の部下になっていた。そのままのいわば官給体制で天下への階段を一挙にのぼってしまったのだ。信長の一属僚にすぎなかった秀吉が天下をとりえた秘密はここにある。

家康はそういう好条件にめぐまれていなかった。やはり家康という男の運は、待つしか仕様のないものであったのだろう。その「待つ」ということが家康の特技であった。並みな人間はあせる。「やがて運はまわってくるさ」と、悠々とその間、自分の手近かな仕事を深めていける人物はすくない。家康を後年天下人にさせたのは、この「待てる」という才能も大いにあずかって力があった。

天正十二年四月、家康は、秀吉みずからの率いる大軍と尾張の長久手《ながくて》で会戦して大いに破った。戦勝の理由は、敵の秀吉軍が、秀吉に対して明確に主従関係の確立していない部将が多かったのに対して、家康の麾下《きか》はほとんど家臣であり、その中核は、団結にかけては天下一の三河武士であったからだ。家康の軍事的才能は、この戦勝によって天下に喧伝《けんでん》された。戦いは勝利であったにもかかわらず、秀吉と和を結んだのは、家康が保護している信長の子信雄《のぶかつ》が、家康をさしおいて単独講和したため、戦いの名分がなくなったからでもあるが、それよりも家康の時代観察眼によるものであった。天下は秀吉のものになりつつあるのを見ぬき、秀吉に打撃をあたえただけで、つまり天下におのれの威信を示しただけで、微笑をもって講和した。秀吉が、家康を生涯一目おいたのは、この長久手の合戦があったからだ。相手に恩をきせて和睦《わぼく》するなどは、家康ならではの芸であろう。家康の英雄は、この一事をもってしても証明しうる。尾張長久手から隣国の美濃《みの》関ヶ原までは、徒歩でもいくばくもない。家康は、長久手から関ヶ原へゆくのに十七年の歳月をかけた。

その後、家康は秀吉から、しばしば上洛《じょうらく》をうながされたが、満を持して動かなかった。

天正十四年十月、はじめて家康は腰をあげて京へのぼった。秀吉に謁《えつ》することは、天下に対して秀吉の家臣になったことを宣言する意味をもっていた。秀吉はよろこんだ。あすは聚楽第《じゅらくだい》で秀吉に謁するという前夜、にわかに家康の宿所へ秀吉があらわれた。ひそかに家康にあい、「自分は天下の権を得てまだ日も浅うござる。ご存じのとおり卑賤《ひせん》のあがりゆえ、おもてに服従を誓っても肚《はら》で冷笑している新付《しんぷ》の将も多うござろう。そこで折り入ってのねがいがござる。あす、対面の場所では、拙者上座となり、言葉づかいもそのようにつかまつるゆえ、この旨《むね》、ご承知ねがえまいか。徳川殿でさえ秀吉に心服なされたときけば、天下はことごとく秀吉に服し、四海の波も静まることでござろう」。

「いや、結構なことでござる。おおせのごとくつかまつりましょう」

秀吉と家康との新しい関係は、こういう所からはじまったものである。このうわさは、すぐ諸侯のあいだにひろまった。これによって、家康は豊臣家における客分の位置についた。同時にこのうわさは、秀吉一代のあとは家康、という権力の座の順位を諸将にそれとなく認識させてしまったことにもなろう。

家康は秀吉のはからいでこの月に権中納言《ごんちゅうなごん》となり、翌年五月には大納言に任じ、天正十八年関東に移封されて、二百四十万二千石の大大名となった。

その七十五年の生涯のうち、秀吉の下風に立ったのは、天正十四年の謁見から秀吉の死の慶長三年までにいたるわずか十二年間のことである。この間、家康は、律儀《りちぎ》に秀吉につかえた。秀吉に対して律儀であればあるほど世間は好感をもった。あれほどの実力者が太閤《たいこう》に膝《ひざ》を屈して臣従してくれている、というのはどちらかというと、秀吉子飼いの武将が感激した。豊臣家を想《おも》う情が濃い者ほど、家康のその態度がありがたく、またうれしかったであろう。秀吉の妻の北政所《きたのまんどころ》がまっさきに家康を尊敬した。北政所の影響下にある秀吉子飼いの荒大名が、関ヶ原でこぞって東軍に参加したのも、ゆえのないことではない。

関ヶ原の役の勝利の原因は、それらの総和のほかに、関東二百四十万石という巨大な身上《しんしょう》のせいでもあった。戦いは、ばくちである。恩賞は、あらかじめ約束手形の形をとる。二百四十万石からふりだされる信用と、江州佐和山《ごうしゅうさわやま》十九万四千石の石田三成の身上からふりだされる信用とのあいだに、明確な大差があった。東軍の諸将は、憂《うれ》いなく戦った。西軍の諸将は、石田、大谷、宇喜多のほかは、戦場にきてなお疑心をもち、ついに兵を働かせるまでにゆかずしてやぶれた。

関ヶ原の勝利ののち、家康は江戸に幕府をひらき征夷《せいい》大将軍となったが、なお天下の権を確立させるためには大坂城に座する秀吉の遺児秀頼《ひでより》とその股肱《ここう》の者をつぶさねばならなかった。相手はわずか六十万石そこそこの一大名におちてはいる。家康の軍をこぞれば鎧袖一触《がいしゅういっしょく》であったが、家康はこの場合も、関ヶ原から大坂夏ノ陣にいたる十五年間の歳月を待った。短兵急にやれば、秀吉恩顧の武将の動向が変化するかもしれなかったし、天下の世論が大坂に同情するであろう。家康は十五年間を待った。ただなす所なく待ったのではない。若いころから律儀者で売ってきたこの男が、まるで人がかわったようにその性格をすてて、狡智《こうち》にみちた策謀家に一変した。これは死に狂いのようなものであった。

そうではないか。家康が、大坂夏ノ陣の元和《げんな》元年には七十四歳になっていた。この高齢では、いつ死ぬかもわからない。

信長は四十九で死に、秀吉は六十三歳で死んでいる。家康は、当時の寿命としてはながく生きすぎていた。かれは、自分の死が、七十年きずきあげた事業の瓦解《がかい》であることを知っていた。

家康が老いてゆく一方、秀頼は少年から青年へと成長しつつあった。徳川家に臣従している豊臣家の旧臣のなかで、家康さえ死ねば秀頼を立てようと考えている者が多かった。家康は、ようやくにしてあせった。

この気のながい男が、気短かな老人に一変し、律儀者が、陰謀家に化した。人生の残りわずかな持ち時間と競争するために、家康は半生もちつづけてきたそのパターンをなげすてなければならなかったのだ。あわれにも、そのために後世の不評を得た。われわれはそれをかれの死に狂いとして、ユーモラスにながめてやりたい。

（昭和36年5月）

正直な話

兵隊から帰ってきた私は、新聞記者になった。最初に与えられた仕事は、型どおりに警察だったのだが、頭の働きの敏捷《びんしよう》でない私にはこの仕事は不向きだった。

つぎに、京都の支局で宗教をうけもった。まる七年のあいだ、古美術と抹香《まつこう》のなかでくらした。この仕事が私にひどく気に入ったのは、べつに古美術に関心があったわけではなく、しごく暇だからだった。いそがしかったのは、洛北《らくほく》の金《きん》閣寺にあった金箔《ぱく》を押した建造物がもえたときぐらいのものだったが、火事現場にとんでいった私は、不意にろうばいした。数年も宗教をうけもっていたくせに、怠慢にも、焼ける前のその建物を見たことがなかったのである。

しかし、私は仕事を遂行せねばならなかった。私は、絵葉書でみたその建物の記憶をよびさまし、さまざまな資料をみて、その建物の建立《こんりゆう》年代や建てた男の名を知り、またその建物のいかに文化財としてすぐれたものであったかを読み、かつ、書いた。

その解説は、堂々たる芸術的見識にうらうちされたものであるかのごとき印象を読者にあたえた。私はしごく安心感をもっていた。なぜならば、その解説は、私ごとき卑小な者の主観は一さいなく、その道の諸権威の意見に全面的によりかかっていたからである。

その後、数年たって、私はあらたに再建されたその建物を見物に行った。新しく建立されたその建物は、焼けた建物と寸分ちがわぬようにたてられている旨《むね》を、私は寺の案内人からきいた。仰いでみて、おどろいた。これがそれほど美しいものなのか、とひどく不安になった。足利《あしかが》時代の俗物がたてた建物を、ただ年代が古いというだけで、諸権威がもてはやしてきたのではないかと思った。その美には、なんの精神の調べもない。建築史学的に貴重な資料である、という歴史的感想に、黄金崇拝のフィルターをかけてみるために、これがことさらに美しくみえるのではないか、とさえ思った。

その後、大阪に転任してきて、美術をもたされた。この人事は、私には不満だった。私は古美術をもたされていたが、美術そのものに造詣《ぞうけい》もなく興味もなかった。しかし、社命には抗することができず、和田三造氏の『油絵の描き方』という本を買って来ざるをえなかった。そんなものから勉強せざるをえないほど私は無智《むち》だった。「描き方」

がおわると、美術史の本や名画の複製を買って来、さらに図書館へ行って、泰西名画全集というものを穴のあくほど見て、それを記憶しようとした。美術評にしても演劇評にしても、過去の記憶の累積《るいせき》だけが根拠なのである。天才性をもたざる者が批評を行う場合の唯一《ゆいいつ》の道はそれなのだ。私は、金閣寺の場合とおなじ性質の作業に日夜没頭していた。

やがて、私は、展覧会をまわって美術評を書きはじめた。たれも私が数ヵ月前に、やっと『油絵の描き方』を読んだばかりの男であるとは気づかなかった。私は、すでに五十個ばかりの批評用語を知っていたから、それを文章に適当に配給し、その行間に遠慮しながらも、自分の意見をまじえた。

毎日、たくさんの個展をみた。はじめはどれもこれも不朽の名作のようにみえたのだがなれるにつれ、案外そうでもないことがわかりはじめた。私はほとんど毎日個展評をかかねばならなかったために、ほめてばかりもいられなくなった。しかし、たまにくさすと、その画家からひどくうらまれるのが常だった。自分がその絵を買うわけでもないことだから、できるだけほめることにしていた。

一方、たくさんの美術評をよんだ。やがてこの仕事に馴《な》れた。馴れたころに、私は美術評というのは、一体何の根拠の上に乗っかっているものだろう、と不安を感じはじめた。

絵を言葉になおさねばならぬ作業そのものに矛盾があった。絵は言葉に換算することはできないし、むりに換算した数字のうえに美術評がなりたっているとしたら、もともと虚偽の文章ではないか、とおもった。私はひそかに小説を書いていたから、文章というものに多少のきびしい気持をもっていた。私は、美術記者をやめさせてもらうことにした。

その仕事をやめると、私は現金なほど美術展を見にゆかなくなった。美術に対して自分が占めてきた位置が、あまりにもうそにみちたものであったからだ。美術展をみにゆくことは、そのころの自分を思いだすことで、あまり愉快な行為ではなかったのである。

前置きの話がずいぶん長くなったが、私が三岸《みぎし》節子氏に会ったのは、そうしたころのことであった。美術評から解放された私は、豊かな気持でこの人に接することができた。かつての私なら、この人の日本画壇における位置をさまざまに評価しながら会わねばならぬことであったろう。私はこの天才を、きわめて幸福な条件でながめることができた。これは、いま思いだしても、私の人生における由々しい時間であったように思われる。

三岸氏は、ちょうどパリから帰ったばかりであった。彼女の足は、まだ外遊の酔いがのこっていて、踏んでいる日本の土が、ふわふわと雲のように感ぜられるようであった。

私はこの異常な器を、おそらくその異常がもっとも昂揚《こうよう》したときに見ることができた。おそろしいほどにその眼がかがやき、たえず彼女は自分の体で触れた外国を語った。そのくせそのながい話のなかで、一語といえども、彼女は外国を語らなかった。風景も出たし、風習の話も出たし、空の色の話、美術館の話、個展会場の話など、さまざまに話は移ったが私は彼女の話から、案内記的知識をひとかけらも得ることができなかった。

おどろくべきことに、二時間ばかりしゃべりきかされた話のすべては、彼女の告白だったのだ。それは感想といえるものではない。彼女の外遊は、外遊といえるものではなかった。それは、致命的な対決だったのだ。血をしたたらせて外国から帰ってきた異常な芸術家を私はみることができた。いいかえれば、血のしたたるほどの魂というものを、私ははじめてみた。

さらにいいかえれば、案内記的知識をつづりあわせることによって美術評を書いてきた私は、はじめて芸術は案内記ではないことをこの人に会ってわかった。前述のような私にとっては、痛烈すぎるほどの体験だった。その後、三岸氏に会っていない。今後、会おうとも思わない。会うのをおそれさせるほどの強烈な印象が、私の記憶のなかにあるからである。

いいたくないことだが、私はそれ以前から三岸節子氏の作品がすきであった。なぜいいたくないかといえば、案内記的美術記者であった私が、そのようなことをいえた義理かという気持があるからである。極論すれば、美術批評にたずさわった者に、しんしょう、好きな画家がいようはずがない。美術の仕事と他人になったころから、私は三岸節子の仕事にアクティーヴな感情をもつようになった。

こんにちの多くの美術評論家は、美術史的もしくは様式論的観察から、その視点を離すことができない。私はそのような慣習に習熟し、そのような慣習のかげからのみ、絵画という芸術を垣間《かいま》みてきた。

私は、ようやく三岸節子の作品によって、その観察から解放されることができた。というより、そういう「美術史的もしくは様式論的」に見るしか見ようのない絵画が、われわれの周囲に多すぎるのだ。絵画を、そういう知的手続きによってみるものだという習慣に私はならされすぎていた。

最初、三岸節子の作品をみたとき、そういう観察法の被訓練者であった私は、正直などころ戸まどった。その絵を、私はじかな眼で見ることができなかった。この絵は、他の画家の仕事にみられるような、様式論的発想で描かれたものではなかったからである。彼女の絵は、様式論の形骸《けいがい》をかぶるにはあまりにも熱気のつよいなにかがあった。

このなにかについて、私がふたたび美術記者のむかしにもどって、死んだ術語で粉飾して説明する愚はさけたい。ただ、そのなにかだけが芸術のシンであり、金を出して作品を求めようとするほどの人は、その作品のなにかを購《もと》めようとしているのだ。三岸節子のなにかは、他にくらべようもなく巨大であり、ときに彼女の造形はそのなにかを包みおおせずして、はちきれてしまう。私はことに、そのはちきれてしまった絵をこのむ。アジャンターの壁画が、そのはちきれたもののみごとな累積であるように、三岸節子の作品群は、日本の絵画史に異様な系列をのこしてゆくだろう。その三岸節子における異様こそ、私は、真の芸術における正常なるものだ、と、じつは遠慮ぶかげにいいたいのだが。

（昭和36年5月）

五千万円の手切金を払った女

「布施《ふせ》落ち」という。「十三《じゅうそう》落ち」という。むかし、大阪の船場などで商売に失敗すると、近郊の布施か尼崎《あまがさき》か十三に落ちたものだ。大阪人にとって、アキナイは合戦である。負けて移住する者を戦国時代のオチウドにたとえる。かれら落人《おちうど》がくらすには、この近郊の人口稠密《ちゅうみつ》地帯は、家賃も物価も相応にやすかった。

十三の町と大阪とのあいだには、新淀川《よどがわ》がながれ、その上を十三大橋という長大な鉄橋がつないでいる。大阪からの落人たちは、大八車《だいはちぐるま》に家財道具をつみ、大橋をわたって十三へ落ちてきた。私も少年のころ、何度かそういう風景をみた。

昭和二十一年の初夏のある日も、この大橋を一台の大八車が渡ってきた。むろん、この当時は、この車を十三名物の落人車とみる者はたれもなかった。なぜなら、敗戦の翌年のこの当時では、日本人全体が世界史的規模で落人の境涯におちてしまっていたからである。ただこの家財道具をはこぶ一群にすこし風がわりな点をもとめたとしたら、この荷車の指図をする者が、男ではなかったことだ。小娘だった。恵《けい》ちゃんといった。はたちをすぎたばかりだろう。

和服をきていた。ではなく、和服をつぶしたブラウスをきていた。老母をつれ、カジ棒をまだ少年だった二人の弟にひかせている。兄弟のなれぬ労働を見かねたのか、それとも、ジャンヌダルクのように昂然《こうぜん》とした娘のほうに興味をおぼえたのか、橋の上で、一人の老人があと押しをしてくれた。ジジイはいった。「おねえちゃん、どこから来たんや」

「あの山を」

娘は、うしろにかすむ四百七十四メートルの二上山《にじようさん》をくれたあごで指し、「越えてきたんや」。

娘は、老人の眼をのぞいてニッコリした。微笑がよほどうれしかったのだろう、老人は懸命になって車を押した。この老人使いのうまさは、後年の彼女の職業と関係がある。

娘は落ちてきたのではなかった。はるばると攻め上ってきたのだ。大阪へ出るために県境の山をこえ、奈良県の疎開《そかい》先からとりあえず十三のおちつき先へやってきたのである。

橋のむこうに、大阪の廃墟《はいきょ》がみえていた。娘はその焼けビルの町を遠い眼で見た。人には自分の明日を予知する能力がない。十数年後にいま遠望しているその大阪の街を、ある角度から支配する身になろうとは、娘自身も予測することはできなかった。

この娘を太田恵子という。大正十四年、大阪の港区八幡屋《やはたや》元町でうまれた。幕末の回船問屋八幡屋某がひらいた町であるという。真夏は夕凪《ゆうなぎ》で露地にまで風が通らない。春は街に潮風のにおいがした。表通りを小商人がすみ、裏通りを船員がすんでいる。天保山《てんぽうざん》船員といわれ、たいていは貨物船の船乗りだが給料はわるくなかった。恵子の父はその船員であった。上陸するごとに成長している恵子を抱きあげては、「ええ嫁はんになれる」といった。恵子はええ嫁はんになるべくそだてられた。小学校のころからお稽古《けいこ》ごとに通わされた。おどりをならわせても器用だし、家事を手伝わせてもソツがなかった。このまま世が平和でさえあったら、この娘は、うたがいもなく、ええ嫁はんになっていたことであろう。しかし、運命という彫刻家は、この娘を素材に、奇妙な彫像をきざみはじめた。

父が死んだ。

運命が、太田恵子をきざみあげるために入れた最初のノミといっていい。父は、軍用船に徴用され、昭和十九年に船が沈没して死体もあがらなかった。二十年の三月十三日には空襲で港区が全滅した。そのころ彼女は、大阪市立南女学校を卒業して、船場の丸紅につとめていた。当時のある上役の記憶では、よく笑うあかるい娘だったという。あまり目だたなかった。ただ空襲で焼けたとき同僚に、

「私《ウットコ》もパァや」

と、ひとごとのように笑いころげていたという。そこに、この一見平凡な小娘のスゴサがあった。「もうひとつ気付いたことは」とその元上役はいう。この娘はよく動く黒い瞳《ひとみ》をもっていた。文字どおり明眸《めいぼう》といっていい。が、ちがっているのは、その瞳だけがどんなに笑いころげているときでも笑っていなかったことだ。いつも相手を見ていた。相手の感情の動きの微細なところまでを見つめていた。彼女の瞳は、ありきたりの女性のように甘ったれるために存在しているのではなく、相手の心を読むために存在しているらしかった。その瞳は、たとえばこう働く。相手の家がまだ被災していないときは、自分の焼けだされのみじめったらしさを戯画化し、誇張し、まだ安全地帯にいる相手の優越感や安堵《あんど》感を刺激してやった。相手も被災したとなると、急に笑いをとめ、相手の悲しみに同調してやった。彼女の瞳は、つねに相手の感情の起伏とともにあるようであった。ここがかんじんなところだ。私は、むかしの英雄を小

説に書くのが稼業《かぎよう》だ。妙なたとえだが、太閤《たいこう》秀吉の青年時代の瞳もまた、こうではなかったかと思われる。秀吉の眼は猿目といわれた。信長は秀吉の女房に手紙をかいて「お前の亭主はハゲネズミ」と評した。太田恵子の瞳がハゲネズミであるか。そうではない。形ではない。こういう眼のハタラキをもった者でなければ、俗世間で俗物を動かして俗の大事をなすことはできないということだ。——と、ここまで書いて、私は（ああ、しんど。おれは野暮やな）とおもった。美人をつかまえて「君の眼はキノシタ・トーキチローに似ている」などといえば、とうてい「婦人公論」の読者の気に入られまい。事実、こんにちの太田恵子は美人としても世評がたかい。私が愛の詩をささげるとすれば、まず私は「あなたの眼は黒曜石のごとくかがやいている」といわねばならない。なぜならば、事実だからだ。コーカサス型の可愛《かわい》い鼻（これはちょっとウソ）が、つまんだように上をむき、唇にはほどよく肉があり、下唇は露を含んだバラのようにいつもなにかを待ちうけている。そういう「事実」をたたえる必要があろう。——しかし。

私がこの詩篇を彼女に話したとすれば、彼女は「おおきに」とうれしそうに礼をいって、トイレに立ったすきにでもハナをかんでしまうかもしれないおそれがある。

自分の美醜よりも自分の事業のほうに興味があるからだ。いまの太田恵子は、「夜の大阪商工会議所」のぬしだという。かつては日本一の酒場といわれた「紫苑《しおん》」を経営し、最近はそれをいったんつぶし、大阪市北区曾根崎《そねざき》町二丁目四二ノ二に、さらにゼイをつくした酒場・クラブ「太田」をひらいた。たかがバーというひとがいるかもしれないが、このたかがノミ屋の建築装飾費が一億円もかかっている。キャバレーの百分の一ほどの敷地のこの酒場が、大阪国税局管内で最高額の遊興飲食税を支払っているという事実からみれば、もはや巨大な産業である。

この企業体は、夜、ドアをひらく。高級車がその前にとまり、客が群れて入ってくる。客のほとんどは大会社の重役である。大阪財界のサロンといっていい。ときにここで商談がかわされ、あくる日は大阪の経済が一変していることさえありうる。太田恵子は、そのサロンのぬしなのだ。単なる酒場の女主人とちがう点は、客に愛されてはいないことだ。客のほうから彼女に愛されにやって来る。彼女のほうも、財界のジイサマたちを坊やを愛するような愛しかたで接している。商人たちは、彼女から愛されるスキマに、ふと真顔になって連れてきた客と商談をする。それが、ときに大阪の経済を動かすこともありうるとなれば、彼女のサロンはりっぱに産業なのだ。

その奇妙な産業のぬしを語るのに、女性美をカイセツするだけでは、この稿の役目はすむまい。やはり英雄として語らねばなるまい。いや、ひょっとすると、彼女は子宮をもったトヨトミ・ヒデヨシなのかもしれないのである。その歴《れっき》と子宮をもった女性のなかにおける「英雄の条件」を私は語る必要があるのだ。ハナシを、十三時代にもどそう。

十三にうつると、女子挺身隊《ていしんたい》のころからの勤めさきだった丸紅をやめた。「なんとなく、ただのお嬢さんになりたかった」からだという。このときわが「英雄」は、まだオノレの中の英雄にめざめていなかったのかもしれない。平凡な町娘だった。小器用にミシンをふんでは外出着をつくったり、焼けあとの街を歩いて映画館や画廊をのぞいたりした。平凡こそが青春のもっとも好ましい本質なのだ。恋愛さえしなかった。このときの平凡な数ヵ月こそ、彼女の半生の唯一《ゆいいつ》の青春であったであろう。英雄の人生は、ある意味では、人として最も不幸な人生ともいえる。運命は太田恵子を英雄にするために、食べかけたパンをとりあげるような無慈悲さでその平凡な青春をとりあげた。ある日、外出しようとするとふと母の暗い表情に気づいた。

「どうしたん?」

「お金が一銭も無《の》うなってしもうた」

「一銭も——」

そうなるまでだまっていた母親ののんきさに、彼女のほうがおどろくよりも吹きだしてしまった。

「せやけど、一銭ぐらいはあるやろ?」

「百円ばかりあるかしら」

「それ、ちょうだい」

「どうするの」

「捨《ほ》ってくる。気持が悪いわ。お金がないなら一銭もないほうがサッパリするやないの」

家を出ると、十三大橋の上にたった。大阪湾にわきあがっている白い雲をながめていたが、やがて、風にむかって勢いよく投げた。が、金というものは、捨てようとおもえばかえって追っかけてくるものらしい。いったん空中に舞いあがったサツは、ヒラヒラと空の上であそび、川におちきらずに、もう一度風にのって彼女の胸にはりついてしまった。

(しぶといおサツやな)

引っぺがえして捨てようとおもったが、待てよ、とおもった。天がくれたとおもえばいい。その百円をにぎってタクシーに乗った。どこへゆく——、

（てっちゃへ行こ）

大阪では、スクラップ屋や仲鉄業のことをてっちゃというのだ。丸紅に勤めていたころ、社に出入りしていたてっちゃのおっさんを彼女は知っていた。鉄の相場は変動が多いが、もうかるときはうんともうかる商品なのだ。きっと何とかしてくれるにちがいない。案のじょう、店にたずねてきた恵子をみて、「これはこれは」と相好をくずした。「まるでお姫はんのご光来や」

橋の上の因縁で、少年のころ日吉丸《ひよしまる》といわれた豊臣秀吉は野盗の首領蜂須賀《はちすか》小六に拾われ、しばらく野盗の手下になっていたという話がある。太田恵子はてっちゃに拾われてしばらく事務員をしていた。そのうち小六が、いやてっちゃが、ひどく親切になった。着物を買ってくれたり、お金をくれたりする。（えらい気前のええおっちゃんやな）とおもううち、気付いたときには、お妾《めかけ》さんにさせられてしまっていた。つまり、女流界の野武士になってしまったのだ。

（これはいかん）

太田恵子は、子宮でモノを考えるよりも、むしろ頭脳でモノを考えるたちである。子宮は湿性のものだが、頭脳は乾性のものだ。考えてひどく乾いた答えが出た。こんなあほらしい商売てあるものやろかと思った。きれいな着物を着られるのはいい。だが、その着物をきてただ毎日ひたすらに坐《すわ》りつづけているのである。少女のころ、近所の禅坊《ぜんぼん》さんが、只管打坐《しかんたざ》という言葉を教えてくれた。ヒタスラに坐れ、という意味だ。坊主はヒタスラに坐れば何かがやってくるという。なるほどそのとおりだ。お妾の場合は、ひたすらに坐ればダンナがやってくる。が、禅坊主の修行がつらいように、いつやってくるかわからぬダンナを待ちつづけるお妾商売もつらい。

(逃げよう)

とおもったときには、太田恵子はすでに行動していた。ココロや子宮で考えず頭脳で考えること、および考えればすぐ行動を起すことが、英雄の主要条件である。お妾さんという存在を、モラルで考えるのは小インテリの卑小なリクツ遊びにすぎない。お妾太田恵子が女性にすればめずらしく英雄である点は、お妾を商売とのみていた点だ。商売とすれば、これほどおもしろ味のない商売はない。

そのころ、芦屋《あしや》の奥さん連中が金主になって、大阪の桜橋に、めずらしい店ができた。クラブ・ツーリストという。酒場である。ただの酒場ではなく、会員制をとり、その会員も、大阪のえらばれた経済貴族を主体としていた。ツテがあって、そこへ勤めた。そのツテが、彼女という女性にとってどんな縁のある人であったかというシモがかった詮索《せんさく》は、私に興味はない。いまの私は、彼女における英雄の条件をのべるのにいそがしい。

とにかく、クラブ・ツーリストは、焼けあとの大阪にとっては、宝石のように豪華できらびやかな存在であった。むろん、大阪にろくなバーもないころである。このクラブに出入りすることは、客にとって、フランス革命以前にヴェルサイユ宮殿で席次をもつよりもさらに大きなエリート意識を満足させてくれた。クラブ・ツーリストは酒を売るよりもエリート意識を売ったのだった。アルコールは単に肉体だけをしか酔わせないが、エリート意識は、精神を酔わせてくれるのである。その売価が高いのは当然なことだろう。

英雄の条件には、運が要る。野盗のもとから逃げた秀吉が、信長という大樹の蔭《かげ》に寄らなかったならばのちに天下をとれなかったであろう。てっちゃの許《もと》を去った太田恵子が、最初に小さなバーにつとめたならば、その規模が商売の原型となって、いまでも最初の甲羅に似せた穴しか掘れなかったに相違ない。恵子にはすぐれた運がついていた。このクラブ・ツーリストこそ、のちの「紫苑」、いまの「太田」の原型になったからである。

恵子はたちまち売れっ子になった。酒場では、美貌《びぼう》の娘が売れっ子になるとはかぎらない。自分の美貌を忘れきった娘が、売れっ子になるものだ。美貌を忘れたとき、女性がはじめて人間になる。人間になれば、客の心とふれあえるのは当然なことだ。人の前で、恵子ほど自分の容貌を忘れている女性はなかった。また、バーの女性は、野球選手とおなじことだともいえるだろう。どちらもカンが悪ければつとまらない仕事である。高級バーへ行きたがる男性の殆《ほとん》どは、きっとカンの鈍い女房をもっているに相違ない。響きのいい異性に接したくてバーに来るのだ。知的会話にしてもY的会話にしても、あるいはもっと素朴な要求（たとえば用便のごとき）に対しても、つねに鋭敏に反応してくれなければ、客は面白くないのである。しかし、この職業ほど知的運動神経を要求される職業はないくせに、また同時にこの世界ほど、この神経のにぶい持ち主の多い社会も珍しい。太田恵子が、群鶏の一鶴《いっかく》になったのも当然のことであろう。

が、さきに私は太田恵子の瞳について語った。男性に甘えるために存在しているのではなく、人の心の動きを読みとるために存在しているといった。てっちゃはそのことに気付かなかったために単に彼女を妾にするのみでとどまったが、そのことに気付いた男性が彼女の前にあらわれた。くりかえしていうが、その男性と彼女とのあいだに、どういう下世話な交渉があったかについて私はなんの興味もない。それは、すぐれた歴史家が、アーサー・ウエリントン公爵《こうしゃく》が寝室でどういう性戯を行ったかということになんの興味がないということとおなじだが。ウォーターローで、ナポレオンを敗北させたかれの英雄性と、その勝利がもたらした歴史的影響に、かれの下半身はなんら参加していないからである。

大阪のキタには、曾根崎という町がある。元禄《げんろく》十六年四月七日、大阪内本町《うちほんまち》の醬油《しょうゆ》商平野屋の手代徳兵衛と、キタの新地天満屋《てんまや》の抱《かか》えお初とが、添われぬ仲をなげいて曾根崎天神の森で情死をとげた。当時のトピック劇の作家近松門左衛門がさっそく脚本にかいて、事件後一ヵ月目に竹本座で公演した。この艶冶《えんや》な伝承をもつ町は、明治以降は茶屋（待合）の町になり、ちかごろはバーが茶屋を駆逐して西銀座につぐバーの町になった。この曾根崎の新地通りに、太田恵子の最初の店である「えんじ屋」が店をひらいたのは、昭和二十四年のことである。金はその男性が出してくれた。やっかむものではない。英雄とは、その周囲に、ひざまずいて金を出そうとする者が集まってくる人間をいうのだ。

敗北者の第一の要件は、その抜けめなさにある。抜けめのない男女で成功をした例はきいたためしがない。太田恵子は、幸いにして抜けめのありすぎる女性だ。これほど読心術の大家のくせに、クルリとうしろをむくと、ひどくスキのある素っとぼけたうしろ姿をもっている。毎夜あれほどの金を動かしながら、いまだに複式簿記を信用せず大福帳一冊で運営しているのもその一例である。太田恵子の周囲に集まってくる客も、また七十名の従業員も、彼女のその抜けた部分に頰をすりよせて安らかな呼吸をしている。英雄とは、頭のいいヌケ作をいうのだ。ヌケ作でなければ、人の群に押したてられて一軍を形成するわけにはいかない。人の集まって来ない親分や大将はありえないのである。

彼女が気分の明るいヌケ作だからこそ、「えんじ屋」をひらくときに、クラブ・ツーリストの支配人は、よろこんで自分の店のお客を分けてくれた。秀吉は、その主家である織田家の譜代部将や家臣をそのまま頂戴《ちょうだい》したからこそ、天下をとれた。恵子の「えんじ屋」は、開店の最初から大阪貴族のタマリ場になった。あとは、店の床《ゆか》の物理的面積をひろくしさえすれば、ただそれだけで発展するという、まるで数学者が経営してもできそうな基礎ができた。ただ数学者ではできないのは、このとき「ツーリスト」からもらった客の三分ノ一が、十数年たった今日なお、クラブ「太田」の常連であるということである。

「えんじ屋」は一年八ヵ月つづき、繁昌《はんじょう》のすえ、閉店した。儲《もう》けて店をつぶすという愚行（そこがヌケ作だが）のたったひとつの理由は、この嫋《たお》やかな英雄には、子宮があったということである。店の資本を出してくれた男性とうまくゆかなくなったのだ。私は寝室をのぞいたわけではないから、不和のナマな実態は知らないが、彼女が儲けすぎたことが彼女の自信をつよめ、頭《ず》を高くさせたのであろう。男は女性の独立自尊のスガタを愛玩《あいがん》用女性にない、きわだった美しさとして賞《め》でるくせに、独立しすぎると、とたんにインポテンツになるものだ。男性の性的衝動は、数千年来の習慣によって、弱き者に対してのみ能力を発揮する。男性の性器は、強きをくじくようにはできていない。この英雄とベッドを共にしてきた男性に対し、私は同性のひとりとして心からの同情を捧《ささ》げたい。

「ほな、あげる」

「なにを？」

「お店を」

これだけが最後の会話だった。彼女はその後のいかなる男性からも、慰謝料や手切れ金をとったことはない。すべて彼女のほうから退職金を出した。十三大橋で百円札を投げたときの精神がそれである。金さえ投げだしてしまえば、たいていの人間関係は明朗になるものだ。が、明るくなった代償に、ふたたび彼女はスッカラカンになった。

彼女に恵子教という宗旨があるとすれば、その教義の第一条は、「あした泣け」ということだ。悲しいことは夜考えない。夜の思索は、人を惨《みじ》めさへのめりこませてゆくだけだからである。夜は、人を消極的な思考にのみひきずりこむ。ついには滅亡を考える。太陽が昇ってから考えればすむことではないか。日中の思考は、人を積極化する。「恵子、あした考えよう」と彼女は何か自分につぶやいては、この頃の毎夜をねむった。ついに彼女は新しく出なおして「紫苑」を建設した。

こんどの開店費には、彼女の子宮が借りた資本は一銭もなかった。すでに客はある。腕もみとめられている。純経済的見地から彼女に投資する者が、幾人も出た。これを裏返していえば、彼女が酒場の経営者として成功したのはその賃借の事務所を寝室に設置したことがかつてなかったということである。化学工業が産業であるごとく、酒場も彼女にとっては産業である。寝室から産業がうまれるはずがないではないか。「紫苑」はエリート意識を販売しつづけて、ついに日本屈指の高級酒場となった。しかし彼女を英雄に仕立てようとする運命は、彼女に対してなお不満な点があったらしい。昭和三十一年のクリスマスに、かれ（運命）は、彼女の店の女性をしてストライキを起させた。クリスマス・イヴの前日、当時十二名だった女性のうち、売れっ子の五名が、突如「お店をやめさせていただきます」と申し出た。

愕然《がくぜん》とした。クリスマスといえば、酒場の一年中の書き入れの日なのだ。常連はことごとく来る。その準備も出来ていた。ストライキ組は、太田恵子のもっとも打撃をうける日を選びぬいたのであろう。売れっ子のいないクリスマスは、店を開けたところで、聖像のない教会のようなものである。彼女は、朝から夜七時までかかって交渉した。

「給金が不満なの？」

ちがう、と聖像たちは首を横にふった。

「では、あたしがきらいなの？」

「うん」

聖像たちは一様にうなずいた。ストライキではなく、総スカンだった。そのころの彼女は、従業員にとってなんの愛嬌《あいきよう》もない経営者だったにちがいない。想像のつくことだ。事業の創生期には、仕事熱心の経営者ほど気持の余裕が涸《か》れて、従業員への愛嬌がなくなってくる。きっと従業員を追いたてるばかりのいやなばばあだったのだろう。お客からみれば可愛気があっても、従業員からみれば可愛気のないおばはんだったにちがいない。ただし、恵子三十一歳。

古来、愛嬌のない英雄はいない。秀吉も家康も、その家来からみれば何ともいえぬ愛嬌と可愛気があり、おれが盛りたてねばあいつらはどうにもならないという気を起させるところがあった。太田恵子は、まだ「運命」が好むヌケ作にはなりきってはいなかったのだ。恵子は、たのんだ。詫《わ》びた。が、聖像たちは、どう詫びても、「あかん」とソッポをむいた。これでは、太田恵子のほうが、あかん次第であった。

クリスマス・イヴの午後五時がきた。聖像のいない「紫苑」のドアがひらかれた。窮したあまり、恵子は考えた。

(お客さまには、あの子ら、流感やというてこまそ)

そうごまかせば、こんにちの太田恵子はなかったであろう。ごまかしの裏を悟られたときほど、人間、卑小にみえるときはない。彼女は、店に満ちた客の前に立った。そして一人一人に頭をさげ、正直に自分が総スカンにあって女の子に逃げられた事実を告げ、ただひたすらにわびた。この瞬間、運命は彼女を仕上げていた。みごとなヌケ作になってしまっている自分を、彼女自身も気がつかなかった。この瞬間、客たちは、心から彼女のヌケ作に感動し、たれもかれもがコブシをにぎり、彼女の背をどやしつけた、

「ママ、やろやないか。心配はいらん。おれらがついている」

英雄とは、作意なくそれをいわせる者をいうのだ。

話である。

「紫苑」はその後発展をかさね、店舗を拡大し、儲けを膨脹《ぼうちょう》させた。しかし、つぶれた。嘘《うそ》ではない。今年の三月以降「紫苑」は地上から消滅している。あほうのような話である。

恵子は、ふたたび「えんじ屋」の二ノ舞をやってのけたのだ。「紫苑」がつぶれたのは、経済上の事情ではなく、寝室での事情なのである。いつのほどか、彼女に恋人ができていた。純恋人である。彼女はかれから経済的援助をうける必要のない女性だからだ。ただしツバメではなかった。堂々たる社会的地位のある紳士だった。

愛情は何年かつづき、やがて彼女の気持が冷えた。そうなるとその紳士の箸《はし》のあげおろしまで気に入らなくなったという。ただの女性ならば、なおもその嫌悪《けんお》に耐えざるをえまい。しかし英雄の不幸はそれに耐える必要がないということだ。彼女は別れるといった。いったとたんに、「紫苑」は消滅していた。

彼女は冷えても、紳士のほうは彼女になお未練があったからだ。相手の未練を断つには金以外のハサミはない。彼女は、彼から脱走したい一心でいった。

「紫苑をあげる」

店舗の権利書を置いて、家を出た。おそらく換金すれば数千万円になるだろう。

彼女は、三たび、もとの木阿弥《もくあみ》になった。しかし同情の必要はいささかもない。その一年後には、かつての「えんじ屋」や「紫苑」から数丁はなれたおなじ曾根崎の新地通りに、「紫苑」よりも数倍大きい店舗ができあがっていたからだ。クラブ「太田」という。

クラブ「太田」がはなやかに開店した日、大阪商工会議所の元会頭杉道助氏が、店内を見まわしながら、「クラブ・太田は」と真顔でつぶやいた、「こんどは、どこの馬の骨のものになるのやろ」。

(昭和36年6月)

わかって下さい 酒を飲む苦しみを…

見習士官で赴任したのが、東満にあった国境の連隊だった。赴任の夜、将校官舎でごちそうになり、したたかに飲まされた。

帰途についたのは、深夜だった。見習士官はふつうの将校のように官舎に住む資格がなく、どんなに遅くなっても、兵営にもどらねばならない。官舎のある松花江畔《しょうかこうはん》の村から連隊までは、一里はあった。ちょうど十二月の暮れで零下三十度は越えている。雪をふんでひとり歩いたが、ついに酔いに堪えきれずに倒れた。しばらくねむり、また歩いた。連隊へもどったときは、一里の道を三時間もかかっていた。気づいてみると、腰に軍刀がなかった。落としたのだろう。幸い、落とした軍刀はたれにも見つからずに雪の下にうずもれたらしく、私は罰からまぬがれたが、酒のくるしさを知ったのは、このときが最初だった。

男とは、女性からみればわらうべきいきもので、酒をのむ。それも、上戸《じょうご》ならよい。ろくに飲めもしないくせに飲む。飲まなければ男の看板をかかげていられないような場合が多い。

古来、男の集会というものには、酒がつきものである。そのくせ、男のうちで、上戸とか酒豪とかいわれる人は、全体のほぼ一割にすぎないという。あとは、まったく飲めないか、多少がまんすれば、なんとか嚥下できるというたちのひとである。そのひとたちのために番茶を用意してくれるような集会は、まずすくない。すべては一割の上戸を基準に集会はなりたっており、下戸《げこ》には民主的配慮がおこなわれない。そればかりか、下戸は宴会が果てるまで劣等感にさいなまれ、注《つ》がれれば詫《わ》び、あやまり、しまいにはこそこそと逃げだしたりする。

私は、まるっきり下戸ではない。すこしは飲めるために、酒のつらさは、純粋下戸などよりもずっと深刻に味わった。

十九歳で旧制中学を出て大阪外語に入ったが、おさだまりの歓迎会がある。酒をむやみに飲まされた。「飲めない」というと、先輩の学生が、「それでも男か」という。それがくやしくて無理に飲んだ。気がついてみると銚子《ちょうし》を五本もからにしていた。しかし、私の足腰は、完全に私の支配下から離れていた。

たいていの人は、学生時代のこういうコンパによって酒席の訓練をうける。それらの酒席には、明確で素朴なモラルがあった。飲めざる者は、軟弱の徒であり、仲間に対する不協調な精神のもち主であり、私のような大陸伸張政策を背景にした学科にまなんだ者にとっては、不忠不義なる者でさえあった。モラルはときに法律でさえある。司法権の執行者は、その酒席の上戸であり、ときに芸者である。「おひとつ」と銚子をむけられて、もしことわれば、「いくじがないのねえ」といわれたりする。

私はまだ酒をうまいと感じたことは数えるほどしかないが、ああいわれるのがくやしさに、ずいぶんとすごしてきた。なんとおろかなエネルギーをついやしてきたものだとおもうが、男の社会の法律がそうであれば、いたしかたのないことでもあった。おそらく、私のようなエセ上戸が、男性のなかでいちばん数多いのではあるまいか。

「酒」という雑誌がある。そこに、「文壇酒徒番付」というものがあって、私は前頭《まえがしら》に出ていた。がく然とした。「おれは、酒徒かしら」と思った。げんに、私と十年以上つきあっている身近かな友人のなかで、多くは私を一滴も飲めぬ男だと信じている。考えてみると、かれらはふしぎと、下戸ぞろいなのだ。下戸とつきあう場合は、私は一滴も酒をのまない。

かれらのたれもが、例の「法律」をもっていないからだ。私は解放感にあふれて、コーヒーなどを共にのむ。

私にとって、上戸はいわば検察官なのである。その検察官どものなかでも、もっとも厄介な検察官を、私は身辺にもっている。女房なのだ。

世の常の女房なら、亭主が酒を飲みくらっているのをみればいい顔をしないが、私のそれは、晩めしのときなどに、「あたしはビール。ボクは？」などという。「あたしはウイスキー。ボクは？」などというときもある。

「おれはいいんだ」

などといえばすむのだが、悲しいかな、ながいあいだの男性社会の訓練と、下戸的劣等感と戦いつづけてきた私の自己訓練が、それをゆるさない。まして女房ごときに負けては亭主がすたる、と思ってしまう。つい、ウイスキーのストレートなどをのむのである。

「きょうは、晩ごはん、外にしましょうか」

ときくときが、月に一度ほどある。「いやだ」といえばケチだと思われるから重い腰をあげる。一軒すませると、

「もう一軒」

などというのは、きまって女房のほうだ。めし屋ではなく、酒場のことである。めしにありつくまでに、三軒ほど私の知りあいの酒場をまわらされて、結局は家へ帰ってお茶漬けなどを食わされてしまう。

「お前、嫁にきたときは、そんな気ぶりもなかったな」

とこぼすと、にやにや笑っている。もう手遅れだというのだろう。私は、よくよく上戸にねらわれるホシを背負っているのだ。

この一月、私の友人の寺内大吉君と黒岩重吾君とが、同時に直木賞をうけた。夜の七時ごろ、そのニュースを新聞社からの電話で知ったとき、私は狂喜した。女房が即座に、

「飲みましょう」

といった。私はこのときだけは、たれからも強制されることなく、ごく自然に、

「これは飲むべきだな」

とおもった。おそらく、私のおろかな酒歴のなかでは、唯一《ゆいいつ》の自発的飲酒であったかもしれない。

女房はさっそく酒宴を用意し、二人きりで飲みはじめた。酒が尽き、ビールに飽き、

ついにウイスキーになったころ、ふと時計をみると、午前零時をまわっていた。

「よく飲んだなあ」

腰をあげようとすると、容易にもちあがらなかった。

「どこへ行くの？」

「風呂《ふろ》や」

「だいじょうぶ？」

女房はさすがに心配になったのか、そばへ寄ってきて、介添えしてくれた。

「はなせ」

と私はいった。

「これでも、一升のんで（うそだ）東満の雪原を一里も歩いたツワモノだ」

「そのかわり、サーベルを落としたんでしょ」

「サーベルじゃない、日本刀だ」

「よけいわるいじゃないの」

かろうじて、湯舟のなかに入った。うまいぐあいに、ぬるま湯だった。私は、湯舟のふたにあごをのせ、知っているかぎりの歌をうたった。たいていは、軍歌か、ふるい流行歌だった。うたっているうちに、しだいに酒があたまにのぼりはじめてきたのか、私の意識はモウロウとなった。ついに湯舟のふたにのせたあごがはずれ、私は、ざぶりと湯の中に沈没した。湯が、鼻腔から侵入して大クシャミをし、そのつど意識がさめ、あわててからだをかきあげてあごをのせる。またはずれて沈む。くりかえすうち、ついに泥酔《でいすい》のあまりあごをのせる力がなくなって、私はそのまま溺《おぼ》れそうになった。そのとき、

「馬鹿《ばか》ね」

と、女房が立っていった。私の腕をひっぱりあげて、

「たいして飲めもしないくせに、飲みすぎるからよ」

「お前なんかにわかるものか」

「なにがよ」

「男のつらさが、だ」

女房は吹きだしそうになったが、笑えば私のからだが沈むので、やむなくこらえて、懸命にひきあげたのだという。

男というものは、決して易《やす》き心で酒をのんでいるのではない、ということを知ってもらいたさに、一筆、如件《くだんのごとし》。

（昭和36年6月）

募金行

ひどい目にあった。アジア・アフリカ作家会議というものがあって、その開催寸前になってから、かれら各国の代表団が関西視察をする費用が五十万円ばかり足りないという。

「その相談をしたいから、いついつ、京都のどこそこまできてください」

その関西事務局からいってきた。費用が足りようがたりまいが小生はもともとそんな催しには興味がない。

「行きたくないなあ」

「しかし」

と先方はいった。

「関西で作家といえば、今さん、藤沢さん、白川さん、山崎さん、黒岩さんのほかに、あまりたくさんいらっしゃいません。そのかたがたが、いずれも故障があったり連絡がつかなかったりして、あなたに来ていただくしか、しかたがないんです」

イエス・ノーのはっきりいえない人間だから、仕事をもって京の宿にとまり、その夕刻準備会に出た。出席している顔ぶれをみて、

(これはあかんなあ)

とおもった。京大の貝塚茂樹《しげき》氏、立命館大の奈良本辰也《たつや》氏、脚本家の依田義賢《よしかた》氏といったぐあいにひごろ尊敬しているひとたちばかりである。貝塚氏などは、弟さんの湯川秀樹《ひでき》氏にそっくりの顔をにこにこほころばせて、

「われわれ作家でないんですけどたれもやる人がないから、やってるんですよ」

(いかん)

とおもった。作家であるお前がやってくれるのは当然ではないかといわれているようにきこえて、これは抜きさしなるまいと観念した。

「私、ひとりで大阪の商社や新聞、放送会社に募金にまわります」

と貝塚さんがいう。ああそうですか、などといえば人間の部類でないだろう。やむなく、

「それはいけません。私もご一緒します」

といってしまった。

それから数日後、貝塚さんとそれに石浜恒夫氏をまじえて、朝の九時に大阪駅の西口でまちあわせした。石浜氏などは、朝寝のほうだから、うかつに遅刻してはめいわくをかけると自戒して、ついに一晩寝ずに起きていたという。

無事落ちあい、夕方の六時まで十一の会社をまわった。

むろん火急のことだから、どの会社にも事前に連絡してはいない。第一、貝塚さんも石浜氏も私も、商社関係ではどの会社のたれをも顔見知りがないのである。大阪弁でいう「まったくのイチゲンさん」であった。それでもまあ、それぞれの会社が親切に応対してくれた。

貝塚さんは、日本の誇る国際的な東洋学者らしく、誠実な口ぶりで説明をする。

そのあいだを縫って私が、

「たれが企画したのかは知りませんが、とにかく、二十何カ国、六十何人という外国人が関西にやってきてしまうんだから仕様がないです。ほったらかしちゃ日本のはじになりますしね。それに、アフリカ関係の代表者などは作家というよりも政府要人で、日本経済視察が目的ですから、考えてみると小説がどうのこうのという問題より、事は天下国家の問題ですよ」

「ははあ」

ときいていた伊藤忠の総務部長さんは、くすくすとわらいだして、

「司馬さん、ご商売をおかえになってもたべていけますよ」

とにかく、同業種どうしで相談します、ということで別れ、数日たってどの会社も、

「お力添えしましょう」という気持のよい返事をしてくれた。

帰宅してからぐったりとつかれた（これでおれの国家的（？）義務はすんだ。あとはたれかが盛大にやってくれればいい。作家会議など、くそくらえ）。

とおもい、当日、六十何人の作家がやってきたときは、私は岳父のお通夜《つや》に出ていて出席しなかった。お通夜がなかったとしても私は出なかったろう。私は他称蒙古《もうこ》語の権威（？）ということになっているから、モンゴル代表との交歓をたれかが期待してくれていたそうだが、司馬遼太郎が小説について蒙古人にしゃべることは、ひとこともない。

（ばかな催しが、はやるもんだ）

いまなお、腹がたっている。だが、たれが招《よ》んだにしろ、やってくる連中に罪がないから、われわれは一種の被害者ながらも、かれらを気持よく迎えるしか手がないのである。

「それしか、手がなかったんですよ」

ご迷惑をかけた各社のかたがたに、あらためて弁解しつつ、お礼を申しのべます。さらに、じこん、いかなる天下国家の大事でも、募金には参上いたしません。いま考えても、冷汗の出る思いをおさえずに、あの募金の日のことを思いだすことはできない。えらい芸当をした。

（昭和36年6月）

〔三友消息〕

私の部屋の窓から、大阪城がみえます。毎日、その城を見ながら新聞小説を書いています。冬ノ陣、夏ノ陣に、この城にあつまってきた十万の牢《ろう》人《にん》の人生とその亡《ほろ》びを、あかるく肯定し、その一人一人の肩をなでさすってやりたいような気持で、書いています。

大坂城落城にかぎっては、それは悲壮美ではなく、むしろコッケイ美（？）でありましょう。私は、その傭兵《ようへい》どもにボタモチを売りつける物売りオヤジのような気持でこの日本史上最大の内戦史を読むのがたのしみ。この窓から伊《い》丹《たみ》の山々もみえます。きょうは初夏にはめずらしく霧。飛行場の上空で日航機がウロウロしています。どないしよるやろ。

（昭和36年6月）

船旗の群れる海

五十嵐さん、こんどはどこへ行くのときくと、ミナト、といった。

「結構やな」

毎月一度、神戸へゆくのが、私にとって、ちょっとした楽しみになっている。一つは消化不良を解消する体操のつもりだ。

もうひとつはこのようなお膳立《ぜんだ》てがなければ、私が子供のころから抱いていた神戸への食わずぎらいは、ついに不治なものになったに相違ない。

もっとも、大阪人にありがちな神戸ぎらいというのも、べつに根拠のあるものではない。下町のサンパツ屋のおかみさんが、山の手の奥さんに反発をおぼえるようなものので、尊敬の一表現といっていい。正直なところ、われわれのどろくさい大阪人の感覚からすれば、神戸にはすこしまばゆすぎるようなところがあるようだ。

その神戸のまばゆさの光源が、どこにあるか。

いわずと知れている。慶応三年以来ミナトに出入りしつづけてきた内外の商船群であり、彼女らが、つねに新らしい感覚を神戸に運んできた。このミナト見物は、わが神戸見学基礎教程に欠かすことができまい。

「神戸っ子」の五十嵐さん、小泉さんのほかに、神戸きっての船舶通といわれる神戸新聞外務部長の大淵ツトム氏がわざわざ案内の労をとってくださった。私のほうでは船好きの愚妻がついてきた。

むかえてくれたなかに、もう一人、重要な人物がいる。家内の友人で、産経新聞文化部の記者栗津信子さんである。

この人ほど、神戸を愛している神戸人をみたことがない。つねに十分の会話のうち一度は、コウベということばが出る。

栗津さんのふしぎは、五十嵐さんなどとはちがって、はえぬきの神戸人ではけっしてないのだ。彼女の神戸との縁は、新聞社の神戸支局に数年在勤しただけの縁にすぎない。

よそのお嬢さんの閲歴を申しあげてはすまないが、この人は長崎にうまれ、京城でそだち、東京に遊学し、大阪につとめ、神戸に住んでいる。当然、彼女は比較都市学の権威にならざるをえない。

その彼女が、大阪や東京を田舎と見、日本では神戸だけを都会だとみている。彼女が神戸で私どもをむかえてくれたのは、たんなる歓迎の目的ではなく、多少、監視の意味もふくんでいると私は邪推した。時と場合によっては、大阪の田舎者の偏見を、彼女は横あいから正そうとするつもりだったのであろう。

私どもは、神戸通船会社の港内遊覧船に乗った。

先年、愚妻と横浜へ行ったついでに港内をみせてもらったが、なるほど、数字が示すだけでなく、神戸港は横浜のそれとくらべて、卓絶した規模と美しさをもっていることが、ひと目みてわかった。

「あしたになったら、アメリカの航空母艦が入ってきますねん」

と船のなかで五十嵐さんがいった。外国船の一つ一つについて、大淵さんが専門的な説明をしてくれた。粟津さんはだまっていた。航空母艦はいなくとも、外国船が、いっぱいいいた。船は、その国の文化と伝統の象徴であるということばが正しければ、そこに『外国』がいっぱいいいた。

かれらは、貨客を日本に運んでくるだけでなく、たとえば、ネクタイのガラや、婦人靴のモード、ちょっとした身ごなしや、咳《せき》ばらいの仕方や、食卓につくときの順序や、酒をのむときのセロリの嚙《か》み方まで、ふんだんに神戸の街にこぼしてゆく。

代々の神戸っ子は、かれらがまきちらしてゆく空気のなかでうまれ、そだち、この街をつくる大事なメンバーとして活躍してきた。

日本の大都会は、どの町をとっても、たいていは明治以前からの歴史をもち、城もしくは寺という封建勢力を中心に発展してきたものだが、神戸にかぎっては、慶応三年の開港当時は、山と海とわずかな漁村があるだけの海浜にすぎなかった。

京都は平安時代にすでに十五万の人口をもち、大阪は元禄《げんろく》時代に七十万の都会であり、東京は文化文政期には百万という世界有数の大都会であった。これらの都会どもは、明治の開国期になってその封建的体質のまま、大あわてで頭だけは洋髪にしたが、足には下駄《げた》をはいていた。

いわば宿場の娼妓《しょうぎ》がにわかに良家のお嬢さんのかっこうをして町を歩きだしたという戯画以外のなにものでもなかったが、神戸だけはちがっていた。明治の開国とともに、つまり明治の開国精神をもって、あらたに砂地のうえに出来あがった町なのである。

したがって、この町には、日本のどの都会にもある、あの奇妙な排他性がない。その極端な例として、京都や金沢や熊本を思いだすがよい。東京でさえ、他郷出身の者が住むときに感じさせられるあの排他性は、日本の都会が、封建分藩性の名残りをとどめている証拠であり、彼らが都会ではなく、大きな村にすぎないといわれるゆえんである。

神戸の歴史は、そういう日本的性格のふっきれた史的地点から出発し、その体質をつくる土壌を、日本的伝統にもとめず、つねにミナトに入ってくる外国船にもとめた。この都会が、六大都市のなかで、ついに異質なものになったのは当然なことである。

港の外国船をランチのなかから見あげながら、私は、この神戸がなぜ他郷人である粟津さんを魅了したかについて考えていた。

(なるほど、長崎うまれやな)

長崎という町が、江戸時代にあっては神戸的性格をもつ唯一《ゆいいつ》の町だったのだ。それに、京城そだちである。

植民地の総督府のある町というのは、例外なく、日本的泥臭さからふっきれている。大連、新京、台北を考えれば、それらは、いずれも神戸に似ていた。

(なるほど、な)

私は、そっと、粟津さんをみた。彼女は、だまって微笑しながらまるで自分の家の床の間の置き物でもみる様に外国船を見ていた。

彼女は神戸弁こそしゃべれない。しかしその横顔にはありありと神戸がいた。

（昭和36年6月）

作者のことば（「風神の門」連載予告／東京タイムズ）

小説が百万人に読まれるためには、筋が面白くなければならない。また、ながく読まれつづけるためにはそこに、作者の考える人生の真実がこめられていなければならないと思っている。私の願いは、この「風神の門」をそういう小説に仕立てて読者と毎日語り合いたいということだ。

時代小説とは、男の魅力を描くための小説形式で、作者のたのしみもそこにある。主人公と、それをとりまく群像の中に、読者にうったえるだけの魅力がにじみ出れば、これ以上のうれしさはない。

（昭和36年6月）

ある夜

私は、西長堀のアパートにすんでいるのだが、ときどき入居希望者が、部屋をみせてくれといって訪ねてくる。

ある夜、おなじ十階にすむ石浜恒夫君が、そういう用件の客をひとりつれてきた。男の子のようなセーターにスラックスをはいた無造作な服装の女性だが、ちょっと類がなくうつくしい。家人まで昂奮《こうふん》してしまって、茶わんを一つ割ったほどだった。

「このアパートの住みごこちは、ですね」

と、私は、まるで管理人のように親切に説明し、家賃、電話の加入法、ドアの錠のかけ方まで説明した。

女性は、終始にこにことうなずいてくれ、やがて満足して辞去した。

あとに、石浜がのこった。かれは私と兵隊以来の友人で、諸事、気おきがない。

「お前、きれいなひとを知っとるな。あれはたれや」

「なにいうとる」

石浜は、あきれたような顔をした。

「『風の武士』の女主人公の伊吹友木子さんやないか」

その調子で、私はまったくテレビにはうとい。

当時、私は週刊誌に「風の武士」という連載小説をかいていた。同時にそれは村松さんの手で脚色され、夏目俊二氏の主役で関西テレビから連続放送されていた。その番組を、私はついに一度も見なかったのは、テレビの画面からうける印象の強烈さのために、進行中の小説がひきずられることを、おそれたためである。

「それにしても、あほうやな。自分の小説の女主人公が、夜、妖精《ようせい》のようにひょっこりと書斎を訪れてきたのに、ドアの締め方や電話の加入法ばかりをしゃべりまくるなんて」

石浜は、詩人らしくふんがいし、くびをふりながら、四つむこうの自分の部屋にひきあげて行った。

（昭和36年6月）

大衆と花とお稲荷《いなり》さん

社会科学としての「大衆研究」は成立しうるが、評論としての大衆「文学」の研究は、容易に成立しない。秀樹《ほつき》君から「大衆文学研究」という雑誌を発刊するというハガキをもらったとき、「えらいことをやりおる」とおもって、ややぼうぜんとした。

私は、大阪で仕事をしている。堀江の西長堀という川の多い町に十一階だてのアパートがあり、その十階にいる。時代小説ふうに説明すると、このアパートの敷地は、むかし土佐藩の蔵屋敷があった敷地の一角に、藩邸を守護するお稲荷さんがあり、大阪人は「土佐ノ稲荷」と通称してずいぶんと参詣者《さんけいしや》の多かったおやしろだ。つい終戦までは、である。

境内いっぱいに桜がうわっていて、季節になると、どの桜の根もとにもボンボリがついて、夜桜でにぎわう。徳川時代以来、土佐ノ稲荷の夜桜といえば浪華《なにわ》の春の話題で、私の子供のころなどは、母親にせがんで連れていってもらい、長じては一人で行き、屋台のタコヤキなどをたべながら、少年のくせに酒をのんで春をたのしんだものだ。

それがいま、台所のカーテンをあけると、眼下いっぱいにボンボリの灯がみえる。見おろして観桜できるなどは、

「えらいゼイやな」

とおもうのだが、あほらしくて下までおりてゆく気がしない。まるッきり、花見客が来ないのだ。桜はむなしく咲き、ボンボリはむなしく灯あかりをつくり、屋台はむなしくひらいているのだがいまの浪華の人は、花の季節になっても、土佐ノ稲荷を話題にさえのぼらせない。百年にわたって大阪の名所とうたわれたここが、なぜこうもさびれたのか。そこが、大衆というもののフシギである。

桜は厳然としてある。桜は悠揚として春ごとにひらきつづけるであろう。桜は花べンが五ツで、バラ科に属し、大別してシロヤマザクラとベニヤマザクラがあり、そのカタチによってシダレ桜あり、染井《そめい》吉野《よしの》あり、ナニナニ桜がある。たとえば、その桜が、たとえば大阪市西区西長堀南五丁目土佐ノ稲荷社の所在するツチの地味や地形、気候、地下水の条件によって、いかにその桜のイノチが、変化し、苦しみ、あるいは楽しみ、あるいは絶望しているかということに執拗《しつよう》な眼をむけ、しぶとく追求するの

が、いわば純文学である。

しかし、花見をする大衆はそうではないであろう。かれらは花見にきて、土佐ノ稲荷の境内の地味をしらべたり、その自然条件によって桜のイノチがいかに絶望しあるいは歓喜しているかなどにあまり興味をもたない。興味をもつとしても、そのうちのごく少数である。

土佐ノ稲荷の桜のイノチそのものに眼をむけて文学の重心をそこに鎮《しず》めてゆくのが純文学であるとすれば、大衆文学とは、そこから離れて、花をみる大衆の条件にあわせて書く。あくまでも重心は大衆の心そのものにおくものだ。

その「大衆」のココロというものが、まったく浮気で、その場かぎりで、冷淡で、強欲で、気まぐれである。

かれらは、土佐ノ稲荷の夜桜にあいた。かれらの趣味にあわなくなり、もともと桜のイノチの信者でないから、さっさとほかの花見の場所にうつってしまった。かつては土佐ノ稲荷の境内でタコヤキを食って一パイのんでいた大衆は、ことしは、すっかりそんなことも忘れ、カンコウバスをつらねて嵐山《あらしやま》へ行って大さわぎをしているであろうし、またべつの一団は、吉野山へ行って有難《ありがた》や節《ぶし》をうたい、さらにべつの一団は、奈良公園で、ドドンパを踊っているにちがいない。といってそれは今年だけのことで、来年はひょっとすると花見をさえしなくなるかもしれないのだ。

大衆小説の書き手は、そういう大衆を相手に小説をかく者である。大衆文学とは、そういう大衆のココロを条件とした小説なのだ。すこしタトエバナシを誇張しすぎたが、すくなくとも、「多少は」そういう条件を考えないでは、小説として成立しない小説なのである。

だから冒頭に、「えらいことをやりおる」と私はいった。なぜならば、大衆文学研究とは、文学研究よりもむしろ、「大衆トハイカナルモノデアルカ」という、もっとも、〈なんぎ〉〈やっかい〉〈しんどい〉命題を追求するものであるからだ。すくなくとも小説研究というよりも、こんにちただいまこの時間のこの秒刻における「大衆」のココロを条件としなければ、大衆文学研究は、雲散霧消する。これほどエライ研究命題は、学界にも評論界にも出現しないといっていい。

とにかく、「大衆」というものはしんどい存在である。たとえば「大衆はエロキチガイである」と信じて、作家が目を三角にして大エロバナシをかいても、大衆のある部分はついてくるものだ。かと思うと、ある作家は、「大衆とは求道家である。シンランよりもホウネンよりも、天理教のおミキ教祖よりも、もっともっと生きかたを求める存在だ」と信じて書けば、猛然と大衆の一部はついてくるものだ。はたして「大衆」とはなにか。

それは定義がない。

その定義のない所に定義をみつけ、理論をうちたててゆこうとするこの雑誌の出現を私は壮とし、ちょっとぼうぜんとし、もっとも好意ある苦笑をうかべる。

（昭和36年7月）

大阪的警句家

Aさんは、大阪のある大学の理学部の教授で、きまじめなひとだが、きのう、電話でひとを紹介してきた。

あす、その人が、私をたずねてくるというのである。

「どんなひとでしょう」不安だから、きいてみた。

「そうだンな」A教授はしばらく考えて、

「そうや。三味線のドォ（胴）みたいな顔をしたひとだす」

大阪人の会話には、大まじめな話題のなかでも、こういう表現が出る。

この形容は、かならず、その話し手自身の創作でなければならないという奇妙な伝統があり、大阪の庶民は、つねに会話のなかでそういう日常訓練をつんでいる。

車軸ヲナガスヨウナ雨、とか、

滝ノヨウニ流レデタパチンコダマ、

といったような、手あかのついた形容は、大阪の庶民はつかわない。

「靴のうらがほとべて（どろどろになる）しまうような雨のなかを、かいくぐって」

とか、

「パチンコ台が、消化不良になりよったみたいに玉がむさんこ（とめどなく）出てきたがな」

とかいう。むろん、この形容は、そのひとのその場かぎりの独創で、慣用句はできるだけ避けるというのが、大阪弁のふしぎさのひとつである。

「下司安《げすやす》」という人物は、そういう大阪庶民の一つの典型で、会話のなかで、ふんだんに警句をつくりだしたり、即興的な比喩《ひゆ》を創作したりして、おしゃべりを楽しんでいる。ただ教養がないために、いうことがあまりにも即物的で、品がわるく、あるいは東京のお客さまのまゆをひそめさせかねない。

大阪には、下司安のような警句家が、何万人もいる。いま舞台に登場しようとしているのは、そのうちの、ごくありきたりな一人にすぎない。

（昭和36年7月）

〔三友消息〕

おたより、どうも。大阪は雨でよわっています。つゆがあければ隠岐島《おきのしま》へ水泳にでかけます。うまい飛行便をききこんだからです。

（昭和36年7月）

六甲山

私は低山趣味で、十三歳のときに大峰山にのぼっていらい、近畿地方の名ある低山は、ほとんどのぼった。

「これでも登山家だよ」

と人に自慢をする。ただし、日本アルプスは、のぼったこともないし、のぼろうとおもったこともない。絵ハガキをみるのも、きらいである。

そういう低山登山家が、中学四年の正月に六甲で遭難しかけた。拝賀式をおえると、急に低山にのぼりたくなり、級友四人をさそって、その足で六甲へ出かけた。

「おれ、朝めし食わずにきたがな」

「どうせ、山の上に茶店でもあるやろ」

大汗をかいて山頂にまでのぼると、元旦《がんたん》に六甲にのぼるばかはないとみえて、茶店は木戸をおろしていた。

「おかあちゃん」

と泣きだしやがった男がある。たべものがないとわかると、急に心細くなったにちがいない。下駄《げた》、というアダナの小男で、いま三菱《みつびし》の桂工場で、有能な機械技師になっているという。

腹がへると、歩けなくなった。私へのあてつけに、這《は》いながら行くやつもあった。

「お前、なにを食うとる」

私が驚ろいてその男にきくと、男は、口を開けてみせた。

ミカンの皮がいっぱい詰まっていた。むろん道でひろったものだ。

「では、近道しておりよう」

それがわるかったのである。人生のどういう場合でも、あせって近道をすると、ろくな結果にはならない。われわれは奥六甲にまよいこみ、道かと思って進むと断崖《だんがい》だったり、消えていたりした。

日が暮れ、体力がつきかけたころ、断崖の下に谷川が流れているのを発見した。

「この川床を歩こう」

川は、かならずふもとへ流れている。川の流域に人家が密集するのは、人文地理学の通念である。われわれは、川をつたっておもわぬ町に出た。宝塚市だった。

「こんどは、六甲にご案内します」

と、「神戸っ子」の五十嵐恭子さんが、三宮駅前から、私を自動車にのせた。

「先生、六甲ははじめてですやろ」

ばかにするな、と私は五十嵐さんをにらんだ。いくら神戸知らずの私でも、六甲だけはなんどかのぼっている。

「これも、神戸市灘《なだ》区のうちでっせ」

六甲のよさは、多くの人によって説かれてきたが、その第一は、この山が市内にそびえているということだろう。

案内役として、洋菓子「ヒロタ」の広田定一氏と兵庫トヨタ自動車の中塚裕久氏と若林酒造の若林泰氏が、同行してくださった。

若林さんは、関学と神戸大学とで日本史を専攻したひとで、六甲史にあかるい。

「六甲は、明治になってから外人がひらいたというほかは歴史がないんです」

「そこが六甲のいいところですよ」

と私はいった。

もともと、日本の名山というのは、ほとんど、僧侶《そうりょ》がひらいた。

ただしくいえば、修験者《しゅげんじゃ》がひらいた。

役《えん》ノ行者《ぎょうじゃ》という山好きの超人が千四百年ほど前に出て、生涯山あるきをした。かれがひらいた著名な山は、富士山、御岳《おんたけ》、大峰山、葛城山《かつらぎさん》をはじめ、全国に数かぎりもなく、それらがすべて修験の行場になっている。

六甲山は、そうではない。外人が、避暑のためにひらいた山である。

この山には日本の山にありがちな求道性もなく、哲学もない。哲学のはんらんする日本の自然のなかでは、めずらしい例である。

のぼる者に押しつけてくるそういう「観念」はなくて、この山では、あかるい緑の空気のなかで、若い人が安心して恋を語ることができる。中年の男は、仕事をわすれてクラブをふることができる。

神戸が、世界の都市のなかでも、都市生活の条件がもっともすぐれているといわれていることの一つに、この六甲山の存在がある。

「哲学のない山で、わるうおましたな」

と、五十嵐さんがいった。この「神戸っ子」の編集者は、わるくちをいわれたと思って、はらがたったらしい。

「ないから、六甲はええのや」

高山趣味がいま日本を風びしていて、かれらは、山へのぼるだけでなく、ヘリクツをつけながらのぼる。

山に哲学をくっつけるところは、大和《やまと》の大峰山や木曾《きそ》のオンタケサンにのぼる白衣の行者とかわらない。別にわるいことではないがそういう哲学山のはんらんのなかで、

「喫茶店に行くかわりに六甲山に行こ」

というこの山の存在は、ありがたい。喫茶店山である証拠に、この山の道をのぼってゆくハイカーやドライバーは、どの顔も天真らんまんにゆるんでいる。

日本人は、緊張《テンション》民族だという。金剛杖《こんごうづえ》をついて大峰山にのぼる行者や、ザイルをもって槍ケ岳《やりたけ》にのぼる若人には、共通した一種の精神的緊張がある。その緊張は、山を偶像とみているところからくる。六甲という山は、人間を遊ばせてくれる日本で唯一《ゆいいつ》の山である。

山頂から一気におりて、新聞会館の屋上でビールを飲んだ。神戸新聞の妹尾ＫＣＣ部長が、

「なぜ、神戸から作家が出にくいのですかね」

といった。私は、たったいま山中にいたのにもう都心でビールを飲んでいるという神戸の快適な都市性を考えて、

「街がよすぎるんじゃないでしょうか」

といってみた。文学は精神を鬱屈《うっくつ》させる風土のなかからうまれるとすれば、神戸は、あまりにも住みやすすぎるようである。

「むしろ作家などが出ないというのを、神戸は誇りにすべきじゃないですか」

私は六甲を考えた。

あのあかるい山から、大峰山が生んだ宗教体系は絶対にうまれないであろう。が、むしろ、そういうものがうまれないことが、六甲の特徴であり、誇りであり、われわれ関西の住人から愛され、かつ東京人からうらやましがられるゆえんではなかろうか。

どうも、この回はリクツっぽくなった。山をあつかうと、話がふしぎにリクツっぽくなる。

その夜、神戸新聞の青木氏、学校の先輩の神崎氏と三宮のクラブSという店で飲んだ。

「神戸は、いいでしょ」

女給さんたちがいった。一人は仙台のうまれであり、ひとりは九州の唐津の産である。

「良《え》え。たしかに」

とはいったが、私はむろん本心ではない。こんな精神衛生にいい都会に住んだら、私のような人間は、小説を書かなくなってしまうだろう。

（昭和36年7月）

僧兵あがりの大名

僧兵というのが日本史に活躍するのは、主として平安期の末から鎌倉時代にかけてである。

平安末期の政情不安と文化の頽廃《たいはい》は、京の貴族を青い顔の厭世《えんせい》主義者にした。人の世をウタカタとみた鴨長明《かものちょうめい》の厭世随筆が読書人のあいだでベストセラーになったのもこの時代であり、天皇、公卿《くぎょう》は、なにか事があればすぐ世をはかなんで、出家《しゅっけ》遁世《とんせい》した。

人の心が、衰弱しきっていた。かれらは、人生の困難にうち勝とうとせず、仏いじりすることで逃避した。大正時代に「世紀末」ということばが流行した。デカダンスの代名詞になったが、平安末期ではカフェへ行くこともできない。かれらはカフェのかわりに来世へ行こうとした。浄土を欣求《ごんぐ》した。

この風潮にこたえたのが、叡山《えいざん》、高野山、興福寺といった当時の教団である。かれらはさかんに「極楽浄土」を貴族に売った。

「極楽に行きたければ、仏道に帰依《きえ》せよ。帰依は、まずカタチであらわすがよい」（『慈海日記』）

カタチとは、土地、財宝である。土地を寺に寄進すれば極楽にゆけるという、釈迦《しやか》でも首をかしげるような思想が流行して、貴族はあらそって土地を叡山はじめ諸国諸大寺に寄進した。極楽を買おうとした。

叡山、高野山、興福寺などは、たちまち日本有数の大領主になった。

この土地をたれがまもるか。いまの地主なら警察がまもってくれるからよいが、当時の中央政権には、警察力といえるほどのものがなかった。やむなく私兵を傭《やと》わねばならなかった。

僧兵とは、この傭兵《ようへい》部隊のことである。僧とはいうが、僧ではなく、ありようは、あぶれ者のことだ。百姓の次男、三男が、食えなくなれば、叡山にのぼる。頭をまるめ、一本歯の下駄《げた》をはき、ナギナタをもてば、それだけで、あす食う米の心配はない。

義経《よしつね》の家来武蔵坊《むさしぼう》弁慶も、そのうちの一人であった。伝説では、かれは熊野《くまの》別当家の子という筋目のある素姓になっているが、当時の大富豪熊野別当家の出が、まさか山法師ふぜいにはなるまい。どうせ、名もなき者の子で食いつめて叡山の傭兵になったのであろう。

戦国時代に入ると、叡山、園城寺《おんじょうじ》、興福寺、高野山といった教団は衰微した。極楽を売っても、買うものがいなくなったのだ。

人の心はたぎっている。

槍《やり》ひと筋の功名で、うまくゆけば大名にもなれるという実力主義の世の中では、宗教ははやらない。来世の極楽よりも、現世の極楽が、自分の腕一本でつくりあげることができるからだ。

諸国には、戦国大名というあたらしい武装集団が勃興《ぼっこう》し、かれらは、なによりもまっさきに公卿、寺院の土地を押領《おうりょう》した。

寺院は、衰弱した。

もはや、僧兵師団をやしなう財力もなく、残存する僧兵も、その実戦能力の点では、合戦にあけくれている新興大名の敵ではなかった。織田信長は、元亀《げんき》二年、叡山に攻めのぼった。

理由は、叡山が、その檀家《だんか》であり、信長の敵である近江《おうみ》の浅井、越前《えちぜん》の朝倉とひそかに通じていることを、信長が知ったからだ。

「堂塔を焼き、僧俗をことごとく殺せ」

日本最初の無神論者であった信長は、この中世の亡霊のような叡山に大鉄槌《てっつい》を加えるのに、なんのためらいもなかった。

僧兵師団は敵をむかえて立ちあがった。が、すでにかれらには、王朝のころのような実力はなかった。

当時、信長の兵団は、鉄砲の数からしても日本では最新鋭の兵団であったし、それに、部下は歴戦の勇者である。この兵団の前に叡山の僧兵師団は、サイパンにおける日本兵のごとく潰《つい》えた。王朝末期における弁慶の栄光は、ひとかけらもなかった。

叡山は、根本中堂をはじめとして、山王二十一社、東塔、西塔、無動寺以下ほとんどの重要建造物が灰になり、殺された僧徒は一千六百余人、婦女子までも斬殺《ざんさつ》された。

ここに、平安貴族の厭世主義のおかげで勃興した僧兵師団は、戦国武将の無神主義のためにほろんだ。

叡山の僧兵師団はほろんだが、その大隊長クラスのなかで、宮部《みやべ》善祥坊継潤《けいじゅん》という名の男がいた。

近江浅井郡宮部村の出身である。

力は十人力といわれ、僧兵あがりらしく弁舌もさわやかで、多少の学があった。鎌倉の武将土肥実平《どひさねひら》の末孫というが、あてにならない。戦国の武将というのは、先祖を勝手に偽造したものが多いからだ（もっとも、土肥実平なら、べつに大物でない。偽造したところでどこからも故障は出まい）。

善祥坊大隊長は、おなじ僧兵でも、四六時中叡山に詰めている将校ではなかった。駐屯地の隊長なのだ。

江州《ごうしゅう》浅井郡宮部村は、もともと叡山の所領である。この領地をまもるために、叡山では将校を派遣し、駐屯せしめていた。

善祥坊の父は、真舜坊という。

これがどこの馬の骨であるかは、史実に徴してもわからないが、とにかく、腕力もあり、気力も衆にすぐれていたらしく、叡山領である宮部村に城をきずいて、駐屯隊長になり、次第に近郷を斬《き》りとって、みずから刑部少輔《ぎょうぶしょうゆう》真舜と号し、宗門領を私領化した。

その子善祥坊は、青年のころ叡山にのぼって僧兵の指揮官になり、真舜坊が没するや、下山して宮部城を継いだ。

当時、江州の大名は、浅井氏である。善祥坊は、その地理的関係から、浅井氏の被官になっていた。

浅井氏といえば、戦国大名のなかでも有数の大族で、越前の朝倉氏と攻守連盟をむすんで、尾張《おわり》の織田信長の西上をはばんでいた。

信長が、この浅井氏を倒すためにどれほどの苦心を払ったかわからない。妹のお市を浅井の惣領長政《そうりようながまさ》にめあわせ、一時的な善隣外交をはかったのち、天正元年秋、これをほろぼした。

さて、善祥坊である。

この男の第一の幸運は、元亀二年の信長の叡山攻めのときには、叡山に居あわせなかったことだ。

叡山の在外武官とはいえ、すでに浅井氏の被官になっているから、一山の急をきいて宮部村から駆けつける必要も義理もなかった。義理があったところで、善祥坊は、馬鹿《ばか》ではない。中世の亡霊と一緒に心中する気はおこらなかったにちがいない。

信長の部将木下藤吉郎秀吉は、信長の浅井攻めの主戦兵団の隊長にえらばれ、早くから浅井長政の居城小谷《おだに》城に近い横山に野戦陣地をきずいて在城していた。

元亀元年の春のころである。横山の城は、善祥坊の村に近い。

信長は戦国武将のうち、外交手腕では群をぬいてすぐれていた。秀吉の木下時代、羽柴《はしば》時代は、信長の長所を模倣するのに汲々《きゅうきゅう》としていた時代だから、元亀初年近江横山における藤吉郎秀吉は、単なる要塞《ようさい》司令官ではなく、敵の浅井家にとっては油断のならぬ外交家だった。

かれは、近江一国における中立派の地侍を織田方につけ、さらに手をのばして、浅井系の地侍にまで工作した。

藤吉郎の密使が、ひそかに宮部村の善祥坊を訪ねてきたのは、元亀元年の初夏である。

「わが主人が、貴僧に一こん献じたいと申される。ご同道くだされまいか」

「左様」

善祥坊は、思案した。人の一生というものは、こういう一瞬できまる。一瞬をよくとらえたものだけが、人生の勝者になるのだ。

「ご同道申してもよい」

善祥坊は、この一言に、生命の危険と自分の一生の運命を賭《か》けた。敵方である横山城にゆけば、そこで暗殺されてもやむをえないのである。座して機会はとらえられない。生死の危険を賭ける必要があった。

使者がいった。

「では、お支度なされよ」

「しばし」

と使者を待たせて、善祥坊は、城内の一室に、妻の山御前、側室の月天、修羅、普《ふ》賢《げん》、摩利支天をあつめ、ニタリとわらった。

「おれが、もし明夜も帰館せねば、持仏堂におさめてある金銀をわけて逃げよ」

好色な男なのだ。

めかけを多数たくわえ、それぞれに諸天諸菩薩《ぼさつ》の名前をつけるようなふざけた男だが、しかし、自分の危機を前にして、女の身のふりかただけは考えていた。やさしい男だったにちがいない。

ふたたび使者の前にあらわれた善祥坊継潤は、やぶれ笠《がさ》、やぶれ衣、粗末な竹枝を手にして、

「参ろうか」

「そのお姿で？」

「ああ、これでよい、途中、浅井の兵に遭うかもしれぬゆえ、用心が要る」

ひとりの乞食坊主《こじきぼうず》が夜陰にまぎれて宮部村を出た。

秀吉は善祥坊と会ったとき、肩をたたいてよろこんだ。

「そのナリでは、途中、だいぶ勧進《かんじん》を稼いだことであろう」

秀吉は、善祥坊に、織田方につくことをすすめた。信長といえば、さきの叡山攻めの大将だが、善祥坊はもとよりこだわらない。仏を信じていては生きられない世であることは叡山で虐殺《ぎゃくさつ》された千数百の僧俗が、身をもって知ったはずだ。仏があるとすれば、それは叡山にはなく、善祥坊自身が仏であるべきであろう。

「おおせのごとくつかまつる」

善祥坊は、織田氏を成長株とみた。

さらに織田方のなかでも、藤吉郎秀吉を成長株とみたことが、善祥坊の眼すじのよい点である。

かれは、秀吉の家来になった。この大将をたのめば、行くすえ、うまい飯が食えると思ったのであろう。

おなじ僧兵のあがりである武蔵坊弁慶は、義経を牛若丸の時代から大将と見こんで仕えたのは眼すじがよいといえるが、その義経には悲運が待っていた。

弁慶の英雄譚は、つねにその悲運のムードのなかで語られる。

しかし善祥坊がえらんだ「義経」は、後年、史上類のない好運をかさねて、ついに太閤《たいこう》秀吉にまで栄達した。

秀吉は、いわば成りあがり者だから、譜代の臣というものを持たない。それがさびしかったのか、出身地の尾張から、鍛冶屋《かじや》の子や百姓の子をつれてきて、小姓にし、それを腹心に仕立てた。加藤清正、片桐且元《かたぎりかつもと》、加藤嘉明《よしあきら》、福島正則《まさのり》などはそれらだが、善祥坊が藤吉郎秀吉に仕えたのは、元亀三年である。かれらはまだ少年にすぎず、藤吉郎時代から秀吉に仕えた股肱《ここう》の家来といえば、善祥坊のほうが先輩になる。

天正八年、秀吉が信長の部将として但馬国《たじまのくに》を平定するや、その国都豊岡《とよおか》の城主に善祥坊を置き、さらにその翌々年、山城山崎に明智光秀《あけちみつひで》を討って天下の覇権をにぎると同時に、この僧兵出身の家来に因州《いんしゅう》一国を与え、鳥取二十万石の大大名とした。

いわば、戦国時代の弁慶は、その先輩のような悲劇的最期《さいご》をとらなかった。悲劇の英雄でなかったために善祥坊は後世の人に愛されず、伝説も史料もほとんど伝わっていない。

善祥坊継潤法師は、慶長四年三月、鳥取の城で病死した。年七十二。

秀吉の死んだ翌年である。

従って、慶長五年九月の関ヶ原のときにはすでに世になく、その子刑部少輔長房が世を継いで遺領のうち五万石領していたが、将器がなかった。東軍にも西軍にも属せずうろうろしているうちに合戦はおわり、家康によって封地をうばわれ、宮部家は歴史から姿を消した。

南都《なんと》北嶺《ほくれい》という。

北嶺とは叡山のことであり、南都とは、奈良の興福寺のことだ。中世にあっては、仏教界を両断する二大教団であり、僧兵の数も、群をぬいていた。が、戦国に入って、ともに衰微した。

叡山から出て戦国の風雲に乗じた者が善祥坊継潤であるとすれば、筒井《つつい》陽舜坊順《じゆん》慶《けい》は、興福寺から出て、戦国大名にのしあがった。つぎにその興亡を見よう。

筒井法印家は、古い家系である。

大むかしは、河内国枚岡《ひらおか》明神に仕えて社領の差配をしていた。つまり神社の執事であったわけだ。

この神社は藤原氏の氏神で、奈良に都がうつると、春日《かすが》神社になった。ながく春日神社でめしを食っていたのだが、足利《あしかが》中期に順永という豪傑が出て、転職して興福寺の僧兵になった。

春日は藤原氏の氏神であり、興福寺はその氏寺である。同系会社のようなものだから、転籍してもふしぎはない。

位階は法印をあたえられ、代々世襲の僧兵師団長になった。

この順永という人物は、大和西大寺の古文書によると、応永二十七年（一四二〇年・足利義持《よしもち》の晩年）に同寺の寺領を押領強奪したというから、持戒堅固の坊主ではない。

その子順秀という者も親に似た強引な男で、「東大寺薬師院日記」によると、嘉吉《かきつ》三年十月、興福寺領五箇関を押領した、という。おやといの僧兵師団長が、私欲によって本寺の領地を奪ったというのだから、強盗を傭ったようなものである。

その後、この家系は、大和国内における諸寺の寺領をつぎつぎにおさえ、次第に大豪族になりあがった。大和は寺領が多い。寺院専門の強盗家系が家興するのは、当然なことである。

順慶の父、栄舜坊順昭にいたってついに大和におけるその版図《はんと》は二十万石にのぼったという。

陽舜坊順慶は、少年家康が駿府《すんぷ》今川家の人質になるために三河を去った天文十八年に大和筒井城でうまれ、二十歳のとき筒井家の家法により、奈良成身院で頭を剃《そ》った。

当時、京を中心に畿内《きない》でにわかに勢力を得はじめた松永弾正少弼《だんじようしようひつ》久秀《ひさひで》が、大和を併呑《へいどん》しようとして大軍をひきいて筒井氏の支城をつぎつぎに陥《おと》した。弾正の大和侵入の寸前に、順慶の父順昭が病没したわけだが、病床に重臣をあつめ、

「ただ心残りは、京の弾正の野望である。われ死せりと聞けば、たちどころに兵を大和に送るであろう。三年間、わが喪を秘すべし」

その死とともに順慶は家を継ぎ、最初にしたことは、奈良の町に住む黙阿弥《もくあみ》という盲人をとらえることであった。

筒井の捕吏にむかって、黙阿弥は、

「なんじゃ、盲人になにをなさる」

と憤慨したことであろう。順慶は、捕えた盲人を一室に連れこんで縄を解き、

「心配はない。三年間、寝てくらすがよい。馳走《ちそう》もしよう。金銀もとらせてやる」

つまりこの法師が父の順昭にそっくりであったため、身がわりにしたのだ。父の遺《い》骸《がい》をひそかに葬《ほうむ》ると、すぐそのおなじふとんに黙阿弥をねかせて、三年のあいだ父として仕えた。

ほどなく永禄《えいろく》十二年松永弾正と戦い、敗れて城を捨てたが、元亀二年八月、大和盆地で弾正の軍と戦って大いに破り、その翌年の五月信長に好《よし》みを通じた。

ほどなく弾正が河内と大和の国ざかいにある信貴山《しぎさん》城にこもって信長にそむいたとき、順慶は、信長の部将とともに攻城戦に参加して城を陥し、その功で、大和一国をあたえられ二十四万石の領主となった。

これだけなら、陽舜坊順慶の名は、後世の庶民のあいだまで残らなかったであろう。かれは、勇気もあり、頭のいい男だったにちがいないが、勝負師ではなかった。戦国武将の資質の第一は、賭博師《とばくし》としての度胸とカンを必要とした。陽舜坊順慶には、頭脳と勇気がある。が、カンと度胸がなかった。

天正十年六月、信長は、叛将《はんしょう》明智光秀のために本能寺で殺され、天下は、光秀が継ぐかに思われた。

そのときすでに、羽柴筑前守《ちくぜんのかみ》秀吉は、中国攻めから一挙に兵を旋回させて、山陽道を京へむかって急進していたのである。日本史が変ろうとしていた。しかし、順慶は、大和の居城にいた。

光秀にとっても、大和二十四万石の向背は重大である。

使者をつかわして、「もし味方に馳《は》せ参じてくれるならば、大利を与えよう」とした。

順慶は、いそぎ重臣をあつめて協議した。

「筑前（羽柴）と日向《ひゅうが》（明智）のいずれにつくか」

「惟任《これとう》日向守どのにおつきなされよ。日向守をたすけて、そのすきに、紀州、和州、河州の三国を併呑すれば如何」

という意見が多かったが、秀吉の株も捨てがたい。結局、光秀の使者を厚くもてなして「後日、参上」ということとし、秀吉のもとには家老島左近を急派して、「機を見て明智の背後を討つつもりでござる」と言わせ、みずからは、一万余の大軍をひきいて、淀川《よどがわ》を眼の下に見おろす男山《おとこやま》八幡の山上にのぼり、眼の下に展開されようとする天下分け目の決戦の帰趨《きすう》を見ようとした。

「洞《ほら》ヶ峠《とうげ》」の代名詞で後世にまで物笑いのたねになった順慶の安全第一主義の行動は、このときのことである。順慶は、まるで健康保険組合の理事長のような考え方の武略家だった。武略とは、保険ではなく、すべてを張ることだ。順慶にはそれができなかった。

眼下の山崎における戦いは、羽柴軍の勝利におわった。順慶は、山をおりて秀吉の陣にゆき、戦勝の祝いをのべた。

秀吉は、順慶の態度をみて不快におもったが、まだ天下を平定するには、道が遠い。

北陸には柴田《しばた》勝家がおり、東海には徳川家康がいた。猫の手でも借りたい秀吉の立場にすれば、この保険坊主の率いている一万の軍勢は捨てがたかった。

やむなく、秀吉は、順慶の本領を安堵《あんど》した。

その後の法師大名順慶の働きはめざましく、秀吉のために各地に転戦し、天正十二年八月十一日、胃痛で死んだ。洞ヶ峠から、二年後のことである。年三十六歳。順慶には、子がなかった。叔父の子定次《さだつぐ》を養っていたが、その死とともに家を継いだ。

定次はその後伊賀《いが》二十万石に転封され、関ヶ原の役のときは東軍に属したが、その後大坂の秀頼《ひでより》の家老大野治長《はるなが》一族と交遊があって徳川家に忌《い》まれ、慶長十三年四月磐城平《いわきだいら》に流され、元和《げんな》元年三月五日、死を賜わり、伊賀において生害した。筒井家は、これで絶えている。おなじ僧兵出身の大名である宮部家と運命が似ているのは、どういうわけであろう。武将とはいえ、この両家は、なかば僧侶《そうりよ》の匂《にお》いをもっていた。その長袖者《ちようしゆうしや》流の駆けひきの仕方が、武将仲間の肌あいとはあわず、なんとなく異種族あつかいを受けていたのだろうか。

（昭和36年7月）

二条陣屋の防音障子

昔、奈良春日《かすが》の神宮になにがしという者があり、大和国宇陀《やまとのくにうだ》郡の小川郷を所領としたので、地名を名乗りとした。天正のころ、この家から小川土佐守祐忠《とさのかみすけただ》という者が出て、信長、秀吉に随身し、秀吉によって伊予今治《いよいまばり》八万五千石の領主に封ぜられた。どの記録をさがしてもこの人の軍功は出ていない。おそらく軍人としての才能で立身したのではないのだろう。「天正記《てんしょうき》」に例の醍醐《だいご》の花見のとき、秀吉は四人の茶人大名に席を設けることを命じた。祐忠がその一人にえらばれているところからみれば、文化人好きだった秀吉に軍事的才能よりもその教養を買われていたのだろう。おなじ例が、織部《おりべ》流茶道の祖古田織部正である。はじめ勘阿弥《かんあみ》という名の秀吉側近の坊童にすぎなかったものが、その卓抜した美意識を重視されて伊勢松坂五万石の大名に登用された。

祐忠は、秀吉没後、封を返上し、江州《ごうしゅう》高島郡浄立寺にかくれた。秀吉没後関ヶ原の役にいたるまでの政情は、よほどあくのつよい政治的体質でなければ乗りきれなかった。祐忠の文化人的体質が、そういう遊泳に適さなかったのだろう。それに風雲の中に生きるには、おく病すぎたということもあっただろう。

子に、千橋という者がうまれた。千橋は京へ出て、商人となった。通称二条陣屋といわれる自邸を三十年の歳月をかけて建てたのが千橋のちの万屋《よろずや》平右衛門である。

建造後三百年たった昭和十九年、京で最古の民家として国宝に指定された。その卓抜した防火構造が、建築史学者の注目をうけたのだろう。陣屋建築として完全に保存された資料性も、この指定の重要な要素になった。

陣屋というのは、もと軍営の称であったが、徳川時代では、城をもつことのできない一万石二万石程度の小藩の城館を「陣屋」とよんだ。両替商であった万屋（のちの木薬屋）平右衛門の家を陣屋とよぶのは、多少ことばづかいがただしくないが、京の人は、この商人の家が大名であったところからそう通称したのだろう。それに商家とはいえ、この建築は完全な防御用の構造であり、また徳川末期には、京に藩邸をもたない小大名《こだいみよう》たちの宿舎になっていたから、なんとなくこういう武ばったよび名ができあがった。

邸内に入ると、たれでもおどろく。見えざる敵に対する巧妙なカラクリにみちている。例えば、主人の居間の天井に、四、五人が刀をもって待機できる「武者隠し」がある。刺客に備えるためである。また、茶室のそばの廊下の天井にたながあり、たなかと思えばそれをおろすとはしごになる。はしごをおろせば天井がポカリとひらいて、主人が刺客から身を消せる算段になる。ある部分は廊下が二重になっていて、一つの廊下は擬装用で実用のものではない。忍びの者がこの廊下にはいると、すぐかくれ身があらわれるというわけだ。

五百坪二十四室のこの建物でそういう点をあげるときりがないほど「忍者防止装置」にみちているが、障子もそのひとつである。一見紙障子だが、板の部分が二重になっていて、一枚をおろすと板戸になり、部屋の話し声が隣室にもれないようになっている。

よほど、初代平右衛門は祐忠の気質をうけおく病者だったのかもしれない。忍びの防御に設計の重心をとらわれて、父からうけているはずの茶道的な美意識は、ほとんど表現されていない。かろうじて、この障子の白黒の階調がうつくしい。それも防音的配慮の結果だとすれば、初代平右衛門は、その科学的才能をこそ、たたえるべきだろう。

（昭和36年7月）

わが愛する大阪野郎たち

昭和二十年九月、復員してきた大阪で動いているものといえば、国電と焼けこげの市電しかなかった。

生家のある浪速《なにわ》区西神田町にもどってみると、その町は電柱さえなく、見わたすかぎりの焼け野原のなかに、私の出た小学校のまっくろな残ガイと、遠くに湊《みなと》町の高い陸橋の骨がみえるだけで、

（こんどの戦《いく》さはえらい敗《ま》けやったな）

という実感がはじめて胸にきた。それまでの私は、にわか仕立ての陸軍将校だったし、それに、日本陸軍が最後まで虎《とら》の子のように温存していた戦車第一連隊という、装備では世界的水準の部隊にいたから、戦争というものすごさを、体で知っていなかった。ていのいい戦争退避者だったし、浦島太郎といっていい。

私は、焼けあとの辻々《つじつじ》をまわって、幼な友達の家のあとをみてまわった。このあた

りは、むかしは難波《なんば》村といわれたところで、第一次世界大戦の好況で、急に瀬戸内海沿岸地方からの移住者がふえ、場末の小市民街を形成していた土地である。大戦で興《おこ》り、大戦でほろびた町ということになる。

(みんなどこへ行ったのかな)

おそらく、瀬戸内海の里々へ逃げかえってしまったのだろう。

私は、川筋に出た。

どぶのような川だが、私の少年時代には、この川が、唯一《ゆいいつ》の遊び場所だった。水ぎわに人がいた。私とおなじ肩章《けんしょう》のない将校服をきて、なにか懸命にひろっている。

「そこのお人」

と、私は時代小説の主人公のような、ややおどけた問いかけをした。ひょっとすると、小学校のころ、私どもの級長だったKではないか、とおもったのだ。

Kは、あまり努力をしない秀才で、その後京大の経済学部に在学中、私とおなじく学徒出陣で兵隊にとられていたはずだった。

「なんや」

ふりむいた顔は、Kにまぎれもない。その陽やけした顔がわらって、

「お前、生きてかえったんか。たれやら、死によったとゆうとったでエ」

「そこでなにをしている」

「さがしものや」

近づいてみると、Kの足もとに、奇妙な形をした流木の根っこが、十ばかりあつめられていた。人に似たかたちのものもあり、猫に似たそれもある。いまでいえば、前衛いけ花の好材料になりそうなものばかりである。

「おれ、商売するんや」

「学校へもどらへんのか」

「あんなもの、卒業せんでも大ていの字ィは読める。商売するのに大事ない」

「そら、大事ないやろ。しかし、なんの商売をする」

「木ィやな」

Kは、材木屋の子で、マルクスの資本論をよむよりも材木のマサ目を見るほうに眼がこえている。焼けて家族が離散してしまうと、にわかに蛙の子の本性が出たのだろう。もう一度大学へもどるなどは、ゆめにも考えていない様子だった。

「これ、磨く」

と木の根っこを指さした。

「みがいて?」

「売るがな」

闇成金《やみなりきん》に、床の間の置物として買わせるというのだ。形のいいものなら、当時の金で一個千円には売れるという。それをもとでにして材木屋をひらきたい、とKはたのしそうに計画をうちあけた。

「お前は、これからどうする」

「まだ考えてない」

私は、両親が母親の実家のある奈良県に疎開《そかい》していることをすでに知っていた。あとのことは、いったんそこへ戻ってから考えるつもりや、というと、

「そらあかん。世の中はうごいとる。なにをやるにしても、まだ焼けあとのうちにやらんと手遅れになるぞ」

といわれても、私にできそうな商売がなにもない。Kはひざを打って、

「そや。お前は戦車隊やな。バタバタ(オート三輪)の運転手ならできるやろ」

「やったことがないもん」

「タンクとおなじりくつや。おれの知っている今里《いまざと》の町工場で、バタバタの運転手がほしいと言うとった。いま紹介状かいたる」

Kは、名刺をくれた。

肩書きに堂々と「K銘木店」とすりこまれてあったのにはおどろいた。

その後、数ヵ月たって大阪に出てきたとき心斎橋で、石浜恒夫にあった。

石浜は、私が兵庫県加古川の戦車第十九連隊に入営したときからの戦友で、満州の四平《しへい》戦車学校では、おなじ戦車にのっていた。この学校は戦車隊の予備士官養成学校で卒業までの八ヵ月間、四人で一台の戦車をうけもち、自主的に整備し、その戦車で演習にでかけるしくみになっている。

石浜候補生が車長であり、私は砲手ということになっていた。

われわれの当てがわれた車はボロボロの中戦車で、エンジンをかけると、どういうわけかオコリにかかった老虎《ろうこ》のように全身をふるわせるクセがあり、またときどき車体全体にビリビリと電気がまわって、まるで電気ウナギのように手も触れられないようなふしぎな戦車だった。

石浜車長は、のちに「こいさんのラブコール」や「流転《るてん》」の歌をつくって天下にはやらせるような男だから、機械がかいもくわからず、その配下のわれわれ三人も、まさるともおとらない。この戦車は、ついに入学から卒業までうごかず、演習では、この四人の乗員は、敵の歩兵に仕たてられて徒歩で走っていた。

「お前、学校どうした」

石浜は、東大美術史科の中途で入営したから、まだ籍はのこっているはずだ。

「あんなもん、仕様あらへん」

と、Kとおなじようなことをいった。

「せやけど、学校出んと、お前とこのしょうばい、こまるやろ」

石浜の父は、大阪の町人学者で著名な石浜純太郎博士だし、従兄《いとこ》に大阪の漢学の名家の子である作家藤沢桓夫《たけお》氏もいる。Kが材木屋になるなら、この男も家業をついでしかるべきだろうとおもったのだ。

いまなにをしている、ときくと、かれはおどろくべき答えを用意していた。

「技師や」

「なんの技師や」

「機械技師やがな」

当時は、停電が多く、上等の映画館には、たいてい、キップ売場に「自家発電設備アリ」とビラがでていたものだ。

自家発電用のキカイは、ディーゼル機関だから、戦車のエンジンをうんと小型にしたものとおもえばよい。

「修繕もするのか」

「する」

国軍の戦車を一台、電気ウナギにしてしまった男のひとりが、断言するのだ。

「乱世やな」

「お前は、なにをしている」

と、石浜がきいた。

「小学校のともだちが、バタバタの運転手をやれ、言いよる」

「そらあかん。なんぼ乱世でも」

石浜は、頭から愚弄《ぐろう》した。

「あんなむずかしもの、お前にできるはずがあらへん。お前は卒業まで、とうとう戦車の動かしかたのわからなんだ、たった一人の候補生やないか」

「やれば、やれるやろ」

私は、悲壮な気持になった。木の根っこひろいや発電技師よりも、はるかにむずかしい職業につく自分に興奮をおぼえて、石浜にわかれたあと、さっそく今里の町工場に行ってみた。

「Kからの紹介できたのですが」

とつげると、昼酒をのんでいたらしい工場主が出てきて、

「なんの用事や」

「この名刺にくわしく書いてあります」

おやじは眼鏡をあげて、それをよんだ。黙読のくせがないらしく、ゆっくりと声を出して朗読するのである。

「右の者、貴殿かねて求められありしバタバタの運転手の希望者でございます。身もと確実、資性温厚、給料はさして高額をのぞみませぬゆえ、ご採用くださればさいわいに存じ奉《たてまつ》ります」

「ははあ」

と、工場主は、急に気の毒そうな顔つきになって、私をみた。

「Kはんは、なんぞカンちがいしたはる。わしは、かねがね、バタバタを一台、ほしいと言うていたが、それを聞きまちがはったんやろ」

「なるほど。するとバタバタがないわけですか」

「そうだす。しかし、せっかく来てもろうたのに、いかにもお気の毒や。その庭さきにダイハチがあるさかい、それ曳《ひ》いて、一日一回谷町《たにまち》まで地金《じがね》を買いに行っとくなは

るか」

ダイハチとは、「ダイハツ」ではない。肩引きのついた荷車のことである。

私は、なんとなく、おやじの好意をことわりかねて、その日から荷車をひいてみた。しかしひと月もひくうちに、ばかばかしくなった。飛行隊を除隊して旅客機の操縦士になるなら話のすじが通っているが、いくら戦車隊にいたからとて、荷車をひくのはあほらしいものである。

「おっさん、おれ、やめるわ」

「やめて、なにしなはる」

わが同郷人のわるいくせは、妙にたち入った親切がすきな点だ。

「新聞記者にでもなりたい」

それから十二、三年ばかりたって、私の身辺に祝いごとがあり、Kも来てくれた。Kは立ちあがって祝辞をのべ、

「かれは荷車をやめて新聞記者になったが、私は、小学校の同級生のひとりとして、かれにうまい記事がかけるとはいまでもおもっていない。あのとき荷車をやめずにいたら、いまごろ、りっぱな小口運送店主になっていたことでしょう」

木の根っこひろいのKは、そのころではすでに、大阪の長堀川筋でも著名な銘木店

主になっていたのである。

私が小説をかきはじめたのは、昭和二十三年ごろ、新聞記者になってから二年目の夏だった。

そのころ、大阪から京都支局にかよっていたのだが、朝、京阪天満《てんま》の駅で「人間」という雑誌を買い、車中でひろげてみるとそこに石浜恒夫の名があった。たしか、「ぎゃんぐ・ぽうえっと」という短編小説の筆者の名であった。

読んでみると、いままで接したことのない斬新《ざんしん》な文体のなかに、触れれば発光しそうななにかが包まれていた。私は、この小説を読んではじめて、戦後がきた、という歴史を感じたほどだった。

(しかし、これがあの石浜やろか)

私は、兵隊期間中、かれとは戦車をこわす協同作業はしたが、小説のはなしは、ただの一度もしたことがなかった。かれが、機械技師になった以上に、私はおどろいた。

その後、「ジプシー大学生」などが載るにおよび、その内容から、あきらかに石浜であることがわかり、手紙を出してみた。

「そや」

という書きだしからはじまるかれの返事には、その後のさまざまのことが書かれていた。

「技師」をやめてから、かれはもう一度大学へもどり、野球部へ入った。いくら東大が弱いといっても、いまならかれを収容するほど寛容ではあるまいが、当時は、道具不足のために、野球道具の一つでも持ってくれれば入部させてくれた。

「ぼく、高等学校で野球してましてん」

この経歴は、野球部の連中を狂喜させ、さっそくテストした。

石浜は、そのテストのときにボールをにぎったきりで、その後どんなポジションもあたえられなかったが、それでもかれは十分によろこんでいた。

野球部には、合宿というのがある。そこに入れば、三度のめしは保証してくれた。かれの目的は、選手になることではなく、そのめしを食うことだった。

東大を出てから、野球部時代のくせがのこっていたらしく、後楽園にやとわれて、球ひろいをしたこともあるという。

「おれは、醜業夫やぞ」

と、うれしそうに、この返事には書かれていた。大阪弁では、こういうもののいいかたを「げさくな」という。戯作なと書く。生っ粋の大阪人である石浜には、げさくの精神があり、技師になったり球拾いになったりして自分をさまざまに「げさく」させ、そういうげさくぶりを、ひとりよろこんでいたのであろう。

(しかし)

と、私は考えた。私は、いつかは小説を書きたいと思っていた。が、小学校以来、そういう素志を、ひとに明かしたことがなかった。小説をかく、などという照れくさい告白ができるふんい気は、大阪にはなかったのだ。

新聞記者になったときでさえ、私の親類の者は、冷笑した。

「あいつ、月給とりになりよった」

私の親族は、商人か百姓ばかりであり、給料とりになったのは、私が最初だった。私の親類に「あられ屋」があり、そこの従兄弟《いとこ》たちは商大か高商を出たが、たれもサラリーマンにならずに、それぞれ、あられ屋になった。そういう連中の住むふんい気のなかで、小説家になるなどの告白ができるはずがない。

しかし、石浜は、表て世間では「自家発電技師や」などと名乗りながら、かげでは、大まじめな顔で、小説をかいていた。このことは、私をひどく刺激した。自分も小説をかいてみようとこっそり考えたのは、このころのことである。

ここまで書いて、注文された「私の周囲の大阪野郎」というのは、まだ二人しか登場していないことに気がついた。

また、ひょっとすると、この「日本」の編集部は、東京にあるために、大阪という町やそこに住む者を、あるできあいの通念で考えているのかもしれない、ともおもった。それならば、私は、がめついタイワンドジョウのような男を出さねばならないであろう。しかし、三十八年大阪に住みついてきて、私はそういう、映画やテレビでやっているような大阪人を見たことがない。

だから、私は、「マンドリンひきの達助さん」や、「傭《やと》われ事務長の義《よっ》しゃん」などを登場させて、浮世じゃれた大阪人の一面を知ってもらわねばならない。

私が、もう八年も通いつづけているミナミの飲み屋に、毎晩、初老の演歌師がやってきて、

「一曲、やらせとくなはれ」

と要求する。ちゃんとセビロを着、かっぷくもあり、昼間みれば、どこにおしだしても通る実業家ふうの男である。

マンドリンをもち、ときにはギターをかかえ、夜の酒場の辻《つじ》を、南へ東へとうろうろしている。

「アンコール」

などというと、いつまで歌いつづけるかわからない。その間、ときどきトマリへにじり寄って、酒をのむ。

酔うほどに、

「なんぞ歌わしてよ」

と客のそばに来る。何軒かまわったあとなどは相当酔っているが、どの店のマダムもバーテンも、この演歌師をことわるわけにはいかない。

なぜなら、かれはちゃんと金をはらって酒をのんでいるし、女給にはふつうよりも多額なチップをおいてゆくし、第一、いくら歌わせても弾かせても、一円のかねもとらないからである。

つまり、この紳士の道楽なのである。むかし大阪の商家の旦那《だんな》が浄瑠璃《じょうるり》にこって、町内の衆に茶菓を出して聴かせたように、この紳士は、流行歌のノドを、毎夜、たかい金をはらって聴かせてあるいているのだ。

アイ・ジョージが無名のころ、いっしょにつながってバーへ出入りしていたこともあった。むろん、アイ・ジョージが歌えば有料であり、紳士が歌えば、無料である。

アイ・ジョージが世に出たころ、かれはひとりトマリにすわって、酔いつぶれていた。

「こんなうれしいことがあるか。あいつ、とうとう、ものになりやがった」

なかばうらやましそうでもあり、そねんでいるようでもあった。だが、かれの歌がいかにうまかろうと、その歌で世にたつわけにはいかないのである。かれは小さいながらも、会社の社長だからだ。

「昼間は鬼」

と、かれは、ある夜、私にいった。一銭でも多く取りひき相手からむしりとるために、昼めしもろくに食うひまがない。だからこそ、

「夜はほとけや」

という。よだれをふきふき、キタやミナミの酔客たちのためにノドをきかせてあるいているのである。

「傭われ事務長の義しゃん」は、私の小学校の同窓のひとりである。

小学四年生のころ、先生が、みなに、大きくなったら何になる、ときいた。

子供のことだから、たいていは、

「陸軍大将になりたい」とか「ぼくはカイグン水兵」とか「学者になる」とか「バク

ダン三勇士になる」とか答えたが、ただひとり変な答えをした子がいた。

「オガクズヤになります」

先生にも、この商売がよくわからなかったらしい。説明をもとめると、

「となりの民やんみたいになりたい」

といった。その子の隣家の民やんは、兵隊を上等兵で帰ってくると、材木工場のオガクズ（ノコギリクズ）をタダ同様の値で買いあつめ、そのオガクズに自分が考案した妙なノリを入れてこねまわし、練りかためて四角にしたうえ、近所の風呂屋《ふろや》に売ってもうけているという。

「なるほど」

商売の町の教師らしく、先生はこの答えにひどく感心して、

「このこたえが、いちばん」

と大声で激賞した。その子の長じたのが「傭われ事務長の義しゃん」である。

義しゃんは、夜間商業から夜間専門学校をでると、すぐ小さな町工場に就職した。その後、私の知っているかぎりでも、かれは十軒以上の町工場を転々としている。どの町工場も、事務員といえば、かれのほかに女の子が一人いる程度の規模にすぎない。夜間専門学校を卒業すると同時に、かれは経理部長兼営業部長に給仕を兼ねて

おり、その後のどの町工場でもこのかたちはかわっていない。

腰がおちつかないのではなく、取引先などの工場がつぶれかけていると、かれは、憤《いきどお》りに似た興奮をおぼえ、ついたてなおしてやりたくなり、もとの町工場を捨てて、その工場に入ってしまう。

徳川中期以降、大名の経済がくるしくなったころ、諸藩はあらそってこういう才能のある「たてなおし用人」をやとった。二宮尊徳もそういう業者のひとりだったのである。大阪の町工場における「たてなおし用人」こそ義しゃんであろう。

かれは、工業簿記の実務的な権威であり、経理のベテランであり、商売がうまく、営業上の思いつきの名人で、そのうえ、税務署工作のうまさは、堂に入っている。

「おれの顔は、いつでも泣いてるみたいな顔やろ。これが、税務署には持ってこいでな」

税務署は、泣きの一手だという。義しゃんは、斗六豆のつぶれたような顔をしている。この顔で泣くのだから、税吏も心を動かすのであろう。

かれのおかげで立ちなおった町工場も少なくないし、うまく行きだすと、かれのほうが退屈してくる。どうせ町工場などは、ながく勤めていても恩給がつくわけでもなく、月給がさしてあがるわけでもない。さっさと、つぶれかけの町工場にうつってしまう。

かれの名は、すでに東大阪の町工場街では高く、ぜひわが社へと引きぬきにくる工場主もあるというから、

「それほど立てなおしの名人なら、自分で工場をやったらどうや」

というと、

「それがあかん」

自分の顔を指さした。

「この貧相な不景気づらでは、小なりといえども企業の大将にはなれん。人間にはぶんがあってな。おれは、工員二十人ほどの町工場の事務員がうってつけや」

かれは、七年ほど前に結婚したが、すでに中学生と高校生のこどもがある。未亡人と結婚したわけである。考えようでは、その未亡人家の立てなおしのために、かれが勇んだわけであろう。

かれらはいずれも平凡だが、人生に余裕をもち、世の中を相手に遊ぼうとする「戯《げ》作《さく》な」精神をもっている。むろんこういう精神は、大阪独特のものではなく、伝統のふるい大都会なら、どこの国にでもある。ただ、大阪人としての私が誇りうるとすれば、日本では、大阪の庶民都市としての四百年の伝統のみが、元禄《げんろく》以降、その精神を

生みつづけてきたといいたい。

（昭和36年8月）

トア・ロード散歩

これで何度目かの神戸だが、だんだんと神戸がわかってきた。しかし、もっと明瞭《めいりよう》にわかったことが、ひとつある。

神戸の町とは、意外に小さな町だということである。

摂津や播磨《はりま》の山川草木までホウガンしてしまった神戸市は、なるほど大神戸ではあるが、マチの部分は小さい。

マチの部分が小さいということは、これからの神戸の繁栄を考えるうえで、非常に都合がいい。

「そうやないか、五十嵐さん」

「そうですかいな」

五十嵐さんは、不得要領な顔をした。

「おれはだまされていたよ」

「なにに、ですねん」
「神戸の繁華街に、や」
そうではないか。
私は、五十嵐さんに、神戸をおしえたげるといわれて、さまざまな町をあるいてきた。
元町
三宮
センター街
大丸前
で、きょうは、トア・ロードの坂をあるいている。
この五つの商店街は、それぞれ独立し、それぞれ個性をもち、たがいに歴史の相違をほこっているが、私はそれらを一回に一カ所ずつ歩いたがために、それぞれ、ずいぶん離れた場所にあるものだとおもっていた。
ところが、ごく近い。ひとつのせまいブロックのなかにある。
「たしかに」

と、トア・ロード商店街の会長である磯川太良氏がいった。

「ひとつのブロックなんです。それが各個ばらばらに栄えようとしているさかい、はなしがややこしい。一つのブロックとして、都市計画を考え、繁栄を考えんと、これからの商店街はあきまへん。つまり、それぞれの個性を生かしつつ、有機的に結びつかんといきまへんな」

磯川さんのようなタイプのひとは、東京や大阪にはいない。

「市民志士」といったひとなのだ。いつも市のことを考えている。

おれが市長ならこの町をこういうふうにする、という手の施策を烈々と考えている。

私が神戸をあるきはじめてもっともおどろいたのは、磯川さん型のひとが非常に多いということだった。

これは、どういうわけなのか。

日本では神戸だけにしかないこの特徴には、どことなく西洋のにおいがする。都市国家から発展した西洋の町には、町全体を自分の家庭だと考える伝統がある。共和国思想とはそういうごく自然なナリタチのなかからうまれてきたものだ。

そのあと、マキシンの渡辺利武氏、婦人下着「スギヤ」の杉浦実氏などに会ったが、いずれも、この型のひとである。

かれらは神戸を愛し、それぞれが繁栄のプランをもっていた。

とすれば飛躍的な神戸繁栄策が考えられてもよいのではないか。

たとえば、大阪のキタの繁華街に「お買物は神戸へ」という大ネオン塔をたててはどうだろう。

神戸の商法は、伝統的に、品質第一主義だという。

事実、元町でもトア・ロードでも、わざわざ大阪や東京から買いにくる客が多いときいている。

そういうごく一部の眼利《めき》き連中だけの習慣をもっと拡大させて、新聞、テレビ、ラジオなどの広告媒体をつかって、他都市に対してもっと神戸の商店街ブロックを売りこむ必要があるのではないか。

車が県庁のそばまできたときに、五十嵐さんが、

「ちょっと待っててください」

と姿を消した。しばらくして、ひとりの男性をつれてきた。

「ああ」

と私は眼をみはった。学校を出てからかれこれ二十年も会わなかった友人が、そこ

にいた。

毎日新聞の県庁詰記者である赤尾氏だった。

「お前、かわっとらへんな」

と赤尾氏がいった。

「うん」

「しかし、白髪がふえた」

「これはほんのワカシラガや」

と、私は弁明した。

あとで、広東《カントン》料理をたべさせる家へつれていってくれた。

私どもは、おなじ大阪外語の同窓だったが、赤尾君はシナ語科であり、私は蒙古《もうこ》語科だった。

「お前」

と赤尾氏が、

「クツをはかずに、ヤツワリばかりをはいていたな」

「そうや。そのお陰で、いまだに紳士グツのよしあしがわからん」

そのあと、「蛸《たこ》の壺《つぼ》」という店に、杉浦、赤尾両氏と行った。

大阪には、祭り月になると明石《あかし》の蛸を食う風習があるが、ことしはまだ食っていなかった。

そのことが、ひどく気になっていたのだ。

「そのせいかな」

「なんのせいや」

赤尾氏がたずねた。

「いや、妙なほど蛸がうまい」

帰りは、また夜になった。

（昭和36年8月）

山伏の里

昭和二十三年の夏だったか、京都の円山《まるやま》公園に異様な装束の人物があつまってきた。

むろん、この集会は、当時の進駐軍司令部の許可はえられていたが、末端の外出兵たちは、かれらが何者であるかをしらず、その集団を目撃したどのアメリカ兵の表情にも、きみわるげな恐怖のいろがあった。

ある兵は、この異様な服装の男のひとりにカメラをむけようとしたが、その男が不意にふりかえったために、カメラをとりおとして逃げだしたりした。

たまたま居あわせた私に、ひとりのアメリカ兵がツバをのみながら、

「あれは、サムライか」

「ちがう。ヤマブシという連中だ」

かれらは、四、五百人もいた。山伏の総本山である京都の聖護院《しょうごいん》門跡が、戦後最初の峰入り（門跡が全国の山伏を引率し、かれらの聖地である大峰山に入る行事）をし

たときのことであったように思う。

どの山伏も、戦前から大事に保存してきた正装をつけていた。頭にトキンをいただき、ケサ、スズカケをつけ、金剛杖《こんごうづえ》やシャクジョウを地につき、なかにはホラ貝やオノをもった者もあり、門跡はたしか、馬上で帯剣していたような記憶がある。

日本ぜんたいが、アメリカ人に対して、負け犬そっくりの気持におちいっていた当時だったから、この異様な集団は、目のさめるほどの力動感を我々にあたえた。むろん、アメリカ兵は、もっとおどろいたことだろう。かれらは、山伏群を遠まきにして近よりはしなかった。かれらの目からみれば、この装束は、いかにも悪魔的にみえたはずである。

これは私の想像ではなく、悪魔的というのは、すでに天文十八年（一五四九）七月、九州にやってきたスペインの宣教師フランシスコ・ザビエルが、はじめて山伏をみて目をみはり「これは悪魔だ」とローマ法王庁にかきおくっているのである。

私は、十三歳のとき、叔父に連れられて大峰山にのぼった。叔父にはべつに山伏趣味はなかったらしいが、大峰山がよほどすきだったらしく、それまでに何度ものぼっている。

「どうや、ええ山やろ」

と、かれは一日七里行程の登山を私にしいたうえ、山腹の洞川《どろがわ》という町の安カフェーで、私にビールをのませた。そのカフェーには、山伏がいっぱいいた。私はかれらの「悪魔」的装束はこわくなかったが、ビールをつぐ女給の首すじがオシロイでまっしろになっているのがひどく気味わるかったのをおぼえている。

それが病みつきになって（といって、カフェーやビールの味ではなく）私は、それから四度ばかり大峰山にのぼっている。

兵隊に行くとき、今生の思い出になにかしたいと思い、いろいろと考えあぐねたが、二十一歳のチエではなにも思いつかず、ついに友人と大峰山にのぼった。山頂の岩のうえに立って「これだけでは平凡すぎる。ここから前鬼《ぜんき》へ行こう」。

山伏の仲間では、この「前鬼」へ行くことを「奥駈《おくが》け」という。聖護院系の山伏でも、ひと夏にいまでも五十人ほどしか行かないほどの難行なのだ。大峰から尾根づたいで一日か二日かかる山中に前鬼の部落がある。部落といっても、たしか家は二軒しかない。

山伏の開祖である役《えん》ノ小角《おづぬ》が、信貴山《しぎさん》で夫婦の異人種をとらえて済度し、熊野《くまの》の大山塊のまっただなかに住まわせたのが、前鬼部落のはじめであるという。たった二軒しかない山伏の里だが、部落の歴史は千三百年をこえている。

が、我々は行けなかった。途中で道にまよい、食糧もつきてしまったからである。
それがいまだに痛恨事になっている。

（昭和36年8月）

大阪八景

「ここは、どや」

とほこれるほどの景色が、いったい大阪にあるだろうか。

ずいぶん思案をかさねてえらんでみた。ところがあとで気がついてみると、女房と婚前に散歩したあたりが多かった。のろけているわけではなく、十分に手ざわりがあるから、自信をもって推せる。

まず、中之島《なかのしま》の堂島川《どうじまがわ》にボートをうかべて大江橋、渡辺橋のあたりをのぞんだ川ぞいの風景をあげねばなるまい。朝日新聞の旧社屋をこの風景のアクセントとして、はるか空のきわみまでならぶ近代建築群の景観は、あるいは、日本一の都市美かもしれない。「いや、世界的だ」といったイタリーの画家がいる。

法善寺横丁は、映画や雑誌のグラビアなどで先刻周知だから、説明の要はなかろう。

つぎは、葦《あし》。

この植物のある風景は、浪花《なにわ》の伝統的なものだが、市内で葦のおいしげった所は、ほとんどないことに気づいた。やっと見つけたのが、淀川《よどがわ》の十三《じゅうそう》大橋シタの水ぎわの風景である。葦のなかに、若いひとがいた。葦のある青春は、いかにもこの町の人間風物詩らしい。

源聖寺坂《げんしょうじざか》。

奈良の町はずれに似ている。この物さびた風景が、大阪の中央にあるとは、これまた知るひとがすくないだろう。坂の上からのぞむと、つい足もとにミナミの雑踏がみえるのだが、この一角だけは、ヒグラシの声がきこえる。松屋町筋《まつちやまちすじ》から上町《うえまち》台へのぼる下寺町《しもでら》のかたすみにあり、ひるも人通りがすくない。江戸時代、船場《せんば》の商家の若い手代たちが、人目をしのぶ恋をとげるために、この坂をのぼり、生玉《いくたま》の出逢茶屋《であいぢゃや》へしのびやかに入った。とすれば、恋の坂といえぬことはない。

枚岡《ひらおか》の夕景。

この里は、生駒《いこま》連峰のふもとにある。陽が、いま、ちぬの海（大阪湾）に落ちようとしているところだ。

徳川家康は、このあたりから大坂をのぞんで、この山河に食欲をおこした。かれをして豊臣家を亡《ほろ》ぼそうと決意をさせたのはこの壮大でゆたかな風景をみたからだと伝えられる。

石切《いしきり》からみた大阪の灯。

生駒山の中腹を近鉄の奈良線がはしっている。石切は、その小駅である。駅から西をのぞめば、河内《かわち》、摂津《せっつ》の平野がひとめにおさめることができ、陽がおちはじめる時刻には、はるかな大阪の灯が宝石のようにかがやく。

尻無川《しりなしがわ》の渡船場。

どうも、名がよくない。大阪の地名は、詩的ではない。京や江戸と違って古来インテリの住む町ではなかったから地名がいかにも即物的である。川とはいえ、千トンぐらいの船がゆうゆうと上下し、このあたりに荷のあげおろしをする。アジア貿易の基地でもあり、この川の盛衰は、われわれの台所にじかにひびくことになる。いわば都会のふところにあるポケット港だが、存外知られていない。

夜の大阪城。

夜景のいい城として推そう。くっきりと夜空にうかぶこの幻想的な風景は、太閤《たいこう》秀吉でさえみることができなかったものだ。いまは、この城の灯を慕って、アベックが集まる。若い人たちの間でささやかれている迷信では、御堂筋《みどうすじ》でひろった恋は、大阪城下でかならず破綻《はたん》するという。淀君《よどぎみ》の亡魂が嫉妬《しっと》するのだろうか。

（昭和36年9月）

丼池《どぶいけ》の鳥葬

私の中学の友人で、安川ノ亀《かめ》というのが丼池の商人になったのは、昭和二十五年ごろである。それから二度倒産し、二度目は、一年ほど、債権者から姿をくらました。かれは、大阪の福島区のアパートで息を殺して住み、名前まで変えていた。日本共産党幹部がいっせいに地下へもぐったころだから、かれの隠れ家をたずねて行った私は、

「まるで共産党やな」

とおどろいた。亀は声をひそめて、

「よう似とる。日本中が平和やいうのに、大阪の丼池と東京の共産党だけは、年がら年じゅう戦闘状態や」

そういう街だ、丼池というのは。

戦前は、この丼池の町はしずかな船場の一角で、家具問屋の群れがノキをならべて

いた。むろん、そこには、いまの丼池のすさまじさなどは毛ほどもなく、誇りたかい船場のにおいがあった。

ところが、空襲がその船場を潰滅《かいめつ》させた。船場弁も、大阪の古い商家の生活文化も滅んだ。御寮《ごりよ》んさんも、お家《え》はんも、嬢《いと》はんも、末嬢《こい》さんも、いなくなってしまった。

そしてかわりに、巨大なビルがたちならび、伊藤忠のように飛行機まで売るという日本一の商社街になった。

むろんこの街での「丁稚《でっち》どん」というのは、一流大学出身のサラリーマンのことだし、「番頭はん」というのは、外車をのりまわしている重役さんのことである。戦前、船場でそだった人は、故郷をうしなった。

ところが、その古き良き「船場」の一角へ戦後、ゲタバキで踏みこんできたのが、いまの丼池の大将連である。わが安川ノ亀氏も、そのうちのひとりだ。

ある日、安川ノ亀は、三流館で、カーク・ダグラスの「ヴァイキング」という映画をみてのかえり、私の家へ寄った。かれはその映画のどこに感心したのか、しきりと首をふって、「わいらは船場のヴァイキング（海賊）やな」といった。

亀のいる船場丼池は、コウモリ傘からオシメカバーにいたるまでのあらゆる繊維製品をあつかう現金問屋の町である。

丼池数千軒の問屋のうち、独立店舗をもっている者はわずかで、あとは、大きな貸し店舗のなかに、数十軒もの問屋がびっしりと詰まっている。

もちろん問屋といっても、テーブルは一つしかない。そのテーブルの上に、自分の専門の商品を山とつみあげ、あとは電話一台があるだけだ。これを、台屋という。

安い、というのが、なによりの魅力だ。その安さにひかれて、西日本各地の既製服屋さんや洋品屋さんが、大風呂敷《おおぶろしき》とサツ束をもって買いに来る。丼池の通りはせまい。これらの地方商人が、年中、もみあうように歩き、血相をかえて買いたたいている。

台屋の夜逃げというのは簡単で、台を貸している店舗主も、日家賃で電話も日貸しで、店子《たなこ》の住所さえ知らないという世界だから、

「朝、顔みせなんだらそいつは夜逃げや」

倒産はこの街の日常茶飯事だから、たれも気にかけない。

亀も台屋で、レインコート屋である。隣りの台屋の学童服屋と組んで綿布の思惑をしてひっくりかえり、二人とも同時に逃げた。

学童服屋は、三月目で債権者にみつかり、逃げようとする所を自動車にはねられて死んだ。

「あいつのは、あきんどの戦死や」

と丼池の連中はみな感動した。死体に百万円ほどのサツ束が巻きこんであったから、それを債権者会議が、寄ってたかって分配し、死体は文字どおり裸かになり、学童服屋の戦死は、いよいよ壮烈なものとなった。

おととしの夏、私は、安川ノ亀に、

「いっぺん、倒産の現場をみたい」

とたのむと、

「ああ、ちょうどええ。R足袋が、もう一週間ほどしたら、ぶっ倒れよる」

R足袋は船場でも古い会社で、四階建のビルまでもっていたが、丼池人にはどういうカンがあるのか、あと一週間後の何時に手をあげるという所までわかっていた。

その当日、亀につれられてR足袋の社屋のある町角までゆくと、夕方五時すぎというのに、町はなんとなくざわついている。近所の喫茶店、ウドン屋はぎっしりと人で詰まっていた。

亀は、私という観戦武官に、敵状を説明する第一線部隊長のような顔つきで、

「あいつらは、火事泥や」

「泥棒か」

私がおどろくと、

「まあ泥棒やな。会社に文房具を入れていたオヤジもいるし、出入りのソバヤのオヤジもいるし、歴《れっき》とした金貸しもいる。みんなR足袋の債権者やが、正式に債権者会議を待っていたら、取れる率がわずかや。せやから、倒産と一声きくと、ヘイを乗りこえて、そこらへんの在庫品や物品を盗《と》りよるねや」

いよいよ、午後七時半になってから、R足袋が不渡りを出したとわかるや、それまで近所にひそんでいた債権者が百人ばかり、ワッとばかりヘイを乗り越えていった。

そのすさまじさは、法治国家の風景とはとても思えない。R足袋の従業員団までが群盗になった。かれらは数カ月も給料遅配だったという。

「早よ、来い」亀に手をひっぱられて、私も中へ入った。

タオルの梱包《こんぽう》をヘイから外へほうり投げてはオート三輪に積む者、応接室のジュータンを外している男、中には使いふるしのインクビンまでポケットに入れている男もいて、十分ほどの間に、さしも伝統をほこったR足袋も、客用のスリッパさえなくなり、さながら猛禽《もうきん》に死体をつつかせるネパールの鳥葬のように、R足袋の「死体」は骨と皮になった。

「すごかったなあ」

と、帰路、私はしきりに感心したが、ふと亀の影がいやに肥《ふと》っているのに気づいて、

「お前、どうした」。

亀は、無表情に答えた。

「どうもこうもあらへん。おれもついでに倉庫のセビロを二着、着込んできた」

（昭和36年9月）

有馬の湯

なるべく仕事を少なくしようと思って、気の張る短編の仕事などは、月に一つ以上は書かないことにきめていたのだが、計画上の思いちがいが重なって、この八月に短編と中編を四つも書かねばならないハメになった。八月のへき頭、その量を思うと、怠け者の小生は、気が遠くなりそうだった。

例によって「神戸っ子」の五十嵐さんから電話がかかってきたとき、

「この月は、ほんまは、かんにんしてほしいねん」

と弱音を吐いたが、五十嵐さんという人は、そういうことに同情するような女性ではなかった。「あきません」といった。

「そのかわり、有馬にしてあげます」

「ほう、有馬。あれは神戸市かいな」

「神戸市ですとも。神戸市に編入されてから、新らしくボーリングをして、湯の温度も九〇度になったし湯量もふえているんです」

「わかった」

私は、そこまで仕事をもってゆくことにした。

「そのかわり、こんどだけは、たれも案内なしで行ってくる。宿屋だけはきめておいてください。なるべく、創業の古い宿屋がいい」

そういうわけで、私は、重い資料をボストンバックにつめこんで有馬のH旅館に行った。

車をおりて、「司馬です」と宿の老人にいうと、ややふしんげに私と案内者の人相をみて、「そういうお名前の予約は承っておりません」という。われわれは荷物をもち、暑い玄関の外に立たされたまま、不審尋問（?）に答えねばならなかった。女中さんたちが、ぼう然とわれわれを見ている。こういう所が、日本式の宿屋のいやな所だと思った。

やっと、不審が晴れた。私の姓が、電話で伝えられたために、「志賀」と聞きまちがえたのだということだった。志賀という日本の作家は、志賀直哉《なおや》氏のほかはいないから、私はよほどの老人とまちがえられたわけである。

部屋は二階で「滝川」に面した風情《ふぜい》のよさそうな部屋だった。ここまで案内してく

れた五十嵐、小泉両氏は、

「この宿は、有馬ではいちばん古い宿です。ここは旧館で、いま別の場所に新館がたっています。ケーブル・カーまであるんです。でも、古い宿とおっしゃったもんですから、旧館をとっておいたんです」

「それでよかったんです。ここはいい」

しばらくして、両氏は神戸へ帰って行った。私は仕事を始めた。

仕事のキリメをみつけて、有馬取材のために町へ出るつもりだったが、どうしてもキリメがみつからず、ついに翌朝、宿を辞去するまで、一歩も出ずじまいだった。

(これでは、五十嵐さんに悪いな)

と途中で考えて、夕食のとき、酒をすこし飲みながら、係りの女中さんにきいてみた。有馬やこの宿のことを書いたパンフレットを一そろい持ってきてくれと頼んだが、宿の宣伝用のそれが、一枚あるきりだった。そこに「創業七百年」と書いてあるが、それっきりであとは、女の人が浴室でツカっている写真と新館のケーブル・カーの写真が出ているだけだった。

こんなケーブルなら、ほかの温泉郷にもあるし、湯槽で婦人が浸っている写真をみて、欲情して大阪・神戸からやってくるばかはないだろう。なんと、宣伝下手なパンフレットか、とおもった。

有馬の特徴は、京阪神の都心圏のすぐそばにありながら、なお古色を残している所にあるのだ。

古風な建物をたてよ、ということではない。この泉郷が、奈良朝平安朝以来、中央の貴顕紳士の湯治場として愛され、宿も、いまだに何々坊という名を残しているように、それぞれが数百年の伝統をもっているはずなのである。それが一行も出ておらずに、ケーブル・カーばかりが大いに派手に印刷されていた。全国の温泉でもまれなその特色を、この土地は、むぞうさに捨てているようである。

「このほかないの」

「ないんです」

「この宿の名のオコリはどういうことやろ」

「むかし黒田官兵衛という人がつけてくれたそうです」

しかたがない、とおもって、

「マッサージをよんでもらいます。男の人で、なるべく土地にふるく、話好きな人を」

女中さんはすぐ帳場できいてくれたが、その条件にあう人は、いま六甲に仕事にで

かけていて、いない、ということだった。やがて五十年配の男性がきた。私は療治をしてもらいながら、

「もう、有馬はお古いんですか」

「いや、まだ五年です」

これでは、どうしようもなかった。

じつをいえば、私は有馬にいままで縁がなく、少しの知識しかもっていなかった。一つは、ヌード・スタディオがあるということだった。その存在の有無を女中さんにきいてみると、これは肯定した。

「でも、つまらないんですって。もっとそういうものをこの町に入れればお客が来るというんですけど」

「それは迷信ですよ」

と私はいっておいた。わざわざ高い金と無い時間をさいて温泉場にヌードをみにくるあほうはないだろう。そういう興行や淫蕩《いんとう》なふんいきで客をつるという精神が、もし将来の有馬の有力者のなかにきざしたならば、ほどほどがいいといいたい。客は色情狂ばかりではないのである。

もう一つの有馬知識は、足利家《あしかが》の幕将赤松則政の支流の子孫で、戦国初期に赤松与

次郎則景という者がこの摂津国有馬郡を領し、有馬氏と名乗り、のちその子孫が居城を播州《ばんしゅう》三木に移したり、同淡河《おうご》に移したりしたが、依然としてここを領し、豊臣秀吉の時代になってから帰伏して遠州横須賀《よこすか》三万五千石に移封され、のち徳川家康につかえ、大坂夏ノ陣ののち、久留米《くるめ》二十一万石の大大名になった。明治以後、この家は伯《はく》爵《しゃく》となり、いまの当主は、作家の有馬頼義《よりちか》氏である、と思いだしながら、ふと、有馬頼義氏は、自分の姓のオコリであるこの有馬温泉にきたことがあるだろうかと考えたりした。

女中さんにきくと、宿の主人は、いま新館の経営に力を入れているそうで、そのせいか、この旧館の私の部屋などは、紙障子が点々とやぶれていた。それがいかにも、有馬のこんにちを象徴しているように思われた。

あと十年さきにはどういうことになるのだろうと思いながら、仕事の筆をやすめて、窓から外をのぞくと、いかにも眺望のよさそうなこの部屋から、なにも見えなかった。視野を、鼻さきで、製薬会社のようなビルがさえぎっていたのである。

それも、宿の一つだそうだ。窓に人影がないから不審におもってきくと、女中さんは、なにも答えてくれなかった。なにか、客のいない理由があるのだろう。

とにかく、有馬は涼しかった。仕事もすすみ、朝の寝醒《ねざ》めも快適だった。こんど、もう一度、あそびに来ようと思った。

（昭和36年9月）

ああ新選組

京の壬生《みぶ》のひとは、いまだに新選組のことをよく思っていない。私は壬生の古老が「なんどす、あのミブロどもは」と吐きすてるようにいったのを聞いた記憶がある。ミブロとは壬生浪で、新選組の蔑称《べっしょう》だ。

元治元年六月五日といえば、新選組の池田屋斬《き》り込みの日で、この前後が、近藤勇《いさみ》の得意の絶頂の時代だった。

その三日のちの発信日づけで、勇は、江戸の養父近藤周斎に手紙を送っている。池田屋の変でいかに新選組がよく働いたかということを躍動するような文章で報じ、末尾に、

「関東表《おもて》、武人の有志御座《ござ》候《さうら》はば、早々上京致《いたし》候《さうらふ》様《やう》、お頼み申上候。兵は東国に限り候と奉存候《ぞんじたてまつりさうらふ》」

新選組は相次ぐ手柄で幕府にその実力を大きく評価され、勇の申請で増員が認めら

れたのである。

この手紙で勇は、剣客である養父に人探しの依頼をしている。しかし「兵は東国に限り候」とは、よくぞいったものではないか。

上方者《かみがた》が兵にむかないのは当然なことで、奈良朝以前から、上方の防衛のための兵は、もっぱら関東、日向《ひゅうが》、薩摩《さつま》（隼人《はやと》）からつれてきていた。

この大むかしの東国の強兵は「佐伯《さえぎ》」とよばれる異人種で、アイヌの一派らしい。とにかく騒ぐのがすきで、しかも言葉が異語である。畿内《きない》の者にはそれが叫んでいるようにきこえ、「叫び」が「佐伯」になった。「日本紀」にこんな話がある。

景行天皇の四十年、日本武尊《やまとたけるのみこと》が東夷を征伐して佐伯をたくさんつれて帰ってきた。それを尊の伯母さんが斎主をしている伊勢神宮に献じたが、神宮でもこの連中の乱暴には閉口した。

「昼夜喧嘩《けんか》し、出入礼なし。隣里に叫び呼びて人民を脅《おど》す」

というから強いはずである。

この異人種の子孫がのちに坂東武者となり、頼朝を擁して上方侍である平家を追っぱらった。さらに七百年の後世、幕末の暗殺団長、近藤勇をして「兵は東国に限り候」といわせているのだから、血はあらそえないものである。

もっとも、新選組にも、大坂の町人あがりの者が二、三はいた。谷町の左官あがりとか、高麗橋《こうらいばし》の鍼灸《しんきゅう》屋の息子などがそれだ。

この連中は、がらにもなく武士になりたがった。当時、新選組に入れば、将来お旗本にとりたてられるという風説があった。

入隊には厳密な武術の試験があったから、それをパスしている所をみると、左官も鍼灸屋も一応は強かったのだろう。とくに鍼灸屋は香月流の棒術に長じていた。名を山崎烝《すすむ》といい、新選組のたいていの修羅《しゅら》場《ば》には顔を出している。

早くから副長助勤（中隊付将校）になり、鳥《と》羽《ば》伏見《ふしみ》の戦いで銃丸を数発あび、同志とともに大坂へのがれて幕府の軍艦富《ふ》士《じ》山《やま》丸に収容され、江戸へ逃げる途中、紀州沖で息をひきとった。息をひきとるとき、

「お旗本になれずに死ぬのか」

といった。死体は、水葬された。海軍式の水葬をうけた最初の人物だろう。とにかく山崎烝には、漢《おとこ》の野望のあわれさがあって、私はきらいではない。

これと同姓同名の人物を、私は幼な友達にもっている。この山崎烝は商売上手な男

で、大阪の難波《なんば》の小間物屋の息子にうまれ、錠前の特許をとって、その製造販売会社の社長をしている。

むかし、この男に「お前は新選組の山崎烝と関係があるのか」ときくと、「ああ、高麗橋の灸屋《ヤイト》の息子やろ。むかしは親類で、あいつの家の屋号は林屋で明治になって林といった。おれのほうはそのまま山崎といっているから、姓からいえば、おれは子孫やな」

この新選組の子孫が大阪の歩兵第八連隊に入隊した。八連隊というのは大阪の町人連隊で、日本最弱の軍隊といわれ、日露戦争以来「またも負けたか八連隊」という唄《うた》がはやったほど。日華事変のとき、中国兵が、八連隊が進軍してくるとマイクでそうからかったそうだから、国際級の名声があったわけだ。

ついでだからいっておくが、戦後の軍隊小説の白眉《はくび》といわれる野間宏《のまひろし》の「真空地帯」は、この八連隊を舞台にしてうまれた。他の連隊ならば、おそらくちがった小説になっていただろう。

断わっておくが、私は本籍は大阪だが、八連隊ではなかった。速成士官になってから、戦車第一連隊という九州兵の部隊に赴任した。私はここで、敗戦の日まで、部下に大阪出身であることをうちあけたことがなかった。それがわかれば、勇猛な九州兵のことだから、大阪の「またも負けたか」に指揮されるのをいさぎよしとしなかったにちがいない。

とにかく、山崎は、歩兵小隊長として、中国へ出征した。部下に、近所の家具屋の息子とタバコ屋の息子がいた。

大阪という都会は三百年来、町人共和国のような形で発展してきた街だから、階級の観念がとぼしく、他の城下町出身者のような封建武士的な美意識をもたず、私をふくめて、いやに馴《な》れなれしいやつが多い。

だから、タバコ屋も家具屋の息子も、一等兵のくせに、少尉《しょうい》の山崎に、

「ちょっとタバコの火イ貸してんか」

という調子だった。

塹壕戦《ざんごうせん》になり、弾が、雨アラレと飛んできた。しかし弾の切れ目をみつけて突撃するのが、明治以来の日本軍の一つ覚えの戦法であった。つまり「佐伯」の戦法だ。町人の山崎もやむなく軍刀をぬいた。塹壕から半身をのりだして「突撃イ」といいかけた。

ところがどうしたことか体が前へ進まない。気づいてみると、タバコ屋と家具屋が

必死にしがみついて、引きずりおろそうとしている。

「ススムちゃん、あかんがな」

眼に誠意をみなぎらせ、息をころし、しかも語気嶮《けわ》しくいったものだ。

「いま突撃したら死ぬでエ。お母《か》ンが泣くがな。わいはお母ンにくれぐれも頼まれているのや。辛抱しイ、辛抱しイ」

これでは、八連隊が弱かったはずだ。

（昭和36年9月）

馬フン薬

武田信玄は、世界史的規模からみても傑出した軍事的天才だが、どうも人間が奸佞《かんねい》邪智《じゃち》でいけない。

むろんただの悪人ではない。むしろ悪人だからこそ自分の士を愛し、領民を撫《ぶ》した。いまなおこの山梨県人が時代小説の寵児《ちょうじ》になっているのは、そういうよさがあったからだろう。

信玄は妙に医療的関心のつよい男だった。傷病兵のために温泉を指定し、国立湯治場をつくったりした。いまでも山梨県のほうぼうにある信玄の湯などは、そのなごりだろう。信玄がいま生きておれば、医師会長にでもなりアクラツムザンな戦術で同業の利益だけはまもりぬく男になったにちがいない。

その信玄の物主《ものぬし》（小隊長）に米倉丹後という者があった。丹後のせがれが彦十郎である。この彦十郎がある合戦で腹に鉄砲玉をうけた。医学的にいえば急性腹膜炎になったわけだ。

さて、彦十郎は危篤《きとく》におちた。

この若者の直属上官は、武田家の部将のなかでも剛強で知られた甘利左衛門だったが、甘利はさすがに信玄子飼いだけに医療に関心がふかく、

「芦鹿毛《あしかげ》の馬の糞《ふん》をひろってこい」

と命じた。部下は大いそぎで味方の陣地を駈《か》けめぐってみたが、芦鹿毛の馬がいない。いてもあいにく用便していなかった。ついに窮したあまり、敵陣まで忍びこんで、やっと竹ノ皮にひと包みほどの糞をもちかえり、

「敵の糞でもよろしうござりますか」

「ばか」

甘利はおこった。

「糞に敵も味方もないわい」

さっそく大椀《おおわん》にそれを入れ、水でこねて、瀕死《ひんし》の彦十郎に、

「妙薬じゃ、飲め」

とあたえた。甘利は大真面目《おおまじめ》な男だ。死にかけの男に糞汁をのませてよろこぶような大ユーモリストではない。武田家の軍陣医学に「腹傷に芦鹿毛の糞汁が良し」とい

う処方があったのである。

が、彦十郎は閉口した。

「私はこれでも侍です。畜類の糞をのんでもし助かればよい。助からねば、それほどまでして命が惜しかったか、といわれるのが無念です」

甘利は、このあほうめが、と叱《しか》った。

「薬が少々臭いゆえそういうのであろう。おれがまず飲んでやるから、お前ものめ」

彦十郎は、この妙薬のおかげで快癒《かいゆ》した。信玄、この話をききよろこぶことおびただしく、と古書にある。

「甘利、よくぞ致した。あのときもし彦十郎が侍ゆえに糞汁を忌《い》みきらって飲まずに死んだとすれば、今後それにならう者が出て、あたら妙薬も、むだになったことだろう」

信玄という人はそこまで部下の体のことを気づかった人である。

私の友人に、甲州の商業学校を出てから大阪の道修町《どしょうまち》の薬屋に奉公した男がいる。戦後独立し、砂糖のないころに人工甘味料で大もうけし、その資本で、あやしげな薬を作っては売り、いまもけっこう盛大にやっている。

その商品の一例をあげると、この男の店には「ドカン」という類語の日本語名のクスリがある。それを一服のめば、ドカンと腹が減るというぐあいで、市場はもっぱら地方だという。

大阪というのはふしぎな町で、タクシーの運転手なども、同じ人間が地方や東京で働いているときは比較的交通規則をまもるが、大阪につとめをかえると、とたんに遵《じゅん》法《ぽう》精神が稀《き》薄《はく》になる。

ところで、このクスリ屋のことである。かれが甲州人だと思ったからこそ私は、かれのために甲州出身の武田信玄の逸話をいくつか話した。が、この甲州屋のアタマには馬糞のはなしだけがアリアリと残ってしまったらしい。その後数日して、

「ほんまに、馬糞は腹痛《はらいた》にききまッか」

ときた。あほかいな、私はハラがたった。事情をきけば、この男は、その後数日のあいだそのことを熟考沈思したあげく、もう一度、私のところへ念をおしにきたというのである。効くとなれば、この男のことである。馬糞をひろってきて薬包紙かなにかに包み、「バフール」とかなんとかという名をつけて売りあるくにちがいないのだ。

「あれは、むかしばなしや」

「いや、そのむかしばなしが曲者《くせもの》や。げんに飲ましたら、死にかけの病人がなおったた

というやおまへんか」

その後ずいぶんと馬糞に熱中したらしい。

競馬場の厩舎《きゅうしゃ》に行っては馬糞をひろい、それを薬科大学の先生の研究室へもって行って分析してもらった。

「それで、どうだった」

「あきまへんなあ。出てくるのは、いままでわかりきっている成分ばかりらしい。

——じつはな、その先生のいわはることにはな……」

武田の軍馬なら、甲州の草を食っている。甲州の草を食った馬でなければそういう糞はでないのかもしれない、といったそうだ。先生もいいかげんなこっちゃ。

「それで、君は甲州へ行くのか」

「へえ、わしの故郷や」

その後、三年ほどしてその甲州屋と出遭ったとき、一件の成否をきいてみた。が、かれはその一件は思いだすのもいやだという顔をして大いそぎで手をふり、

「あれは、失敗した」

きけば、分析の結果がわるかったのではなく、それより前に、自動車の普及で日本

中の馬が激減し、芦鹿毛の馬など数頭もいないというのだ。

「つまり、問題は、フンの生産量や」

おかげで、われわれ良民はバフールなどをのまされずにすんだわけだ。世の中にはゆだんのならぬ連中がいる。

（昭和36年9月）

飛び加藤について（作者のことば）

作家はたれでもそうだが、私も、人間がすきでたまらない。人間のうちの自分への愛憎に執着をもつひとは、いわゆる純文芸をかくのであろうし、自分の眼にふれる人間現象に興味を傾けるひとは、いわゆる大衆小説をかく。小説という点では、なんのかわりもない。

私は、忍者を多く書くという。自分ではべつに意識したことはない。つい、そういう変な人間がすきで、書いてから、ああまた忍者が出てやがる、とおもう。「飛び加藤」も、記録のなかからそういう名をみつけだし、なにげなく書いてしまったものである。

自分以外の人間をかくなら、いっそ、平凡な人間はかきたくないとおもっている。平凡は、自分ひとりで、あきあきしている。

どうしても、きわだつ所のある人間をかきたい。英雄であってもよく、ココロのまるっきりないような飛び加藤のような人間であってもよく、人いちばい好色な人間であってもよく、人いちばい、ウソツキの人間であってもよい。

そういう人間は、現代にもたくさんいるのだが、やはりその変な部分を誇張するには歴史の舞台を必要とする。

現代を舞台にすると、せっかくの変な人間が、どこか小市民的になって、かえって、変であることの実在性をうしなってしまう。歴史という彫刻台に置いてはじめて、変な人間の彫刻は完成する。

戦国以前は、社会が、こんにちのような機械的な組織をもっていなかった。変なうまれつきの人間は、貴族でないかぎり、社会によってその個性をすりへらされることなく、変なままに成長し、そのままに世をおえることができた。飛び加藤なども、そうしたひとりであろうか。

（昭和36年9月）

大観屋《たいかんや》さん

二天《にてん》は、戦国末期から江戸初期にかけての画家である。いまでも書画コットウの世界で、二天といえば、業者は目の色をかえるほどの名だ。

画風は「蒼勁《そうけい》ニシテ雄渾《ゆうこん》」という。もっとも二天は、絵画だけではなく、彫刻・金工にも長じていた。

絵は、桃山時代の名工海北友松《かいほうゆうしょう》の子友雪《ゆうせつ》についてまなんだという。作品は仏画仏像のほか、アブミ、クラ、刀のツバ、メヌキなどにまでおよんでおり、多くは重要文化財に指定されている。

二天とは、剣客宮本武蔵《むさし》のことであり、武蔵がみずから考案した例の二刀の刀技からとった雅号である。

武蔵の晩年は、細川家の客分となり、家中の士に剣を教えながら、ひまさえあれば絵をかいていた。だからその作品の大半は細川家に所蔵されてきている。

武蔵の剣技の精妙さは、その事歴や著作からみてスポーツよりもすでに芸術の域に達していたとおもわれるのだが、剣がうまいだけでは、後世にこれほどの名はのこらない。自分の剣名を売る宣伝技術もうまかったようである。

「撃剣叢談《そうだん》」によると、宮本武蔵は「流をひろめんと九国を遍歴」し、肥後熊本の細川家の城下に入った。

かれは毎日、城下に近い松原にあらわれ、ひとり太刀打ちをした、という。そのありさまは「軽捷《けいしょう》自在、縦横奮撃、アタゴ山の天狗《てんぐ》もこうであったろうか」とあり、たちまちウワサは城下にひろまった。

むろん、ウワサをひろめるために試みた手である。手はそれだけではない。服装が異様だった。「伊達《だて》なる帷子《かたびら》に金箔《きんぱく》にて紋《もん》打ったるを着、めざましく装《よそお》いて」とあるから、ひょっとすると、チンドン屋のようなかっこうだったかもしれない。

もっとも、このころの剣客には異様な服装をする者が多かった。小田原の北条《ほうじょう》家の城下で門弟をとっていた根岸兎《と》角《かく》という剣客は天狗の装束をつけていたというし、何某は、女の着物をきていたそうだ。

遊歴の剣客などはいまでいえばいわば自由業である。たれから俸給をもらっているわけでもなく、自分の技術ひとつでメシをくっているのである。

宣伝して流儀をひろめ、門弟を多くとらねば暮らしがなりたたない。戦後しばらく花森安治氏が女の洋服をきておられたと記憶しているが、自由業のひとで女服を着るのは史上花森氏が最初ではないわけである。

私の友人に、Aという日本画家がいる。この友人から、年来、日本画壇の消息について珍無類なハナシをきかされている。

さてA氏は地味でまじめなひとだから、いつも区役所の戸籍係のように地味なセビロをきている。

その服装についてA氏の先輩Y氏が、忠告した。ついでながらこの先輩Y氏は、A氏のように官展の秀才コースをすすまず、どの在野団体にも属せず、半生を一介の浪人絵師としてすごしてきたひとだ。A氏とは、人間の根性がちがう。

「あんた、ヨーフクなどをきていて、日本画でメシが食えるとおもってるのかね。和ァにしなさい」

和ァとは、和服のことだ。

「それも、ただの和ァでは、表具屋や呉服屋とまちがえられる。ソデナシ羽織にカルサンでもはいてあるきなさい」

ソデナシ羽織にカルサン(伊賀《いが》バカマ、モンペのたぐい)とは、戦国時代の剣客がこのんでつけた装束だ。いまなら異風だが、しかし異風なればこそ、画商や絵のお客がそれをみて、絵をみるよりも、もっと神韻《しんいん》ヒョウビョウたる錯覚をおこすのである、とY氏がおしえた。

さて、Y氏のことだ。

じつをいえば、この浪人画家Y氏は、横山大観というひとなのである。もっとも、この横山大観は、昭和三十三年二月二十六日、八十九歳の高齢でなくなったあの横山大観ではない。

Y氏はもっぱら、田舎まわりの横山大観である。この「大観屋」は、年中、国鉄路線から遠くはなれた村や町をあるいている。

たとえば、Y氏はある村に入る。ただちに近在では最高のやどにおちつき、数日、もくもくと絵をかくのだ。かつて宮本武蔵が、肥後熊本城下の松原でやったとおなじ手である。

そのうち、宿の主人がふしぎにおもって、あらためて宿帳をみると、横山大観とある。ぎゃっとおどろく。

やがて、亭主は、頼まれもしないのに、村の有力者を歴訪し、

「私の宿に大観先生がおとまりじゃ」

と吹聴《ふいちょう》する。有力者たちがおどろいて駈《か》けつけるという寸法だ。

あとはしばらく逗留《とうりゅう》し、頼まれるままに宿や村の有力者の家のフスマやビョウブに絵をかいて、ゆうゆうと退散するのが、Y氏の稼業《かぎょう》である。

あるとき、おなじ宿に、べつの横山大観がやってきて鉢合わせになったという。そういうときにはちゃんと大観仲間の仁義があって、先着順なのだ。先着の者に大観をゆずり、自分はその場だけの弟子になってくれる。つまり、

「先生、先生」

とはやしたて、身のまわりの世話までしてくれるのだ。むろん、いよいよ当地出発というときには、このお囃子《はやし》弟子にいくらかのわけまえをやるのだから、後着の大観も、結構、ゼニになっている。

こういう大観屋さんたちは、全国で十人はいるという。

かれらは決してサギ師ではない。なぜなら、ニセ画をかかないからだ。ホンモノの画風に似せないというのが、かれら大観屋さんのモラルなのである。同時に稼業を永くつづかせるモトでもあるのだ。それに、その画料も、本物の百分の一も要求せず、

ごくアンチョクにかく。

だから、依頼者もおちついたものだ。画料がワラジ銭ぐらいの安さでも疑問ももたず、ゆうぜんと描いていただく。従って、大観屋はサギ師ではなく、勤労者なのである。

Yさんは、阪神間にすみ、大観業ひとすじでこどもを三人も東京の大学を卒業させた。本物の大観もえらいが、この大観屋さんもえらかろう。

（昭和36年10月）

一人のいなか記者

滋賀県長浜の産経新聞通信部に伊藤さんという老記者がいる。私はこのひとに二度しか会ったことがないが、わすれがたいひとになっている。

最初にあったのは、昭和二十三年の福井地震のときだった。

このとき、私は京都支局にいた。日が暮れてから、木造の支局がつぶれるかと思うほどの激震があり、やがてその震源地が福井方面だということがわかった。すでに福井市周辺の通信は杜絶《とぜつ》しており、あるいはこの町が一戸のこらず壊滅したのではないかという憶測もうまれた。

私は取材を命ぜられた。車が琵琶湖《びわこ》の東岸を走って長浜を通過したとき、いきなりヘッド・ライトの光芒《こうぼう》のなかにおどり出てきた老人があり、

「産経か」

そうだ、というと、いきなり新聞紙のつつみを車のなかにほうりこんで、

「行け」

と手をふった。新聞包みは、ぐにゃぐにゃした気味のわるい感触のもので、私はおそるおそるひらいてみた。

「これはなんだろう」

「うどんの玉じゃないか」

と同行の同僚がいった。この同僚は、送りぬしが長浜の伊藤さんだということを知っていて、「震災地じゃ食うものがない。これを食って取材をしろということではないか」と絵解きをした。

私たちは、うどんを持ちあるいて被災地で終日取材をした。腹がへっては、それを食った。汁もダシもないから「世の中でこれほどまずいものがあるだろうか」とさんざん送りぬしのわるくちをいいながら食った。わるくちをいったのは、伊藤さんの素朴な好意がいかにも胸にせまりすぎるために、照れかくしにいったのである。

伊藤さんは、三十年の記者生活を、滋賀県長浜の田舎でおくっている。その人生には、栄達というシルもダシもなかった。うどんの玉そのもののような人生だった。ある大阪本社の記者が長浜に取材にきたとき、伊藤さんは駅頭にむかえた。伊藤さんは自転車にのっていた。

自転車の荷物台にはカゴがくくりつけてあり、そこに七歳の子が乗っていた。伊藤さんはそのころ奥さんを亡《な》くしていたから、その子のお守りをしながら、警察や市役所をまわっていたのである。

ちょうど昼めしどきだったから、駅の売店で伊藤さんはパンを二つ買い、カゴのなかにほうりこんだ。

「警察までいったら、食堂でうまいものを食わせてやるからな」

とこどもにいいきかせた。ところが警察へゆくと小さな事件があり、伊藤さんはその取材で夜の八時ごろまで駆けまわった。こどもはついに欠食のままだった。それでも父親のそういう毎日になれているのか、カゴから出たりはいったりしてきげんよくあそんでいたという。

冬がおわり、春になると、冬ごもりをしていたカエルがはいでてくる。伊藤さんは、その取材に妙をえていて、土から出てくるカエルをいちはやく見つけ、パチリと撮《と》って、

「早くも湖国に春」

といった記事にした。かれは、そのカエルとのインタビューが、各社よりも毎年早

いというのが自慢だった。

新聞記者とは、はなやかなしごとだといわれている。事実、東京、大阪のわかい記者が、毎日、大臣にあったり重大犯人を追っかけている。しかし伊藤さんは、タンボをはいまわって、カエルの出てくるのを待っていた。

私はその後地方部に転任して、はじめて伊藤さんに会った。

私は、笑いながらカエルの一件をほめた。その私のわらい顔が気に入らなかったらしく伊藤さんはこわい顔をして、

「カエルも総理大臣もおなじですよ。大臣に会うばかりでは新聞はできない」

このひとの毎年の特ダネ(?)に、

「伊吹《いぶき》に初雪」

というのがある。

関西では滋賀県の伊吹山に雪がふると冬がくるといわれている。

だからその写真は、いかにも冬がきたという季節感があって、大阪の新聞には毎年のるのだが、通信部の苦心は大へんなもので、相手は山なのである。いつ雪がふるかわからないのである。ゆだんをしていると、ついつい見すごしてしまう。

伊藤さんは、この季節になると、毎日、朝は三時に起きて、自宅の物干台から暗い

伊吹の方向をみつめ、夜のあけるのを待つのだそうだ。私のような都会地の記者生活だけを体験した者には、想像もつかない苦心である。

その後会ったこともないが、こういうひとたちの努力があって、毎日の新聞はできあがっている。私は、第一面の外電の大見出しの記事をよむときよりも、地方版の片すみの記事をよむとき、ふと、新聞記者という職業人の人生の重さを感じてしまう。伊藤さんへの連想がはたらくからであろう。

（昭和36年10月）

ふたりの平八郎

家康の子飼いの家来で、本多平八郎忠勝《ただかつ》という男がいた。

その絵像がいまにのこっている。絵像の写しが平凡社の「大百科事典」にものっているから、興味のある人はごらんになるがよい。シカのツノの立物《たてもの》のカブトをかぶった鬼のようなツラがまえである。

この男家康の部下随一の武辺者《ぶへんもの》だっただけでなく、いわばケンカの名人といっていい男で、生涯で五十余回の合戦に出てカスリ傷一つおわなかったという。

天正十二年四月、小牧長久手《こまきながくて》の合戦のとき平八郎はわずか五百人の孤軍をひきいて、八万の秀吉の大軍に戦闘をしかけた。

秀吉はその大胆さにおどろき、

「あの男はたれか」

ときくと、稲葉伊予守《いよのかみ》道朝が進み出て、

「あのシカのカブトは、先年姉川の合戦のときに、車輪のごとき働らきをしていた記憶があります。本多平八郎でありましょう」

「そうか、あれが平八郎か」

五百が八万に仕掛けるのだから、万に一つも生きるのぞみはない。しかし平八郎にすれば、できるだけ秀吉の進軍をおくらせて、主人家康のために戦備をととのえる時間をかせがせようとしたのである。

秀吉は、平八郎の心事を察して、そのけなげさに涙をこぼし、

「あの者にかまうな」

と、鉄砲一つうたせなかった。

平八郎のような犠牲的行為は、戦国時代ではめずらしい例といえる。この時代の武士は、こんにちの芸能界と同様、ナマナマしい功名主義と出世主義に燃えたっていた。そのなかで平八郎を代表とする三河の武士集団にだけは、個人プレイよりも、主人家康をたてるためにあまんじて犠牲になるような傾向がつよく、そのいわば三河式の統制主義が、家康をして天下をとらしめたといえるようである。

平八郎は、家康が天下をとってから、伊勢《いせ》桑名十万石の城主になった。この人物に

はさまざまな逸話があるのだが、紙数がないから、ここでは書かない。

ところで、べつの本多平八郎氏が、いまアメリカにいる。

英語の本多さんといえば、昭和初年から大阪の学生にはなじみがふかい。私の母校である大阪外語の英語科の教授を三十年ほどつとめ、三年前停年退官した。外語の教師をするかたわら、大阪の予備校でおしえていたから、京阪神で浪人生活をおくったほどの人なら、その名を知っているはずだ。

私は不勉強だったために本多さんの英語のうまさを判別できる力がない。ところがケンカのうまさだけは、私の知りうるかぎりにおいて第一級の人物だとおもっている。

とにかくつよい。

私の在学中、便所に入ろうとすると、本多さんが法律の教師のムナグラをつかんで、放尿溝につきおとそうとしていた。法律の教師も柔道の有段者だったとおもうが、この平八郎氏には手も足も出ず、私をみて「たすけてくれ」といった。

本多さんは東京の下町そだちで、ケンカがめしよりもすきときている。若いころ、フランスに留学したが、ある日、パリのナラズ者十人をむこうにまわして一人のこらずセーヌ川にたたきこんだというのが外遊自慢のひとつである。

戦時中、大阪の道頓堀《どうとんぼり》で憲兵将校三人をむこうにまわして、さんざんにたたきつけたというのも戦歴の一つであった。

数年前、町で本多さんにあったとき、

「ちかごろどうですか」ときくと、

「これかね」

と腕を出した。打てばひびくようにケンカのはなしをする。

そのときコーヒーをのみながら本多さんの顔をつくづくとみて、平八郎忠勝の絵像にそっくりなのに気づいた。話の水をむけてみると、

「あれア、おれの先祖だよ」

と事もなげにいった。

本多忠勝には、忠政《ただまさ》、忠朝の二子があり、その分流が多く、明治のとき子爵《ししやく》をもらった家だけでも、三河岡崎五万石の本多家、播磨《はりま》山崎一万石の本多家、陸奥《むつ》泉《いずみ》二万石の本多家などがある。

平八郎教授は、旗本五百石の本多家で、どの本多家でもその長子には「平八郎」をつける慣習になっていたそうだ。

「だから、日本中に本多平八郎は何人もいるんだ。そのなかでおれの顔が、いちばん

あの絵像に似ているそうだ。しかしおれが、サイキョウだろう」

「サイキョウ?」

「最強さ。数ある本多平八郎のなかでも、お前が一番つよいと祖父もいっていた。ところが気味のわるい話があってね」

「おれが学生のころ、野尻湖《のじりこ》にあそびに行ったんだが、ある宿屋に入った。むろん先約していたわけじゃない」

ところが、平八郎先生が宿屋の玄関に入るなり、主人、番頭、女中までが式台にならんだという。宿の主人が、

「駅まで人をお迎えに出してあるのでございますが、入れちがいでございましたな」

「おれはこの宿、はじめてだぜ」

「ご冗談を。毎年、夏休みには手前どものほうでおすごしいただいておりますのに」

「人ちがいだろう。おれは本多平八郎だ」

「存じておりますとも」

この奇妙な食いちがいは、ほどなくもう一人の本多平八郎が玄関に入ってきてから、明瞭《めいりょう》になった。

宿の者は、この二人の本多平八郎の顔をみくらべて、あっと声をのんだそうだ。そっくりだった。

この本多平八郎教授は大阪外大を停年退官すると、さっそく留学生試験をうけて渡米することになった。

「いまさら、学生になるんですか」

「いやおはずかしいが、おれの英語はフランス語のナマリが入ってやがってね。それを直しにゆくんだ」

本多さんはもう七十にちかい。それがもう一度学生になろうというのだから、ちかごろはおそるべき老人が輩出しはじめているものだ。

（昭和36年10月）

南京町《ナンキンまち》

この夏、山中湖へ行ったもどり、横浜へ寄って南京町で夕めしをたべた。これが南京町か、とおもうほどに豪華な町になっていた。

中華料理の大きな店がずらりとならび、店の設計がとまどうほどにモダンだった。安くてうまいというのが南京町の料理の特徴だから、家族づれの客が多く、室内装飾も日本化され、味もおもいきって日本的になっている。つまり、「通」と絶縁した地点から、横浜南京町は異様な発達をとげた。なんといっても、こんにちは、大衆資本主義の時代なのだ。できるだけ多数の人から小銭をかきあつめる商売のやりかたが、成功したのだ。

しかし、神戸の南京町はちがう。

この町にはまだ、証券やデパートや電器メーカーのような「大衆資本主義」の波はやってきていない。

まだまだ「通」の町なのだ。

だから、ここの食べもののうまさは、食通雑誌にはずいぶんほめられている。どの店も、食通にほめられるだけでホクホクとよろこんでいる感じだ。そのかわり、横浜の南京町のように、京阪神の大衆を動員しようという大それた望みはもっていないようにおもわれた。

この日、例によってまず五十嵐さんと会った。

「きょうは南京町」

と五十嵐さんはいい、

「二人の権威者に案内していただくことになっています」

そのひとりが元町一丁目の「蛸《たこ》の壺《つぼ》」の木村憲吾氏であり、ひとりは兵庫新聞論説委員の竹田洋太郎氏だった。

木村さんとは先月お会いしたばかりだが、竹田君とは二十年ぶりのめぐりあいである。

大阪外語にいたころ、かれはスペイン語科におり、私は蒙古《もうこ》語科にいた。

私にとって、大阪外語のころの思い出はちっとも楽しいものではなかったが、それでも竹田君にあうことは、二十年前の自分に会うようなおどろきとうれしさがあった。

「ぼくの顔おぼえてる？」

「おぼえてるとも」

と竹田君の顔をみているうちに、不意に、その当時流行した歌のメロディがおもいだされた。たしか「ヤマノサビシイミズウミニ、ヒトリキタノモカナシイココロ」という歌詞で、あとはおぼえていないが、そのメロディが、湧《わ》くように耳の奥にきこえはじめたのである。

べつに竹田君の顔にメロディがくっついていたわけではなく、私は竹田君の顔に自分の青春の顔をおもいだし、その顔の背景にそういうメロディが鳴っていたのだ。当時、町の映画館も喫茶店も、ひとつおぼえのようにそのレコードをかけていた。

木村さんが、

「まず、中華料理の材料屋さんに行ってみましょう。ずいぶん妙なものがありますぜ」

なるほど、店に入ってみると、見ただけでは正体のわからない食品が、さまざまな容器につめられてならんでいる。

いちいちの食品の名はわすれたが、その一つ一つが、私のような気の弱い非食通からみれば、ささやかなスゴミを感じさせる個性をもっていた。

中国人のえらさは、この地上にあるすべての非毒性の動植物をみごとな食品に仕立てあげるところにある。すでに漢の時代に鯉《こい》の料理法だけで百種類以上もあったというから想像もつかない民族である。

もしかれらが、宇宙船で月世界へゆくとしたら、最初に考えることは、月をテンプラにすべきか、スープにすべきか、ということかもしれない。

そこへゆくと、日本人などはタカが知れている。

「とにかく、中国人はすごいですよ」

と、中国通の木村さんがいった。

そのあと、竹田君につれられて、南京町の露地から露地へとあるき、「河童《かっぱ》天国」でギョーザをたべた。なるほどうまい。

竹田君は、関西学院中学のころからの食道楽家で、このあたりのウロツキには二十年のキャリアがあるという。

「神戸は食通の町やな」

というと、

「うん。たしかに大阪よりはうまい。しかもやすい」

たしかに南京町は通の町だが、しかし京阪神の大衆の中で〇・一%も通はいない。その〇・一%程度をよろこばせている「商仙」のような連中が神戸の町にまだたくさんいるからいいものの、もしたれかがそのなかに当世流の「大衆資本主義」をもちこんだとき、神戸の南京町はたちまち横浜の南京町になってしまうだろう。

それがいいことかどうかは、私にはわからない。

（昭和36年10月）

〔司馬遼太郎が考えたこと 1〕作品譜

昭和二十八年十月〜昭和三十六年十月

一、『司馬遼太郎が考えたこと エッセイ1953〜1996』（全15巻）は、司馬遼太郎がのこした仕事のうち、小説、戯曲、対談、鼎談《ていだん》、座談会、講演等を除き、新聞、雑誌、週刊誌、単行本等に執筆した文章の初出掲載分を発行順に配列したものである。ただし、『街道をゆく』『ロシアについて』『風塵抄《ふうじんしょう》』『春灯雑記』他、同一主題をもって連載し、そのまま単行本にまとめられた作品は除いた。

二、講演録、談話等の記事については、司馬遼太郎自身が手を入れ、あるいは眼をとおしたと判断できる作品のみを収録。他に、成立事情が定かでない作品、大幅な誤植や誤記などがある作品、および内容のかなりの部分が重複する作品は除いた。これらの判断については、司馬遼太郎記念財団の協力を得た。

三、発行年月以外判明しない作品は、その月の末尾に、発行年しか判明しない作品は、その年の末尾においた。各種刊行物の内容見本等に掲載された推薦文は、その書物（全集等は第一回配本分）発行月の前月に配した。公演パンフレット等、刊記がない場合は、会期が明らかであればその初日においた。発行日が同日の場合は、連載中の作品を先にした。

四、単行本に収録された作品は、その初刊本を底本にした（したがって作品名が初出掲載時とは異なる場合がある）。ただし、文庫化の際に司馬遼太郎自身が手を入れたと判断できる個所については文庫版に準じた。

五、文字づかいは、一部の例外を除き新字新カナに統一した。平成十三年（二〇〇一年）の時点で不適切とされる歴史的語句については、発表時のままとした。

六、「作品譜」の記載方式は次のとおり。
掲載紙誌の発行月日、作品名、掲載紙誌名、巻号、収録初刊本の書名（）内に発行年と出版社名、初刊本収録時に変更した場合のみ作品名。

単行本に初出の作品は、発行月日、作品名、著者・編者名、書名（）内に出版社名。司馬遼太郎の著作については著者名を除いた。いずれも本書に収録の作品名はゴチック体にした。
○印は本書に収録した作品項目。△印は初出紙誌に日付の記載がないもの。
▼印は収録初刊本（司馬遼太郎自著）の書名。＊印は特記事項。
紙誌名には「」、書名には『』、引用文には〈〉を用いた。

昭和二十七年（一九五二）〔28歳〜29歳〕

4月1日　血脈相続などあれこれ　「同朋」第二十二号

＊筆者名は「福田定一」。文末に「大阪新聞記者」とある。掲載誌は真宗大谷派宗務所発行の月刊誌。

昭和二十八年（一九五三）〔29歳〜30歳〕

○10月1日　請願寺の狸《たぬき》ばやし　「ブディスト・マガジン」第四巻第十号

＊筆者名は「福田定一（カットも）」。副題は「平凡寺巡礼」。掲載誌は西本願寺伝道協会ブディスト・マガジン刊行会発行の月刊誌。創刊号（昭和25年6月）に「わが生涯は夜光貝の光と共に」と題する小説を寄稿（「福田定一」名）。

昭和二十九年（一九五四）〔30歳〜31歳〕

○5月1日　それでも、死はやってくる　「大乗」第五巻第五号

＊筆者名は「福田定一」。副題は「私の親鸞《しんらん》」「宗祖降誕会に寄せて」。文末に「新聞記者」とある。本号より「ブディスト・マガジン」は「大乗」と

改題。創刊四周年記念号。

○6月1日　妖怪《ようかい》と鬼面《きめん》—前衛挿花について　「未生《みしょう》」第一巻第二号
*筆者名は「福田定一」。掲載誌は未生流家元出版部発行の月刊誌。

○8月1日　石楠花妖話《しゃくなげようわ》　「未生」第一巻第四号
*筆者名は「福田定一」。文末に「産業経済新聞文化部記者」とある。

○11月1日　全日本いけばな作家「百人展」雑感　「未生」第一巻第七号
*筆者名は「司馬遼太郎」。

昭和三十年（一九五五）〔31歳～32歳〕

○3月1日　「風景」という造型　「未生」第二巻第三号
*筆者名は「福田定一」。文末に「産経紙文化部」とある。

○5月1日　影なき男　「大乗」第六巻第五号
*「人、これを生活という—わが生活の批判」欄。筆者名は「司馬遼太郎」。
文末に「新聞記者」とある。

昭和三十年
○9月1日　モダン・町の絵師 中村真論　「未生」第二巻第九号
＊筆者名は「福田定一」。文末に「産業経済新聞社文化部」とある。
○9月25日　この本を読んで下さる方へ　『名言随筆サラリーマン』（六月社）
＊まえがき。著者名は「福田定一」。
後年、司馬遼太郎は折にふれて語った。〈この本は出版業を始めたいという若い人たちのために彼らの持ちこんだ主題に応じて、義俠心《ぎきようしん》で書いただけです。その後いくつかの出版社からあった再刊の申し込みはおことわりしました〉。
○9月25日　あるサラリーマン記者—著者の略歴　『名言随筆サラリーマン』（六月社）
＊あとがき。著者名は「福田定一」。
○12月1日　花のいのち　「未生」第二巻第十二号
＊筆者名は「福田定一」。文末に「作家」とある。
○12月20日　顔の話　「同朋」第六十二号
＊筆者名は「福田定一」。文末に「産業経済新聞文化部」とある。

昭和三十一年（一九五六）〔32歳〜33歳〕

1月△△　無題（自己紹介）「ユーモア作家クラブ会員名鑑」（ユーモア作家クラブ）

＊「ユーモア手帳5」。筆者名は「司馬遼太郎」。

○5月1日　**感想**「講談倶楽部《クラブ》」第八巻第五号

＊第8回講談倶楽部賞当選作品「ペルシャの幻術師」（挿画・山崎百々雄）。筆者名は「司馬遼太郎」。「銓衡《せんこう》座談会」（小島政二郎、海音寺潮五郎、大林清、源氏鶏太。欠席の山手樹一郎は「選後感」を寄せる）も掲載。

○8月1日　**美酒の味**—野々村揚剣「現代人生百話」「大乗」第七巻第八号

＊「私の書架」欄。筆者名は「福田定一」。文末に「産業経済新聞文化部次長」とある。『現代人生百話』の著者は奈良県・浄土真宗本願寺派祐光寺住職。

昭和三十二年（一九五七）〔33歳〜34歳〕

2月15日　禁制の賛成理由と但書《ただしがき》「吉野風土記」第三号

＊特集「大峯《おおみね》論争（女人禁制問題についての一万人の意見 大峯山の全貌《ぜんぼう》）」

昭和三十二年　に寄せた「さまざまな立場から」の一篇。筆者名は「福田定一」。「請願寺の狸ばやし」（昭和28年10月1日）の文中に登場した花岡大学が編集する掲載誌は、奈良県立大淀《おおよど》高等学校歴史研究部・吉野史談会発行。

9月1日　洛北《らくほく》の妖怪寺　「大阪人」第十一巻第九号
＊「コント」欄。筆者名は「福田定一」。掲載誌は大阪都市協会発行。

○11月1日　薔薇《ばら》の人　「未生」第四巻第十一号
＊筆者名は「福田定一」。

昭和三十三年（一九五八）〔34歳〜35歳〕

○4月10日　「梟《ふくろう》のいる都城」まえがき―作者のことば　「中外日報」
＊「梟のいる都城」（昭和33年4月15日〜34年2月15日連載）は単行本（昭和34年9月、講談社）化の際、「梟の城」と改題。筆者名は「司馬遼太郎」。三浦浩『司馬遼太郎とそのヒーロー』（平成10年8月、大村書店）に以下の記述がある。
〈中外日報は、日本で唯一《ゆいいつ》の日刊宗教紙である。「編集長の青木が、部数をのばすために是非書いてくれ、というんだ」青木、とは青木幸次郎氏のことで、新日本新聞の残党の一人だった。昭和

二十三年に、新日本新聞が解散になったあとも、司馬さんは当時の仲間を大切にしていた〉。

○9月13日　小鳥と伊賀者《いが》—「梟のいる都城」のあらすじに代えて「中外日報」

○11月△△　無題（ハガキ批評）「吉野風土記」第十号

＊「反射鏡」欄。筆者名は「福田定一」。奥付等、刊記はないが、十一月下旬と推定可能な記載がある。

昭和三十四年（一九五九）（35歳〜36歳）

2月15日　無題「中外日報」

＊連載終了の挨拶《あいさつ》文。「梟のいる都城」は昭和33年4月15日よりこの日まで日刊宗教紙「中外日報」に連載され、単行本化（昭和34年9月、講談社）の際に「梟の城」と改題。第42回直木賞を受賞。

○4月3日　〝職業〟のない新聞小説はうけない「三友」第九号

＊筆者名は「福田定一」。掲載紙は三友会（文芸通信社）発行の月刊新聞。

○11月1日　ファッション・モデルの父「たべもの千趣」第十八号

昭和三十四年＊筆者名は「福田定一」。掲載誌は千趣会発行。（「たべもの千趣」は昭和35年5月号より「クック（COOK）」）。

○12月25日　あとがき『大坂侍』（東方社）
＊表題作のほか「和州長者」「難波村の仇討」「法駕籠のご寮人さん」「盗賊と間者」「泥棒名人」を収める作品集。講談社文庫版には「あとがき」は収録されていない。

○12月29日　花咲ける上方武士道《かみがたぶしどう》（作者のことば）「週刊コウロン」第一巻第九号
＊筆者名は「司馬遼太郎」。「花咲ける上方武士道」連載予告（昭和35年1月5日・12日合併号～35年8月2日号）。連載2回目から「上方武士道《ぜえろく》」と改題。初刊本（昭和35年11月、中央公論社）の書名は『上方武士道』。新装版（平成8年7月）は『花咲ける上方武士道』。（「週刊コウロン」は昭和35年10月25日号より「週刊公論」）。

昭和三十五年（一九六〇）〔36歳～37歳〕

○1月1日　魚ぎらい「たべもの千趣」第二十号
＊筆者名は「福田定一」。

○1月3日　長髄彦《ながすねひこ》の末流　「三友」第十五号　▼歴史と小説（昭和44年、河出書房新社）　**長髄彦**

＊以降の筆者名・著者名はすべて「司馬遼太郎」。

○1月23日　**一枚の古銭**　「毎日新聞大阪版」朝刊　▼古往今来（昭和54年、日本書籍／昭和58年、中公文庫）

＊「直木賞を受けて」欄。第42回（昭和34年下半期）直木三十五賞同時受賞者、戸板康二の文章と併載。

「毎日新聞大阪版」（昭和35年1月22日朝刊）「時の人」欄に戸板康二と司馬遼太郎の「横顔」が載る。以下は司馬遼太郎の紹介記事。

〈若いころふと手にした「史記」の雄大な世界に魅了された。西域を舞台にする小説を書く夢を心の片隅で育てはじめたのは、それからである。司馬というペン・ネームも「史記」の作者司馬遷《しばせん》にあやかったという。本名福田定一、現在産経新聞文化部長（大阪）。三十六歳だが頭はもう半白、それも油気がなくバサバサ。

マンモスアパートの十階に住む。「学徒出陣で満州の戦車隊へ入隊し、演習のとき、たまたま中国の古銭を拾ったんです。文字もウイグル語で書かれたやつです。油汗がにじむくらいそれを握りしめながら、もし生きて帰ったら西域を題材にした小説を書いてみようと本気で誓いました。もっとも小説家になるとか、小説で飯を食って行くなんて大げさな考えはありま

昭和三十五年
　せん」神経質な作家タイプでなく、いかにも新聞記者らしく開放的で愛想がいい。
　大阪生まれ。祖父の代まで大阪三津寺筋で〝餅源〟というモチ商のシニセだったという。大阪外語（現大阪外大）の蒙古《もうこ》語科を卒業、昭和二十三年に産経新聞に入り、京都支局から大阪本社地方部をへて、この一月文化部長になったばかり。「幸い酒を飲まないので夕方一直線に帰宅してから十二時ごろまで原稿用紙に向かっている」という。処女作「ペルシャの幻術師」が第八回講談倶楽部賞、その後次々に作品を発表、中外日報に連載した小説「梟の城」で直木賞を受賞した。〝大胆な規定ですが江戸期の大阪は一種の共同体の社会だったと思います。その中で一つまみの武士階級の存在は自然ちぐはぐな奇妙なものだったに違いない。そういう存在のおかしみを人間喜劇として書いているのです〟家庭は妻みどりさん（三〇）と二人暮し〉。

○1月25日
　大阪馬鹿《ばか》「産経新聞大阪版」夕刊　▼歴史の中の日本（昭和49年、中央公論社）　大阪バカ
　＊戸板康二の文章と併載。「産業経済新聞」「サンケイ新聞」と時期によって紙名が異なるが、以下、「産経新聞」に統一。
「産経新聞大阪版」（昭和35年1月22日朝刊）「横顔」欄に〈第42回直木賞に決まった〉司馬遼太郎と戸板康二の紹介記事。三浦浩『菜の花の賦―小

説 青春の司馬さん』（平成8年9月、勁文社《けいぶんしや》）によれば、記事については三浦浩記者が書きかけたものの、〈司馬遼太郎氏に関する文章〉は〈福田次長《デスク》〉がすべて自分で書いたという。〈小説よりも歴史がすき、歴史よりも新聞記者がすき、新聞記者よりもあそぶのがすきという新聞記者歴十三年で現在産経新聞（大阪本社）文化部長をしている。

少年のころから、万里の長城にあくないピストン侵略を加えつづけてついに砂漠の底に没しさった東洋史上のオアシス国家の運命に執ような興味をもっている。もっとも、ロマンを書くよりロマンを行動しようと思って、外語蒙古語科のころは本気で馬賊になろうと思っていたそうだ。こうした豪放さはその後もこの作家の血のなかに息づいている異色な主題のひとつだろう。

仏教的美意識が強く、とくに原始宗教がもっていたダイナミックな空想力と、アクの強い人間探求に執着をもっている。「戈壁《ごび》の匈奴《きようど》」「兜率天《とそつてん》の巡礼」から「ペルシャの幻術師」（第8回講談倶楽部賞）、受賞作の「梟の城」（講談社刊）などの作品のほか「大坂侍」（東方社刊）や「週刊コウロン」連載の「上方武士道」のように江戸時代町人の共和国である〝大坂〟にすんでいたほんの一つまみの武士の存在におかしみを感じ、かれらが町人に複雑なコンプレックスをいだきつつ市民生活をしたことを支点に、いくつかの人間喜劇も書いている。青年のころ司馬遷の「史記」をよんでは

昭和三十五年　じめて人生を見たという。ちなみにペンネームの由来は「司馬よりも遼（はるかに遠い）」という所からつけた。ただし司馬遷の悲劇的な運命まではあやかりたくないそうだ〉。

2月11日　仏教の思想美は文学の宝庫　「中外日報」
＊『梟の城』直木賞受賞祝賀会が二月九日に京都・木屋町の「東洋亭」で開催され、その席上での受賞談話。

○2月21日　忍術使い　「京都新聞」朝刊　▼歴史の中の日本（昭和49年、中央公論社）
＊副題は「現代の職業心理にも共通」。

○3月21日　作者の言葉　「週刊サンケイ」第九巻第十五号
＊「風の武士」連載予告（昭和35年3月28日号〜36年2月20日号。挿画・村上豊）。

○4月1日　負荷の重さ　「オール讀物」第十五巻第四号
＊直木賞発表号に掲載された「受賞のことば」。巻頭グラビア頁《ページ》に〈直木賞作家誕生 江戸っ子と浪華《なにわ》っ子―戸板康二と司馬遼太郎〉。一月二十一日夜開催の「選考委員会」に出席したのは源氏鶏太、木々高太郎、中山義秀、小島政二郎、村上元三、吉川英治、海音寺潮五郎、川口松太郎（大佛《おさらぎ》次郎

は欠席）。

「週刊サンケイ」（昭和35年2月15日号）「ターミナル」欄に〈〝主客転倒〟のご両人―第四十二回直木賞授賞式〉と題する記事。末尾に司馬遼太郎の挨拶が〈新聞記者で小説を書くのは邪道だと思っている。しかし記者は好きだから止《や》めない。地下にもぐっていた虫が地上にはい出してきた感じで、まぶしくてしかたない〉と要約されている。

「講談倶楽部」（昭和35年4月号）巻頭グラビア頁に自宅での司馬遼太郎夫妻のスナップが載り、以下はその記事。

〈『梟の城』で直木賞をうけた時代小説のホープ司馬遼太郎氏は、まだ三十六歳の働きざかり。

「なんで今まで、上方《かみがた》が時代小説の場《ば》にならなかったのか不思議で仕方がない。面白くてたまらない上方というものを、これからもどんどん作品にして行きたい」と抱負を語るその声にも、オツムの白さとは似てもにつかぬ若々しい情熱が溢《あふ》れます。新聞記者でもある氏のよき伴侶《はんりよ》、みどり夫人はまた同時に、司馬氏のよき飲み友だちでもあるらしいのです〉。

○4月1日　山賊料理　「たべもの千趣」第二十三号

＊「本年度直木賞受賞作家」とある。

○4月1日　本山を恋う　「大乗」第十一巻第四号

昭和三十五年＊「道味随想」欄。掲載誌は大乗刊行会（京都・本願寺内）発行の月刊誌。

○4月3日　〔三友消息〕「三友」第十八号
＊〔三友消息〕は発行所の三友会編集部宛《あて》無題の近況報告あるいはアンケートに答えたもの（以下同じ）。

○7月11日　作者のことば「週刊文春」第二巻第二十八号
＊「豚と薔薇」連載予告（昭和35年7月18日号～8月22日号。挿画・永田力）。〈次号より新鋭推理小説作家五人による競作シリーズの幕が開かれます。一人の分担回数は六回、その限られた条件の中で如何《いか》に諸氏が腕をふるうか、大いに期待されます。さて、ファースト・バッターとして司馬遼太郎氏に登場願います〉とある。

○7月15日　穴居人「近代説話」第五集　▼歴史と小説（昭和44年、河出書房新社）
＊本号の「へんしゅうをおわって」の一節に〈司馬遼太郎は、この間直木賞をもらったニンゴー作家とかいう奴《やつ》である。もっとも本人はこのレッテルが、煮ザカナよりも嫌いである〉とある。
「近代説話」刊行会が結成され、大阪市梅田の大阪産経会館（現サンケイホール）で初会合が開かれたのは昭和31年2月。掲載誌「近代説話」は昭和32年5月に司馬遼太郎、寺内大吉、清水正二郎（胡桃沢《くるみざわ》耕史）らが創刊

した同人誌。のちに黒岩重吾、伊藤桂一、永井路子《みちこ》らが参加。昭和38年5月休刊。

○8月1日　衣笠《きぬがさ》「のれん」第九十五号
＊掲載誌は甘辛のれん会（大阪市梅田・阪神百貨店内）発行。

○8月3日　〔三友消息〕「三友」第二十二号
＊〈天保山桟橋を散歩する司馬遼太郎氏〉と題するスナップ。

○8月15日　外法仏《げぼうとけ》について（作者のことば）日本文藝家協会編『昭和三十五年度代表作時代小説』（東京文藝社）
＊収録作品「外法仏」は「別冊文藝春秋」（昭和35年3月）に掲載、のち『最後の伊賀者』（昭和35年11月、文藝春秋新社）に収録。

○10月2日　播州《ばんしゅう》秘史・別所家籠城《ろうじょう》二年の狂気「歴史読本」第五巻第十号　▼歴史の世界から（昭和55年、中央公論社）別所家籠城の狂気
＊表題の脇《わき》に〈新興勢力織田信長の猛攻をうけて籠城二年、播州三木城はついに落ちた—三木城兵の子孫である筆者が、播州に伝わる狂気の歴史を追想する〉とある。

昭和三十五年

○10月3日　〔三友消息〕「三友」第二十四号

○11月1日　あとがき『豚と薔薇』（東方社）

＊表題作と「兜率天の巡礼」二篇を収めた作品集。本稿およびこの年12月10日の項〈三たび「近代説話」について〉の文中にある「バスク」と「フランシスコ・ザビエル」は後年、執筆の大きな主題となる（『街道をゆく 南蛮のみちⅠ・Ⅱ』―昭和59年3月・5月、朝日新聞社―など）。

○11月3日　〔三友消息〕「三友」第二十五号

○11月15日　源氏さんの大阪時代「傑作小説」第一巻第十二号

＊臨時増刊「源氏鶏太小説読本」（三世社）。

12月3日　〔三友消息〕「三友」第二十六号

○12月10日　堅実な史実と劇的な魅力―子母沢《しもざわ》寛《かん》著「逃げ水」「産経新聞大阪版」朝刊

＊『逃げ水』（昭和35年11月、中央公論社）の書評。

○12月10日　三たび「近代説話」について「近代説話」第六集

＊「編集後記」。

昭和三十六年（一九六一）〔37歳〜38歳〕

○1月1日　銀座知らず　「銀座百点」第七十三号
＊掲載誌は東京・銀座百店会発行の月刊タウン誌。

○1月10日　維新の風雲に生きる剣豪商人　「歴史読本」第六巻第一号　▼歴史の世界から（昭和55年、中央公論社）　剣豪商人

○1月14日　〝生きているご先祖〟を　「朝日新聞」朝刊　▼古往今来（昭和54年、日本書籍／昭和58年、中公文庫）
＊「文壇中堅 今年の仕事」欄。

○1月△△　歴史の亡霊　「きょうと」第二十二号
＊巻末に〈暫定《ざんてい》事務所は京都市河原町四条上ルきょうと発行所〉とある。

○2月1日　首つり服　「婦人公論」第四十六巻第二号
＊文中に「私は新聞社に通っていたころ」と過去形で書かれているが、産経新聞社を正式に退社するのは、この年3月。すでに執筆のため多忙になり

昭和三十六年　辞職を申し出ていたが慰留され、出社せずとも籍をおくということで合意していた。

○3月1日　生きている出雲《いずも》王朝　「中央公論」第七十六巻第三号　▼歴史の中の日本（昭和49年、中央公論社）

○3月1日　熊野《くまの》無銭旅行　「ハイカー」第六十五号　▼歴史の世界から（昭和55年、中央公論社）無銭旅行
＊「一筆啓上―豆随筆」欄。掲載誌は山と渓谷社発行。

○3月10日　出雲のふしぎ　榊山《さかきやま》潤・尾崎秀樹《ほつき》編『歴史文学への招待』（南北社）▼歴史と小説（昭和44年、河出書房新社）

○4月1日　病気見舞い　「未生」第八巻第四号
＊文中（二五四頁）の「その人」とは、この年二月一日に起きた「風流夢譚《ふうりゅうむたん》事件」で重傷を負った中央公論社社長夫人のこと。

○4月3日　〔三友消息〕　「三友」第二十九号

○4月5日　ハイカラの伝統（「ここに神戸がある」1）「月刊神戸っ子」第二号　▼こ

こに神戸がある（平成11年、月刊神戸っ子）
＊挿画・中西勝（10回連載終了時まで）。掲載誌は月刊神戸っ子発行のタウン誌。

○4月30日　こんな雑誌やめてしまいたい　「近代説話」第七集
＊「編集後記」。黒岩重吾、寺内大吉の文章と併載。

○5月1日　君のために作る　「放送朝日」第八十四号
＊特集「テレビ８００万世帯大衆の声にきく」のうち、「大衆時代テレビ・ラジオの在り方」欄。

○5月1日　車中の女性　「婦人生活」第十五巻第五号
＊「話の広場」欄。

○5月5日　元町を歩く（「ここに神戸がある」2）「月刊神戸っ子」第三号　▼ここに神戸がある（平成11年、月刊神戸っ子）

○5月7日　作者のことば　「大阪新聞」
＊「風神の門」連載予告（昭和36年5月12日～37年3月14日。挿画・山崎百々雄）。「大阪新聞」は「産経新聞」の姉妹紙で、司馬遼太郎が最初に配

昭和三十六年　属された京都支局は二紙が同じ建物にあった。

○5月8日　**異説ビール武士道**　「週刊新潮」第六巻第十八号

＊「タカラビール」の広告頁。

○5月10日　**天下路線に乗る高級官僚・家康**　「歴史読本」第六巻第六号　▼歴史の世界から（昭和55年、中央公論社）　家康について

○5月△△　**正直な話**　「華麗」第二号

＊「三岸《みぎし》節子号」（華麗会発行）。表題の脇に「三岸節子のこと」とある。巻末の「華麗会のこと」によって、司馬遼太郎が今東光らと美術品を鑑賞する集まり「華麗会」の発起人となったことがわかる。

○6月1日　**五千万円の手切金を払った女**　「婦人公論」第四十六巻第七号

○6月1日　**わかって下さい　酒を飲む苦しみを…**　「クック（COOK）」第三十七号

○6月1日　**募金行**　「未生」第八巻第六号

○6月3日　**〔三友消息〕**　「三友」第三十一号

○6月5日　**船旗の群れる海**（「ここに神戸がある」3）「月刊神戸っ子」第四号　▼ここに神戸がある（平成11年、月刊神戸っ子）

○6月14日　**作者のことば**　「東京タイムズ」
＊この年の5月7日の項と同じ「風神の門」連載予告（昭和36年6月17日〜37年4月19日。挿画・山崎百々雄）。

○6月25日　**ある夜**　「YTV・REPORT」第十六号
＊「ずいそう」欄。掲載誌は読売テレビ放送発行。

○7月1日　**大衆と花とお稲荷《いなり》さん**　「大衆文学研究」第一号　▼歴史と小説（昭和44年、河出書房新社）
＊掲載誌は大衆文学研究会発行。同研究会はこの年、尾崎秀樹によって組織された。

○7月1日　**大阪的警句家**　「松竹新喜劇」
＊新橋演舞場編集・発行「東京進出10周年記念公演」パンフレット（司馬遼太郎作・舘直志脚色演出「下《げ》司《す》安《やす》の恋6景」）。原作は司馬遼太郎の短篇小説「十日の菊」（「小説倶楽部」昭和34年10月号に掲載）――大阪の成金・

昭和三十六年　下司安のおかしくも悲しい人生喜劇。

○7月3日　〔三友消息〕「三友」第三十二号

○7月5日　六甲山（「ここに神戸がある」4）「月刊神戸っ子」第五号　▼ここに神戸がある（平成11年、月刊神戸っ子）

○7月10日　僧兵あがりの二人の大名「歴史読本」第六巻第八号　▼歴史の世界から（昭和55年、中央公論社）　僧兵あがりの大名

○7月18日　二条陣屋の防音障子　産経新聞社編『美の脇役』（淡交新社）
＊写真・井上博道（当時、産経新聞大阪本社写真部員）。産経新聞社編『新聞記者　司馬遼太郎』（平成12年2月、産経新聞ニュースサービス）によれば、〈『美の脇役』の「あとがき」は産経新聞大阪本社の）編集局長名になっているが、実は司馬が書いたものである〉。その「あとがき」に〈三十三年十一月産経新聞の文化欄に掲載しはじめてから、足かけ三年になる〉とあるが、「二条陣屋の防音障子」は単行本化の際に司馬遼太郎が新たに署名入りで書いた。

○8月1日　わが愛する大阪野郎たち「日本」第四巻第八号

＊副題は「いまも大阪に生きている〝戯作《げさく》な〟精神」。掲載誌「日本」は、雑誌「キング」終刊（昭和32年12月）を決めた講談社が創刊した月刊誌。

○8月15日　**トア・ロード散歩**（「ここに神戸がある」5）「月刊神戸っ子」第六号
▼ここに神戸がある（平成11年、月刊神戸っ子）

○8月19日　**山伏の里**「毎日新聞」夕刊　▼歴史の中の日本（昭和49年、中央公論社）

○9月1日　**大阪八景**「婦人生活」第十五巻第十号
＊グラビア頁。

9月3日　私の発想法「三友」第三十三号

9月4日　飛田・釜ヶ崎余情（「風狂ぜんざい」1）「週刊文春」第三巻第三十六号
＊挿画・永田力（17回連載終了時まで）。

○9月11日　**丼池《どぶいけ》の鳥葬**（「風狂ぜんざい」2）「週刊文春」第三巻第三十七号

○9月15日　**有馬の湯**（「ここに神戸がある」6）「月刊神戸っ子」第七号　▼ここに神戸がある（平成11年、月刊神戸っ子）

昭和三十六年

○9月18日　ああ新選組（「風狂ぜんざい」3）「週刊文春」第三巻第三十八号

○9月25日　馬フン薬（「風狂ぜんざい」4）「週刊文春」第三巻第三十九号

○9月25日　飛び加藤について（作者のことば）日本文藝家協会編『昭和三十六年度代表作時代小説』（東京文藝社）

＊収録作品「飛び加藤」は「サンデー毎日特別号」（昭和36年1月1日号）に掲載、のち『果心居士の幻術』（昭和36年4月、新潮社）に収録。

10月1日　雲ヶ畑という妖怪部落「旅」第三十五巻第十号

○10月2日　大観屋《たいかんや》さん（「風狂ぜんざい」5）「週刊文春」第三巻第四十号

○10月2日　こんな記者を大切に「産経新聞大阪版」朝刊 ▼歴史の中の日本（昭和49年、中央公論社）一人のいなか記者

＊「〝新聞〟にのぞむ―記者OBの各氏から」欄。

○10月9日　ふたりの平八郎（「風狂ぜんざい」6）「週刊文春」第三巻第四十一号

○10月15日　南京町《ナンキンまち》（「ここに神戸がある」7）「月刊神戸っ子」第八号　▼ここに神戸がある（平成11年、月刊神戸っ子）

資料提供——山野博史

天才かも知れない司馬氏

海音寺潮五郎

司馬遼太郎君の作品に最初にふれたのは、昭和三十一年の一・二月のことだ。そのころぼくは講談倶楽部《クラブ》の懸賞小説の選者をしていたが、応募作品の中に、彼の作品「ペルシャの幻術師」があったのだ。ぼくはものすごく感心したのだが、題材が蒙古《もうこ》大帝国時代のペルシャの話であるし、幻想的なものであったので、他の選者達には気に入らなかった。日本の作家達は大体においてこの種のものが好きでないのだ。ぼくは百方陳弁、了解をもとめて、当選にこぎつけた。あとでこの選考過程の速記が雑誌に発表されたが、それを読んでぼくはぼくの強引さに、みずからあきれ、てれ臭くて顔が熱くなった。

今にして思うと、礼譲を忘れるくらい感心しきっていたのであろう。

その翌年だったろうか、司馬君は寺内大吉・清水正二郎君らと「近代説話」という同人雑誌をはじめた。おもしろい小説を書くという宣言であった。その第一号に司馬君は「戈壁《ごび》の匈奴」という作品を発表した。ジンギスカンを書いたものであった。これもものすごく面白いものであり、みずみずしい情感とあふれるような才能の感ぜられるものであった。

この時にすでに彼は直木賞の候補となるべきであった。ぼくも推薦しようかと思ったのだが、そのころまで彼はまだ作品数がなかったし、日本の作家の好まない外国しかも歴史時代が材料となっているものなので、ぼくはわざと推薦しなかった。店《たな》ざらしになって、新鮮感がなくなることをおそれたのだ。ぼくはもうほれ切っていた。

去年の秋、彼はついに「梟《ふくろう》の城」を出した。今東光氏が社長をしている宗教新聞に連載したものだという。ぼくは読んで、ついに決定打が出たと思った。

去年の末、ある新聞から「本年度における大衆文学の収穫」というテーマで文章を書かされた時、ぼくは「梟の城」のことを書き、日本の文壇は久しぶりで天才を迎え得たかも知れないと書いたが、偽らざるぼくの感じである。

近ごろは若い人が皆小説が上手になって、ぼくらの若いころとは比較にならないくらいうまい。しかし大方は文学の本質とは無関係なはやりの時代の好みを文学の本質と感ちがいして、独自なものを持っている人はまことに少ない。司馬君は最も独自なものを持ち、その上に立って仕事をしている。何よりも、彼の作品には人を酔わせるものがある。これが天才と普通人とのわかれるところだ。

ぼくは彼は天才、あるいは天才的なものを持っている作家であると信じて疑わない。

（作家、「東京新聞」昭和三十五年一月二十二日朝刊掲載）

生涯を貫く晴朗なはかなさの感覚の根

山崎正和

『司馬遼太郎が考えたこと』という題で、十五巻にのぼる随筆集が出ることになった。膨大な小説はもちろん、連載後、一巻にまとめた随筆は除いた数字だというから、あらためて旺盛《おうせい》な筆力に圧倒されるほかはない。

今回の企画の特色は、全巻が編年体で編まれていることで、おかげで司馬さんの思索の閲歴、魂の旅路を「同行二人」でたどることができる。その時間は日本が戦争に敗れ、廃墟《はいきょ》から蘇《よみがえ》る半世紀と重なっているから、おりおりの随想はそのまま歴史の記録になっている。簡単な年表でも座右に置いて読めば、この本は類《たぐ》い希《まれ》な歴史観察者によって、幸運にも内側から捉《とら》えられた現代史として読めるだろう。

第一巻に集められたのは、一九五三年から六一年にかけて書かれた八八編（文庫版では八九編）、まさに新聞記者「福田定一」が蛹《さなぎ》を脱ぎ、作家「司馬遼太郎」に変身する前後の文章である。雑誌に頼まれた探訪記事もあり、文化部記者として書いた現代花道論もあり、小説の余滴というべき歴史随筆や、後年には珍しくなった身辺雑記も含まれて、読む者を飽きさせない。

二十代の終わり、福田定一の書く評論はさすがに若々しく、前衛芸術の観念性を斬《き》る一編などは、微《かす》かな覇気さえ感じさせて微笑ましい。つねに人に暖かく、直截《ちよくせつ》な嫌悪の情を口にしない司馬さんだったが、こういう一文を読むと、あの円熟が底にどんな批評精神を秘めていたかがわかる。晩年『この国のかたち』を書き、激しい憂国の発言で私を驚かせたこの人の一面が、遠く若書きのなかに用意されていたのを知るのは、感慨深かった。

だがそれ以上に私に感銘を与えたのは、やはりこの人の感性の不動の一貫性であり、生涯の視点の確立の早さであった。自己を客観視し、愛する対象を諧謔《かいぎやく》の目で眺め、失われたものを失われたがゆえに慈《いつく》しみ、そして何よりも自己を死すべき存在として甘受する姿勢は、ここに残らず出揃《でそろ》っているからである。

一生を大阪で過ごし、大阪人について多くを書いた司馬さんだが、まずその郷土観が強烈な愛憎併存に貫かれている。『大坂侍』のあとがきに見るように、著者はこの土地の人間風景に呆《あき》れ、欲望むきだしの、臓物くさい人間像にやりきれなさを覚えながら、まさにそれゆえに、彼らの魅力にのめりこむ自分の感受性を告白している。その司馬さんの描く大阪人は、信じがたいほど放埓《ほうらつ》にして律義、滑稽《こっけい》にして聡明《そうめい》であることによって、むしろ人間の普遍性を証明するのである。

また権勢を笑い虚勢を憎んだ司馬さんだが、その大衆を見る目も甘くはない。「大衆と花とお稲荷《いなり》さん」によれば、大衆の心はその場かぎりで、冷淡で強欲で、気まぐれで捉えがたい。そう見限りながら、この人は大衆の群れから一人の個人を抜き出し、その人物だけの個別的な人生を描いてきた。すると大衆はにわかに類のない容貌《ようぼう》を表し、読者の心のなかで丈高く屹立《きつりつ》する。こうした随想に触れると、この人が社会学ではなく小説を選んだのは、じつは大衆を救済する方法的戦略ではなかったか、とさえ思われてくる。

それにしても従来、この文学者についての最大の誤解は、その歴史学を称えて、詩人の心を見落としてきたことであった。歴史学は今に続く過去を描き、現在にとって意味のある過去を伝える。それにたいして、詩人の心は失われた過去を描き、失われることによって完結した過去を歌う。その区別をみごとに例証し、司馬文学が後者であることを明示するのが、「生きている出雲《いずも》王朝」だろう。

かつて天孫族に滅ぼされた出雲族が、今も「語りべ」を自負する老記者の記憶に生きている。伝承は一子相伝で、他人に語られることはなく、今日の出雲大社とさえすでに無縁になっている。一族は滅亡したばかりか、その滅亡の記憶すら、一人のめだたない庶民の胸に閉じこめられている。現実的にはいっさいの意味を失ったこの物語に、司馬さんが捧げる渇仰はほとんど熱狂に近いといえる。

出雲を訪ね古老に会い、古文書を繰る好奇心はまさに詩人の情熱だが、これはまぎれもなく一直線に、晩年の『草原の記』に繋《つな》がっている。いったんは栄華を誇り、滅びると記念碑さえ残さなかった、あのモンゴル帝国への鎮魂歌に直結している。生涯に無数の英雄を描き、多くの事跡を肯定的に書いた司馬さんだが、じつはその関心は深い無常観を秘めていて、今はもはやないものとして、あえて過去の栄光を歌ったのではないだろうか。

そんな想像を補強するのが、三十歳の若さで書かれた「それでも、死はやってくる」である。戦争中の生死の境で、疲労困憊《こんぱい》に倒れた青年が目の先に草花を見る。一瞬の意識の低下が青年を我執から解き放ち、自我と自然の境界を超えさせた。戦後の日常のなかでその悟りの記憶は薄れたが、自己を死すべきものと見る覚悟は消えなかった。司馬さんの一生を貫いたあの楽天的無常観、晴朗なはかなさの感覚の根は、ここにあったのである。

（劇作家・評論家、「毎日新聞」平成十三年十月十四日朝刊掲載）

この作品は平成十三年九月新潮社より刊行された。
編集協力　司馬遼太郎記念財団

「司馬遼太郎記念館」への招待

司馬遼太郎記念館は自宅と隣接地に建てられた安藤忠雄氏設計の建物で構成されている。広さは、約2300平方メートル。2001年11月に開館した。

数々の作品が生まれた自宅の書斎、四季の変化を見せる雑木林風の自宅の庭、高さ11メートル、地下1階から地上2階までの三層吹き抜けの壁面に、資料本や自著本など2万余冊が収納されている大書架、……などから一人の作家の精神を感じ取っていただく構成になっている。展示中心の見る記念館というより、感じる記念館ということを意図した。この空間で、わずかでもいい、ゆとりの時間をもっていただき、来館者ご自身が思い思いにしばし考える時間をもっていただきたい、という願いを込めている。（館長　上村洋行）

利用案内

所在地　大阪府東大阪市下小阪3丁目11番18号　〒577-0803
TEL　06-6726-3860，06-6726-3859（友の会）
HP　http://www.shibazaidan.or.jp
開館時間　10：00〜17：00（入館受付は16：30まで）
休館日　毎週月曜日（祝日・振替休日の場合は翌日が休館）
特別資料整理期間（9/1〜10）、年末・年始（12/28〜1/4）
※その他臨時に休館することがあります。

入館料

	一般	団体
大人	500円	400円
高・中学生	300円	240円
小学生	200円	160円

※団体は20名以上
※障害者手帳を持参の方は無料

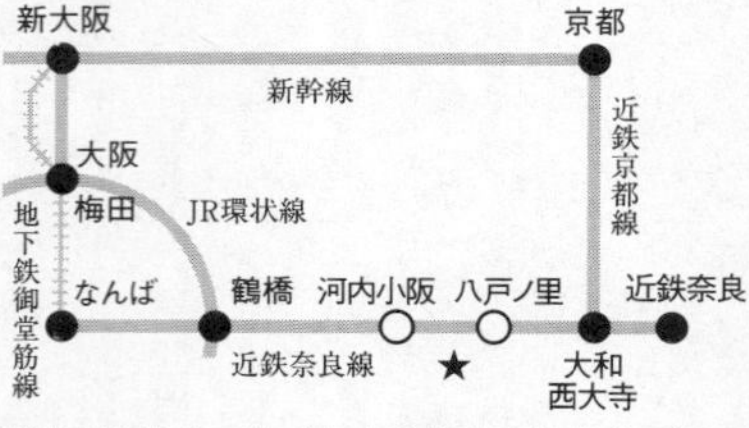

アクセス　近鉄奈良線「河内小阪駅」下車、徒歩12分。「八戸ノ里駅」下車、徒歩8分。
Ⓟ5台　大型バスは近くに無料一時駐車場あり。但し事前にご連絡ください。

記念館友の会　ご案内

友の会は司馬作品を愛し、記念館を支えてくださる会員の皆さんとのコミュニケーションの場です。会員になると、会誌「遼」（年4回発行）をお届けします。また、講演会、交流会、ツアーなど、館の行事に会員価格で参加できるなどの特典があります。

年会費　一般会員3000円　サポート会員1万円　企業サポート会員5万円
お申し込み、お問い合わせは友の会事務局まで
TEL 06-6726-3859　FAX 06-6726-3856

司馬遼太郎著

梟の城

直木賞受賞

信長、秀吉……権力者たちの陰で、凄絶な死闘を展開する二人の忍者の生きざまを通して、かげろうの如き彼らの実像を活写した長編。

司馬遼太郎著

人斬り以蔵

幕末の混乱の中で、劣等感から命ぜられるままに人を斬る男の激情と苦悩を描く表題作ほか変革期に生きた人間像に焦点をあてた7編。

司馬遼太郎著

国盗り物語

(一〜四)

貧しい油売りから美濃国主になった斎藤道三、天才的な知略で天下統一を計った織田信長。新時代を拓く先鋒となった英雄たちの生涯。

司馬遼太郎著

燃えよ剣

(上・下)

組織作りの異才によって、新選組を最強の集団へ作りあげてゆく"バラガキのトシ"——剣に生き剣に死んだ新選組副長土方歳三の生涯。

司馬遼太郎著

新史太閤記

(上・下)

日本史上、最もたくみに人の心を捉えた"人蕩し"の天才、豊臣秀吉の生涯を、冷徹な史眼と新鮮な感覚で描く最も現代的な太閤記。

司馬遼太郎著

関ヶ原

(上・中・下)

古今最大の戦闘となった天下分け目の決戦の過程を描いて、家康・三成の権謀の渦中で命運を賭した戦国諸雄の人間像を浮彫りにする。

司馬遼太郎著

花神（上・中・下）

周防の村医から一転して官軍総司令官となり、維新の渦中で非業の死をとげた、日本近代兵制の創始者大村益次郎の波瀾の生涯を描く。

司馬遼太郎著

城塞（上・中・下）

秀頼、淀殿を挑発して開戦を迫る家康。大坂冬ノ陣、夏ノ陣を最後に陥落してゆく巨城の運命に託して豊臣家滅亡の人間悲劇を描く。

司馬遼太郎著

果心居士の幻術

戦国時代の武将たちに利用され、やがて殺されていった忍者たちを描く表題作など、歴史に埋もれた興味深い人物や事件を発掘する。

司馬遼太郎著

馬上少年過ぐ

戦国の争乱期に遅れた伊達政宗の生涯を描く表題作。坂本竜馬ひきいる海援隊員の、英国水兵殺害に材をとる「慶応長崎事件」など7編。

司馬遼太郎著

歴史と視点

歴史小説に新時代を画した司馬文学の発想の源泉と積年のテーマ、〝権力とは〟〝日本人とは〟に迫る、独自な発想と自在な思索の軌跡。

司馬遼太郎著

胡蝶の夢（一～四）

巨大な組織・江戸幕府が崩壊してゆく――この激動期に、時代が求める〝蘭学〟という鋭いメスで身分社会を切り裂いていった男たち。

司馬遼太郎著

項羽と劉邦（上・中・下）

秦の始皇帝没後の動乱中国で覇を争う項羽と劉邦。天下を制する〝人望〟とは何かを、史上最高の典型によってきわめつくした歴史大作。

司馬遼太郎著

風神の門（上・下）

猿飛佐助の影となって徳川に立向った忍者霧隠才蔵と真田十勇士たち。屈曲した情熱を秘めた忍者たちの人間味あふれる波瀾の生涯。

司馬遼太郎著

アメリカ素描

初めてこの地を旅した著者が、「文明」と「文化」を見分ける独自の透徹した視点から、人類史上稀有な人工国家の全体像に肉迫する。

司馬遼太郎著

草原の記

一人のモンゴル女性がたどった苛烈な体験をとおし、20世紀の激動と、その中で変わらぬ営みを続ける遊牧の民の歴史を語り尽くす。

司馬遼太郎著

覇王の家（上・下）

徳川三百年の礎を、隷属忍従と徹底した模倣のうちに築きあげていった徳川家康。俗説の裏に隠された〝タヌキおやじ〟の実像を探る。

司馬遼太郎著

峠（上・中・下）

幕末の激動期に、封建制の崩壊を見通しながら、武士道に生きるため、越後長岡藩をひきいて官軍と戦った河井継之助の壮烈な生涯。

藤沢周平著

用心棒日月抄

故あって人を斬り脱藩、刺客に追われながらの用心棒稼業。が、巷間を騒がす赤穂浪人の動きが又八郎の請負う仕事にも深い影を……。

藤沢周平著

時雨のあと

兄の立ち直りを心の支えに苦界に身を沈める妹みゆき。表題作の他、江戸の市井に咲く小哀話を、繊麗に人情味豊かに描く傑作短編集。

藤沢周平著

冤（えんざい）罪

勘定方相良彦兵衛は、藩金横領の罪で詰め腹を切らされ、その日から娘の明乃も失踪した……。表題作はじめ、士道小説9編を収録。

藤沢周平著

橋ものがたり

様々な人間が日毎行き交う江戸の橋を舞台に演じられる、出会いと別れ。男女の喜怒哀楽の表情を瑞々しい筆致に描く傑作時代小説。

藤沢周平著

神隠し

失踪した内儀が、三日後不意に戻った、一層凄艶さを増して……。女の魔性を描いた表題作をはじめ江戸庶民の哀歓を映す珠玉短編集。

藤沢周平著

消えた女
―彫師伊之助捕物覚え―

親分の娘おようの行方をさぐる元岡っ引の前で次々と起る怪事件。その裏には材木商と役人の黒いつながりが……。シリーズ第一作。

池波正太郎著
忍者丹波大介

関ケ原の合戦で徳川方が勝利し時代の波の中で失われていく忍者の世界の信義……一匹狼となり暗躍する丹波大介の凄絶な死闘を描く。

池波正太郎著
男（おとこぶり）振

主君の嗣子に奇病を侮蔑された源太郎は乱暴を働くが、別人の小太郎として生きることを許される。数奇な運命をユーモラスに描く。

池波正太郎著
闇の狩人（上・下）

記憶喪失の若侍が、仕掛人となって江戸の闇夜に暗躍する。魑魅魍魎とび交う江戸暗黒街に名もない人々の生きざまを描く時代長編。

池波正太郎著
上意討ち

殿様の尻拭いのため敵討ちを命じられ、何度も相手に出会いながら斬ることができない武士の姿を描いた表題作など、十一人の人生。

池波正太郎著
闇は知っている

金で殺しを請け負う男が情にほだされて失敗した時、その頭に残忍な悪魔が棲みつく。江戸の暗黒街にうごめく男たちの凄絶な世界。

池波正太郎著
雲霧仁左衛門（前・後）

神出鬼没、変幻自在の怪盗・雲霧。政争渦巻く八代将軍・吉宗の時代、狙いをつけた金蔵をめざして、西へ東へ盗賊一味の影が走る。

山本周五郎著

赤ひげ診療譚

貧しい者への深き愛情から"赤ひげ"と慕われる、小石川養生所の新出去定。見習医師との魂のふれあいを描く医療小説の最高傑作。

山本周五郎著

青べか物語

うらぶれた漁師町・浦粕に住み着いた私はボロ舟「青べか」を買わされた――。狡猾だが世話好きの愛すべき人々を描く自伝的小説。

山本周五郎著

五瓣の椿

連続する不審死。胸には銀の釵が打ち込まれ、傍らには赤い椿の花びら。おしのの復讐は完遂するのか。ミステリー仕立ての傑作長編。

山本周五郎著

柳橋物語・むかしも今も

幼い恋を信じた女を襲う悲運「柳橋物語」。愚直な男が摑んだ幸せ「むかしも今も」。男女それぞれの一途な愛の行方を描く傑作二編。

山本周五郎著

大炊介《おおいのすけ》始末

自分の出生の秘密を知った大炊介が、狂態を装って父に憎まれようとする姿を描く「大炊介始末」のほか、「よじょう」等、全10編を収録。

山本周五郎著

日本婦道記

厳しい武家の定めの中で、愛する人のために生き抜いた女性たちの清々しいまでの強靭さと、凜然たる美しさや哀しさが溢れる31編。

新潮文庫最新刊

椎名　誠著
すばらしい暗闇世界
世界一深い洞窟、空飛ぶヘビ、パリの地下墓地。閉所恐怖症で不眠症のシーナが体験した地球の神秘を書き尽くす驚異のエッセイ集！

小泉武夫著
魚は粗《あら》がいちばん旨い
―粗屋繁盛記―
魚の粗ほど旨いものはない！　イカのわた煮、カワハギの肝和え、マコガレイの縁側――絶品粗料理で酒を呑む、至福の時間の始まりだ。

R・ライト
上岡伸雄訳
ネイティヴ・サン
―アメリカの息子―
現在まで続く人種差別を世界に告発しつつ、アフリカ系による小説を世界文学の域へと高らしめた20世紀アメリカ文学最大の問題作。

W・グレアム
三角和代訳
罪の壁
善悪のモラル、恋愛、サスペンス、さまざまな要素を孕み展開する重厚な人間ドラマ。第1回英国推理作家協会最優秀長篇賞受賞作！

畠中　恵著
いちねんかん
両親が湯治に行く一年間、長崎屋は若だんなに託されることになった。次々と降りかかる困難に、妖たちと立ち向かうシリーズ第19弾。

早見和真著
ザ・ロイヤルファミリー
山本周五郎賞・JRA賞馬事文化賞受賞
絶対に俺を裏切るな――。馬主として勝利を渇望するワンマン社長一家の20年を秘書の視点から描く圧巻のエンターテインメント長編。

司《し》馬《ば》遼《りよう》太《た》郎《ろう》が考《かんが》えたこと 1

エッセイ1953.10〜1961.10

新潮文庫　し - 9 - 43

平成十七年一月一日発行
令和五年一月二十五日九刷

著者　司《し》馬《ば》遼《りよう》太《た》郎《ろう》
発行者　佐藤隆信
発行所　株式会社　新潮社

郵便番号　一六二―八七一一
東京都新宿区矢来町七一
電話　編集部(〇三)三二六六―五四四〇
読者係(〇三)三二六六―五一一一
http://www.shinchosha.co.jp

価格はカバーに表示してあります。

乱丁・落丁本は、ご面倒ですが小社読者係宛ご送付ください。送料小社負担にてお取替えいたします。

印刷・株式会社光邦　製本・株式会社植木製本所

ISBN978-4-10-115243-1 C0195